dtv

Das »schönste Fest der Welt« ist und bleibt ein sprudelnder Quell für immer neue Geschichten, Gedichte, Berichte. Da erzählt Verena Krebs von bizarren Formen der Herbergssuche in unserer Zeit, während bei Alfred Gulden und Norbert Göttler das hochaktuelle Thema der Single-Weihnacht angesagt ist oder eine ausgewiesene Humoristin wie Maria Peschek unerwartet nostalgische Töne anschlägt. Tanja Kinkel und Gisela Heidenreich holen längst entschwunden geglaubte Zeiten ans weihnachtliche Kerzenlicht. Eine Selbstfindung auf den Spuren von Thomas Mann und Thomas Bernhard erlebt Fridolin Schley in klirrend eisiger Bergwelt. Deutlich milder und heiterer gestalten sich da die Festtage im fernen Asien für Weihnachtsflüchtlinge wie Walter Korn, während Robert Hültner und Franz Kotteder einen Blick auf die Kehrseite des Weihnachtskonsums werfen. Und auch Weihnachtswunder ereignen sich anscheinend immer noch allenthalben, so zum Beispiel bei Bettina Goldner, Jaromir Konecny und Gert Heidenreich.

Brigitta Rambeck ist promovierte Literaturwissenschaftlerin und lebt als freischaffende Künstlerin in München. Weitere lieferbare Titel bei dtv: ›Horch, was kommt von draußen rein‹ (dtv 20933) und ›Manche mögen's weihnachtlich‹ (dtv 21026).

Weihnachten bleibt Weihnachten

Mit 17 Zeichnungen von Johannes Mayrhofer
und 14 Schwarzweißfotos von Volker Derlath

Herausgegeben von Brigitta Rambeck

Deutscher Taschenbuch Verlag

Von Brigitta Rambeck
sind im Deutschen Taschenbuch Verlag lieferbar:

Horch, was kommt von draußen rein (dtv 20933)
Manche mögen's weihnachtlich (dtv 21026)

für Judith

Originalausgabe
Oktober 2009

www.dtv.de

Umschlagkonzept: Balk & Brumshagen
Umschlagbild: Gerhard Glück
Lektorat und Satz: Lektyre Verlagsbüro
Olaf Benzinger, Germering
Druck und Bindung: C. H. Beck, Nördlingen
Gedruckt auf säurefreiem, chlorfrei gebleichtem Papier
Printed in Germany • ISBN 971-3-423-21176-5

Inhalt

Ihr Kinderlein kommet …

Fröhliche Weihnacht überall …

Einsam wacht …

Der schönste Baum der Welt

Der Festschmaus

Schöne Bescherung

Das Fest der Liebe

Frommer Wunsch

Ihr Kinderlein kommet …

FRIEDRICH ANI

In den stillen Nächten

Manchmal, wenn die weißen Augen
fielen, wenn der alte Mann das
Kind durchs Dorf trug auf den
Schultern und unsterblich beide
waren, wenn vom Bahnhof bis
zur Haustür jedes Fenster hell
war, rot bewohnt von einem
Nikolaus mit Bart und Stab und
einem Kopf, der nickte wie zum
Gruß, manchmal, wenn sie
innehielten und das Kind
erfuhr, dass Engel tanzen ganz
aus Wind und nur die Augen
bis zur Erde fallen, denn niemand
darf verloren gehen in der
Nacht, der dunklen Nacht –
dann hörte es, das Kind, in
einer Stille unermesslich den
eignen Wimpernschlag und
führte ihn, den Alten, durch
bloßes Schauen, auf den
Schultern, nah am
Himmel, heim. Und immer
unversehrt und ohne Furcht.

Gert Heidenreich

Das Wunder der Sprinklaschmeeßer

Was um des Himmels willen sind Sprinklaschmeeßer, werden Sie fragen. Zurecht, denn heute heißen sie in dem Gebiet, wo sie einst Sprinklaschmeeßer hießen, *Zimne Ognie*, und daran ist Hitler schuld. Sonst keiner. Meine Großmutter ganz gewiss nicht, denn sie musste aus der Gegend der Sprinklaschmeeßer in die Gegend der Stärnespritzä fliehen, während ein anderer Teil der Familie sich in die Region der Funkeküachle rettete.

Hitler ist auch schuld daran, dass infolge all dieser Verwirrung in meiner Kindheit ein großer dunkelbrauner Soldat, der mir gelegentlich einen Kaugummi schenkte, zu Dreikönig einmal verzückt ausrief »Sparklers!«, als ich heimlich ein Sprinklaschmeeßerle auf der Straße anzündete. Zuvor muss noch gesagt sein, dass mein Großvater, ein zwar kleiner, jedoch sich kerzengerade haltender pensionierter Oberlokführer und einst auf der Strecke Oppeln-Kattowitz im Einsatz, das Wort Sprinklaschmeeßer nicht leiden konnte und deshalb nur von *Stern*laschmeeßern sprach, was ja auch viel weihnachtlicher klingt. Es soll übrigens Leute geben, die Sternspucker oder Sprühkerzen in ihrem Wortschatz führen, aber mit denen haben wir nichts zu tun.

Es war Weihnachten, mein Vater war vier Monate zuvor aus der Gefangenschaft heimgekehrt, und allenthalben hieß es, dass jetzt Friede auf Erden sei wie lange nicht. Mein Vater hatte am sechsten Dezember versucht, für uns ein Nikolaus zu sein, was nicht recht gelang; er hatte durchaus Talent, aber zum einen war der rote Morgenmantel von Tante Hanni zu kurz für ihn, zum andern kannten wir die Stiefel von Onkel Hans, denn es gab sonst in der Familie keine Stiefel; drittens hielt die mit Mehlleim angeklebte Watte am Kinn nur einseitig und senkte sich, während er zu uns sprach, vor seine

Brust; und viertens waren sowohl die Tiara, die er sich aus bemalter Pappe gebastelt hatte, als auch sein Bischofsstab der Zeit entsprechend so dürftig ausgefallen, dass wir schon ahnten: Jener Bischof aus Palmyra muss anders ausgesehen haben, obwohl wir natürlich von Palmyra nichts wussten.

Schon nach der zweiten Ermahnung an mich, nie mehr heimlich mit den Jungschweinen vom Nachbarhof durch die Felder zu streifen, war dieser Nikolaus als Papa durchschaut, und die Religion, die man soeben in mich einzupflanzen begann, hatte ihre erste Kerbe weg.

Blieb noch das Christkind.

Bei Onkel Hans und Tante Hanni gab es einen Weihnachtsbaum. Bei uns würden wohl ein paar Zweige reichen müssen, hatte unsere Mutter vorgewarnt. Doch, oh Wunder, als am Abend endlich das Christglöckchen erklang (in Ermangelung eines solchen wurde das liebliche Geräusch mit Mutters Fahrradklingel erzeugt) und wir ins Wohnzimmer durften, wo auch die Betten der Eltern standen, sahen wir ihn: Er war gewiss der schönste Weihnachtsbaum meines Lebens. Eine s-förmig gekrümmte, kaum einsfünfzig hohe Fichte mit erbarmungswürdigen Lücken im Geäst, von meinem Vater nächtlich organisiert, ein Gewächs, das meine Großmutter am nächsten Tag als kriewatschlig charakterisierte, stand da auf dem mit einem weißen Tuch bedeckten Hocker, hielt sich in dem Holzkreuz, das mein Vater aus zwei Latten gebastelt hatte, mehr oder weniger aufrecht. Fünf gelbliche Kerzen flackerten an den Zweigen, eine für jeden von uns und eine fürs Christkind. Ein Strohstern zierte die Spitze, kleine Strohsterne waren im Bäumchen verteilt, Mutters Hände hatten den Schmuck hergestellt. Das war alles – nein, an einigen Stellen hingen sehr dünne graue Würste, deren Drahtende zu einem Haken gebogen war, im Gezweig, und ich wusste sofort: Sprinklaschmeeßer!

Sie sollten zum Wunder der Christnacht werden.

So etwas gab es bei Hanni und Hans nicht. Diesen Wahnsinnsreichtum hatten nur wir. Mein Großvater, der seine

Eisenbahnlaufbahn als Heizer auf der Dampflok begonnen hatte und daher mit dem Feuer gleichsam auf Du stand, hatte nämlich aus unerfindlichen Gründen dem beschränkten Fluchtgepäck zwei Päckchen Wunderkerzen hinzugefügt, und zwar, weil er ein nachdenklicher und auf Sicherheit bedachter Mann war, in Blechschachteln für Bleistifte, wie sie ihm einmal jährlich von der Reichsbahn zustanden. Mir hatte er sie gezeigt, als er mich trösten wollte: Im kleinen Karton, wo er seine Schätze aufbewahrte, lagen die Sternlaschmeeßer neben seinem Feuerzeug, seinem Taschenmesser, an dem die große Klinge zur Hälfte abgebrochen war, und seiner versilberten Eisenbahner-Taschenuhr, zu der leider die kaiserliche Urkunde fehlte.

Und nun hingen Großvaters kostbare Sternlaschmeeßer, die von Großmutter Sprinklaschmeeßer genannt wurden, an unserem Weihnachtsbaum.

Wir sangen fünf Lieder, für jeden von uns eines und eins fürs Christkind, meine Mutter las die Weihnachtsgeschichte, Lukas, vor, und als sie fertig war, hatten die Kerzen sich in Tropfengehänge an den Zweigen aufgelöst. Unser Vater löschte die restlichen Flämmchen. Nun gab es tatsächlich Geschenke. Meine Schwester bekam ein Buch, das mit Genehmigung der amerikanischen Besatzer gedruckt war: Eine vollständige Ausgabe der Grimm'schen Märchen. Ich bekam einen kleinen Hammer, eine Beißzange und zehn Nägel, immerhin so groß wie mein Zeigefinger. Dazu vier Holzstücke, die vom Fußkreuz des Baumes übrig geblieben waren. Meine ersten Versuche, Nägel ins Holz zu treiben, fanden meine Eltern bemerkenswert.

Und dann zündete Vater die Sprinklaschmeeßer an.

Ich weiß es wie heute. Auf einmal war Weihnachten. Auf einmal war der Glaube wieder da. Auf einmal war Friede. Das leise Knistern kam von den Engeln, die Funken kamen aus dem Nichts. Auch seit ich gelernt habe, dass da Späne aus Eisen und Aluminium verglühen und Bariumnitrat den dazu nötigen Sauerstoff bereitstellt – das leuchtende Wunder dieser Nacht bleibt in mir davon ebenso unbeeindruckt wie das Bild des Mondes seit der Menschenlandung auf ihm. Auch dass ich schon bald nach Weihnachten meinem Großvater vier Sternlaschmeeßer stahl, endete in einem Wunder. Denn er nahm mich in den Arm und sagte nur: »Stäihlen musste nich, staihlen macht asu a miesepetrige Laune, mir *und* dir. Du musst mi blous frong, wenn'd a Sternlaschmeeßerle houm mogst.« Ich war unendlich beschämt und erleichtert und habe in den Jahren darauf fast nie mehr gestohlen.

Sprinklaschmeeßer üben seither eine geradezu metaphysische Anziehungskraft auf mich aus. Was leider dazu führte, dass ich viele Jahre später, am Ende der Weihnachtsferien, eine schmerzhafte Lektion lernen musste.

Wir wohnten bereits in der Stadt, und im Esszimmer stand kein Elternbett mehr, sondern nur noch mein Klappbett mit einer regalförmigen Umrandung. Am letzten Ferienmorgen entdeckte ich nach dem Aufstehen, dass oben im Christbaum, der auf dem Winkelbrett der Eckbank stand, noch ein Sprinklaschmeeßerle unverbrannt am Zweigende hing. Also stieg ich auf den Esstisch und zündete das vergessene Funkenwunder an, um es ganz allein zu genießen. Zur Vorsicht erzogen, wartete ich ab, bis das Sprühen beendet war, ging aus dem Zimmer zur Toilette, und als ich zurückkam, hörte ich hinter der Zimmertür ein Knistern, als ob da drin noch immer Sprinkla geschmissen würden. Es war aber das Knistern des Baumes, der in dem Augenblick, als ich die Tür öffnete, in hellen Flammen aufleuchtete, die schon die Vorhänge am Fenster daneben anleckten. Ich schrie »Feuer!«, meine Mutter schöpfte mit einem Eimer Wasser aus der Badewanne, wo die Wäsche eingeweicht war, dekorierte bei ihrem Löschvorgang den Christbaum mit Hemdchen und Höschen, ich zog den Esstisch zur Seite, öffnete das Fenster, griff nach dem Stamm und warf den noch immer brennenden Baum aus dem zweiten Stock hinunter in den Hinterhof, wo er, ohne dass jemand zu Schaden kam, verbrannte.

Erst jetzt bemerkte ich den Schmerz. Meine Schwester hatte in ihrem löblichen Bemühen, uns alle vor dem Flammentod zu retten, den Wasserkessel, der gerade zum Kochen gekommen war, vom Küchenherd gerissen und herbeieilend über dem Baum ausgeschwappt, dabei allerdings die Flammen verfehlt und stattdessen meinen rechten Unterarm verbrüht. Der verwandelte sich vom Ellenbogen abwärts zusehends in eine einzige Wasserblase, aus deren Ende nur noch die Fingerspitzen hervorsahen. Man hielt damals leider noch gar nichts von der Kühlung der Brandwunden durch kaltes Wasser. Als Mutter und Schwester beim Bepusten der mit Lebertransalbe eingeschmierten Verbrühung allmählich außer Atem gerieten, musste die Fahrradpumpe herhalten. Viel half es nicht. Der Schmerz war höllisch, doch ich war selber schuld und beschloss, auf keinen Fall Anzeichen von Qual von mir zu geben. Meine arme Schwester war vollkommen zerknirscht. Ans Krankenhaus dachte niemand.

Zum Trost wurde mir die erste Schulwoche geschenkt. Für die Versicherung mussten wir den Hergang beschreiben und lernten, dass es sich bei Wunderkerzen bis zu einer Länge von 30 cm um Feuerwerkskörper der Klasse I, sogenanntes Kleinstfeuerwerk, handelt, welches das ganze Jahr über abgegeben werden könne, und zwar auch an Personen unter 18 Jahren. Kinder unter 12 Jahren sollten diese Wunderkerzen jedoch nur unter Aufsicht von Erwachsenen anzünden. Ich durfte also zurecht unbeaufsichtigt zündeln.

Klar, dachte ich damals, und ich denke seither nicht anders: Was das Feuer verursacht hat, war selbstverständlich kein Sprinklaschmeeßerle und kein Sternlaschmeeßerle, auch kein Funkeküachle – das war ein hundsgewöhnlicher Kleinstfeuerwerkskörper der Klasse I, der, wie man weiß, von Wundern keine Ahnung hat und mit Weihnachtsbäumen kein Erbarmen kennt. Sprinklaschmeeßer tun so etwas nicht.

Dietmar Bittrich

Im Weihnachtsmärchen

An einem milden Dezemberabend saß ich mit Konrad zwischen plappernden Kindern und aufgeschlossenen Eltern unter dem Barockhimmel des Stadttheaters. Die Wandleuchter waren mit Lametta behängt, Sterne leuchteten von gerafften Gardinenstoffen, und auf dem purpurnen Vorhang glitzerte ein Winterwald. Wir saßen in einem Konzert aus Rufen und Quengeleien und dem Klappen von Sitzen, das untermalt wurde vom Knistern einiger Hundert Bärchentüten und dem begleitenden raumfüllenden Schmatzen.

Ein Mann im Nikolauskostüm trat vor den Vorhang. »Der Intendant«, raunte die Mutter des kleinen Mädchens neben uns. »Er macht es immer so stimmungsvoll.« Der weihnachtliche Intendant erklärte den Kindern, es gehe nun geradewegs hinein in das Märchenzauberland. Und dieses Land sei so beschaffen, da verwandele sich immer ein Märchen in das nächste, wie durch Zauberhand. In der Zeitung hatte es nüchterner geheißen, es handele sich um eine Revue der beliebtesten Märchenszenen, um ein Best-of der Brüder Grimm. »Vieles werdet ihr erkennen«, versprach der Intendant. »Und diejenigen von euch, die alle Märchen erkennen, die also jedesmal richtig raten, die bekommen am Ende eine Überraschung! Von mir! Vom Weihnachtsmann!«

Unsere Nachbarin nickte uns streng zu wie den Konkurrenten in einem sportlichen Wettbewerb. Der Vorhang öffnete sich. Wir sahen eine Prinzessin um einen Brunnen aus Pappmaché hüpfen. Sie warf einen goldenen Ball in die Luft und gleich darauf in den Brunnen. »Oh! Mein goldener Ball! Ist er verloren?«

Sie rang die Hände und setzte sich auf den Brunnenrand. »Froschkönig!«, riefen die allerklügsten der kleinen Kinder, auch das Mädchen neben uns. Konrad nicht. Die Prinzessin nickte stumm und wrang ihr Taschentuch aus. Schon tauchte aus dem Brunnen ein beachtlicher Frosch empor. Statt einer goldenen Krone trug er eine rote Weihnachtsmütze, doch er versprach, den goldenen Ball zu holen, wenn die Prinzessin ihn nur heiraten wolle. Ja, sicher, doch, das wollte sie. Aber als er gleich darauf mit Gold im Maul wieder emportauchte, entriss sie ihm den Ball und lief davon.

»Nein, du musst ihn heiraten!«, riefen die Kinder. »Er ist ein Prinz!« Die Prinzessin hörte nicht. »Das ist ein Prinz!«, riefen die Kinder. Der dicke Frosch watschelte hinter ihr her. »Du musst ihn küssen!«, riefen die Kinder. Die Prinzessin starrte den Frosch an. An die Wand werfen konnte sie ihn nicht. Er war zu schwer. Also küsste sie ihn. Blitz und Donner, Nebelschwaden. Aber da stand kein Prinz. Der Frosch hatte sich in den Weihnachtsmann verwandelt! Die Kinder jubelten. Die Prinzessin schien ein wenig überrascht.

Unsere Nachbarin nickte uns zu. »Der Intendant hat immer diese lustigen Ideen.«

»Heute, Kinder, wird's was geben!«, versprach der Weihnachtsmann. »Aber was? Was, meine holde Prinzessin, möchtest du essen zu unserem Hochzeitsmahl? Karpfen? Gänsebraten? Milchzicklein?« Die Prinzessin wirkte ein wenig ratlos. Entweder war die Szene nicht genügend geprobt worden oder der Dialog hätte anders ablaufen sollen. »Milchzicklein?«, wiederholte sie ungläubig.

»Na schön, in Ordnung, Milchzicklein«, bestätigte der Weihnachtsmann. »Das kann ich besorgen. Dazu muss ich allerdings in meinen Wolfspelz schlüpfen.« Den holte er unter Bravos und Beifall aus seinem Jutesack. »Ach, und zum Nachtisch?«, fragte er die Prinzessin, während er sich in das Wolfskostüm zwängte. »Kuchen vielleicht? Und ein wenig Wein?« Die Prinzessin nickte stumm. Ihr fiel nichts mehr ein. Doch das war auch nicht nötig. Es gab einen Ruck, die Bühne setzte sich in Bewegung, und der dicke Weihnachtswolf tappte schwerfällig an der Rampe auf und ab, während die Bühne sich drehte. Einige kleine Kinder mussten angesichts der räudigen Kreatur beruhigt werden.

Schon öffnete sich ein bescheidenes bäuerliches Zimmer. Der Wolf hob das Haupt und schnupperte. Die Tür sprang auf. »Rotkäppchen!«, rief Konrad etwas voreilig. Sieben Ziegen, von Kindern gespielt, hüpften zur Tür herein. »Der Wolf und die sieben Geißlein!«, rief das Mädchen neben uns. »Sie müssen Ihrem Sohn mehr vorlesen«, belehrte mich die Mutter.

Jetzt klopfte der Wolf an die Tür des Geißlein-Häuschens. »Oh, wer mag das sein?«, riefen die sieben Geißlein. »Hoffentlich nicht der große böse Wolf!«

»Ich bin's, eure liebe Mutter!«, rief eine beleidigend schlecht verstellte Männerstimme. »Oh, unsere liebe Mutter!«, riefen die Geißlein. »Nein! Nein!«, schrien die Kinder im Publikum. Die sieben Geißlein ließen sich nicht abhalten: »Schnell! Öffnen wir unserer Mutter die Tür!« – »Nein, es ist der Wolf!«, schrien die eifrigsten Kinder. »Der Weihnachtsmann!«, rief Konrad.

Die Mutter des kleinen Mädchens musterte mich ernst.

Zu spät stoben die Geißlein auseinander. Grimmig griff sich der Wolf das erste und zog ihm einen Sack über den Kopf, schleifte das zweite hinter einem Stuhl hervor, das dritte unter dem Sofa. Jedes der sechs wurde gefangen und in einen Sack gesteckt. Einige Kinder im Publikum weinten und bekamen Schokolade zum Verschmieren der samtenen Sitze.

»Und das siebente?«, fragte der Wolf. »Hier wohnen doch sieben Geißlein? Bisher habe ich nur sechs!« Er trat an die Rampe: »Wisst ihr, wo das siebente ist?« Einige Kinder wollten sofort damit herausplatzen, doch die Eltern zischelten: »Scht!« Der Wolf klappte seine Schnauze über den Kopf, so dass Rauschebart und rote Mütze sichtbar wurden. »Ihr braucht keine Angst zu haben, ich bin's doch, der Weihnachtsmann! Na? Wo ist das siebente Geißlein?«

Ich konnte Konrad nicht bremsen: »In der Uhr! Es ist in die große Uhr gekrochen!« Er hatte recht, doch es war blamabel. »Petze!«, zischte das kleine Mädchen neben uns. Seine Mutter lächelte in spöttischem Mitleid. Der Wolf klappte zufrieden seine Schnauze herunter: »Danke, mein Junge!« Ging stracks zur Standuhr, öffnete sie und griff sich das siebente Geißlein. »So, ihr dürft wieder spielen!«, sagte er zu den anderen sechs und nahm ihnen die Säcke vom Kopf. »Dieses hier sieht am leckersten aus, das reicht für die Prinzessin und mich! Nun brauche ich nur noch Kuchen und Wein!« Mit dem siebenten Geißlein im Sack, unter Gekreisch der Kinder, begab er sich auf den Weg.

Hinter mir klirrte eine Flasche zu Boden. Ihr schäumender Inhalt umspülte kurz meine Schuhe, bevor er die leichte Schräge abwärts zur Bühne rann. Dort trat nun ein Mädchen in Tracht auf. Es hatte dunkle Haare und ein blasses Gesicht und hätte ganz gut einen giftigen Apfel essen können. Wohl deshalb und gestärkt durch die gute Zusammenarbeit mit dem Wolf, vermutete Konrad: »Schneewittchen!«

Grinsende Eltern vor uns drehten sich um, umsitzende Kinder krähten vor bösem Vergnügen. Die Mutter rückte ab, um nicht für unsere Verwandte gehalten zu werden. »Rotkäppchen!«, riefen alle, denn das Mädchen spazierte mit einem Korb in der Hand die Rampe entlang und pflückte unsichtbare Blumen. Ich beschloss, Konrad zum Fest ein leicht fassliches Märchenbuch zu schenken und es Punkt für Punkt mit ihm durchzugehen.

Der Wolf sprach Rotkäppchen an. Was es da im Korb habe? Kuchen und Wein? »Ah ja, perfekt.« Und wohin es gehen wolle? Zur Großmutter? »Aha. Danke!« Er trabte zufrieden weiter, der sich öffnenden Szene entgegen. Einige Kinder wollten aufs Klo. Die Eltern tuschelten, gerade jetzt werde es spannend. Wir sahen Großmutters Waldhaus von innen. Die alte Dame lag im Bett. Der Wolf klopfte an. Großmutter richtete sich schwächlich auf. »Bist du es, Rotkäppchen?« – »Richtig geraten«, sagte der Wolf und trat ein. Großmutter erschrak: »Aber Rotkäppchen, was hast du für große Ohren!« – »Das ist nur ein Kostüm«, sagte er und zog es aus. »Ich bin der Weihnachtsmann.«

Die Schauspielerin der Großmutter war auf dieses Stichwort nicht vorbereitet. »Aber was hast du für große Hände?«, fragte sie stur. – »Das ist nun mal so«, sagte er und stülpte ihr einen Sack über den Kopf. »Und jetzt Ruhe.«

Einige Kinder, angestachelt von ihren begleitenden Großeltern, protestierten vergeblich. Auch neben uns wurden Bedenken geäußert. Während die Großmutter sich kraftlos wehrte, steckte der Weihnachtsmann sie in den Wolfspelz, zog den Reißverschluss zu und legte diesen neu gefüllten Wolf ins Bett. Sie hustete bellend. »Ja, sehr gut!«, lobte er. »Das klingt echt.«

Nun trat Rotkäppchen ein. »Ei, Großmutter, was hast du für große Ohren!« – »Das kannst du dir sparen, sie kann dich nicht hören«, antwortete der Weihnachtsmann. – »Ei, Großmutter, was hast du für große Augen!« – »Sie kann dich auch nicht sehen«, sagte er. »Um es kurz zu machen: Ich bin am Haus vorbeigekommen und habe so ein Schnarchen gehört, da habe ich gedacht, Mensch, der Alten fehlt vielleicht was, und trete ein. Na, da liegt der Wolf im Bett und schnarcht. Ich denke: Hat der sie etwa gefressen? Und schneide ihm den Wams auf, und ja, tatsächlich, da ist die Großmutter drin! Hier!« Er zog den Reißverschluss des Wolfkostüms auf. »Bitte sehr: Sie lebt noch!«

Rotkäppchen stand sprachlos da. Zweifellos hatte die Darstellerin den Wortwechsel auf der Probe anders gelernt. Der Weihnachtsmann kam ihr zu Hilfe. »Du willst jetzt sicher wissen, wie du mir danken kannst«, vermutete er. Rotkäppchen nickte unsicher. »Dann gib mir einfach deinen Korb mit dem Kuchen und dem Wein«, fuhr er fort. »Das soll mir genug sein.« Kurz entschlossen nahm er ihr den Korb aus der Hand und verließ die Szene. »Ach, noch etwas«, rief er, während die Bühne sich zu drehen begann. »Wenn die Großmutter rausgeklettert ist, rate ich dir, den Bauch des Wolfs mit Wackersteinen zu füllen. Sonst frisst er euch am Ende doch!«

Der Weihnachtsmann trat an die Rampe. »Keine Angst, ihr lieben Kinder«, sagte er. »Jetzt habe ich mein Zicklein, ich habe meinen Kuchen, meinen Wein. Jetzt gehe ich zurück zur Prinzessin, auf mein Schloss, jetzt kehre ich heim.«

Doch das war nicht möglich. Das Schloss war überwuchert von üppigen Rosenhecken. Selbst an den Türmen rankten sich Blüten und Dornen empor. »Prinzessin!«, rief der Weihnachtsmann. Alles blieb still. »Prinzessin! Lass dein goldenes Haar herunter!« Die Mutter neben mir beugte sich flüsternd zu ihrer Tochter. »Rapunzel!«, kreischte das Mädchen. »Das ist nämlich nicht leicht«, erklärte mir die Mutter. Nun fielen auch andere ein. »Rapunzel! Rapunzel!«

Stattdessen betrat eine verschleierte Dame die Bühne. »Die Prinzessin hat sich an einer Spindel gestochen«, erläuterte sie. »Sie ist in einen tiefen Schlaf versunken. Dann wuchs die Hecke riesengroß. Du musst über die Dornen klettern und sie wieder wecken, durch einen Kuss.«

»Dornröschen!«, schrien alle, auch die allerkleinsten Kinder. Konrad nicht; er hatte sein Pulver verschossen. »Weck sie auf! Du musst sie wecken!«, riefen die Kinder. »Du musst rüberklettern!« Der Weihnachtsmann kratzte hier, schabte dort, nahm eine Rosenschere aus dem Mantel und piekte in die Pappe. »Tut mir leid«, gab er schließlich bekannt. »Das ist mir zu stachelig!« – Die Fee war nicht vertraut mit dieser Wendung. Sie sprach streng: »Aber du musst die Hecke überwinden! Wenn du es nicht tust, muss die Prinzessin hundert Jahre schlafen!« – »Es gibt ja noch andere Frauen«, meinte er zuversichtlich.

Die Unruhe im Publikum wuchs. Von den Müttern war Murren und Protest zu vernehmen. Die Fee wandte sich zum Souffleurkasten. Von dort kam nichts, oder sie konnte es nicht hören, weil die Kinder forderten, der Weihnachtsmann müsse sofort Dornröschen küssen.

Stattdessen trotteten auf seinen Wink hin sieben Zwerge aus den Kulissen. Sie trugen einen gläsernen Sarg. Darin lag ein blasses Mädchen mit schwarzem Haar.

»Das, mein Kleiner«, sprach die Mutter neben uns und beugte sich zu Konrad, »ist Schneewittchen. Sag mal deinem Papi, er soll dir das vorlesen.« Die Kinder riefen es schon. Die Zwerge setzten gerade umständlich zum vorgeschriebenen Straucheln an. »Vorsicht!«, rief der Weihnachtsmann. »Stolpert bloß nicht! Sonst wacht sie auf!«

»Das finde ich jetzt falsch«, sagte die Mutter des kleinen Mädchens. »Irgendeine Prinzessin muss er doch heiraten.« Es kam nicht dazu. »Husch, husch, zurück in eure Höhle«, befahl der Weihnachtsmann den Zwergen. »Und gebt bloß acht beim Tragen!«

Vergeblich winkte Schneewittchen aus ihrem beschlagenen Glaskasten. Umsonst kreischten die Kinder. Von der anderen Seite humpelte schon eine Hexe herein. Verwirrte Bühnenhelfer schickten jetzt das verfügbare Personal auf die

Bühne. »Ah, meine liebe Frau!«, sprach der Weihnachtsmann. »Mit ihr will ich ein Pfefferkuchenhaus backen. Vielleicht können wir ein paar hungrige Kinder anlocken!«

Er hatte kaum noch Rückhalt im Publikum. Etliche Eltern machten Anstalten aufzubrechen. Er hielt es für angebracht, sich direkt an die Kinder zu wenden. »Erst warmen Pfefferkuchen, dann ein kühles Bier!«, sagte er. »Denn heute back ich, morgen brau ich, übermorgen hole ich das Christkind ab. Ach, wie gut, dass niemand weiß, wie ich heiß!«

»Weihnachtsmann?«, wisperte Konrad unsicher. »Rumpelstilzchen!«, riefen die anderen Kinder. »Ja, liebe Kinder«, sprach der Weihnachtsmann. »Jetzt, zum Schluss, spiele ich für euch das Rumpelstilzchen. Denn ich verfüge über Zauberkraft. Ich kann Gold zu Stroh spinnen. Und nun kommt die Überraschung für euch, aber nur für die, die richtig geraten haben!« Das kleine Mädchen neben uns rutschte aufgeregt auf dem Sitz hin und her.

»Für euch, die ihr richtig geraten habt, spinne ich Gold zu Stroh. Bittet also eure Eltern um alles Gold, das sie tragen. Ich nehme Armreifen, Broschen, Uhren, Halsketten. Bringt es mir auf die Bühne. Aus diesem Gold zaubere ich speziell für euch reines trockenes Stroh! Echtes Weihnachtsmannstroh! Kommt, bringt es her zu mir!«

Die Kinder redeten aufgeregt auf die Eltern ein. Handgemenge entstand. Das kleine Mädchen neben uns zerrte an Armreif und Kette der Mutter. Vor uns, hinter uns, überall wanden sich Eltern wie unter einer Bande kindlicher Gangster. »Ich nehme auch Autoschlüssel!«, rief der Weihnachtsmann in den Aufruhr. »Das ist zu viel«, ächzte die Mutter neben uns außer Atem. »Das geht zu weit.« Die meisten Eltern hatten sich von den Plätzen erhoben und fuchtelten, als wollten sie Ungeziefer abschütteln. Die Kinder schrien nach Schlüsseln und Gold. Zufrieden und mildtätig, so herzensgut, wie nur ein Weihnachtsmann aussehen kann, betrachtete der Anstifter von der Bühne aus das unermessliche Gemenge und Gewirr und Gezeter.

Da betrat ein unscheinbarer Herr im Sakko die Bühne. Beruhigend, wenn auch erfolglos hob er die Hände und setzte an, etwas zu erklären, das unterging in Protest und Getümmel.

Die Mutter neben uns starrte auf die Bühne. »Das«, sagte sie verwundert und gab ihrem handgreiflichen Kind eine Ohrfeige, »ist der Intendant!«

Dann ging alles sehr schnell. Bühnenhelfer schleppten einen meterlangen blonden Zopf herein, Rapunzels Haar. Das schnappte sich der Weihnachtsmann und warf es dem Intendanten zu. Der wollte fangen, griff in die Luft und rutschte aus. Alle liefen zusammen, um ihm aufzuhelfen. Nur der Weihnachtsmann nicht. Der zog sich rasch und diskret in die Kulissen zurück.

»Ich dachte, der Intendant hat mitgespielt«, staunte die Mutter. »Ich dachte, er hatte die Hauptrolle. Aber dann war das wohl …« Sie dachte nach.

»Der Weihnachtsmann«, sagte Konrad.

Und diesmal hatte er recht.

Ursula Meisinger-Reiter

Is' doch Weihnachten

Eine bayerische Weihnachtsgeschichte

Der Ernstl, 8 Jahre alt, und das Annerl, 7 Jahre alt, überlegen, wie sie es anstellen könnten, damit ER endlich mit ihnen reden würde. So lange schon sehnen sie sich danach, aber bisher hat es einfach nix werden wollen.

Ernstl: »Wir müssen pünktlich sein, weil wir letztes Jahr schon zu spät dran waren.«

Annerl: »Ja, das müssen wir – sonst wird's wieder nix!«

Ernstl: »Wir machen es diesmal so: Wir schleichen uns an

… gaaanz leise … und dann plötzlich erschrecken wir ihn – um Punkt 12 in der Nacht! Dann wird ER vor lauter Schreck das Fluchen anfangen – *Herrschaftsseiten* … oder *Herrgottsagrament* oder so. Und dann – das schwör ich dir – dann wird ER reden!«

Das Annerl ist entsetzt: »Nein, so darfst du's auf keinen Fall machen! Da kriegt ER vielleicht einen Schock, und die Mama hat g'sagt, wenn man Faxen macht und einen Schock kriegt und ein recht blödes Gesicht macht, dann bleibt's einem – für immer!«

Ernstl: »Ach was, der wird schon grad kein blödes Gesicht machen, wenn wir ihn erschrecken – und bleiben wird's ihm auch nicht.«

Das Annerl ist beruhigt: »Also gut, dann machen wir es genau so, wie du g'sagt hast. Aber der Oma und den anderen sagen wir nix, denn dann wollen die auch mitmachen, und dann, wenn so viele Leut' drum herumstehen, dann sagt ER schon gleich gar nix!«

Ernstl: »Ja, genau so wird's gemacht.«

Am Weihnachtsabend sitzen dann alle beisammen: die Mama und der Papa, der Opa und die Oma, die Resi und der Schorschi (das ist der Resi ihr Sohn, auch 8, wie der Ernstl). Und der Franz und seine Verlobte sitzen auch da. Die Verlobte ist ein bisserl dick geworden in letzter Zeit – aber wenn wir fragen warum, dann schaun bloß alle recht komisch und die Tante Elly sagt dann immer dasselbe: »Fragts nicht, Kinder, es ist, wie es ist!«

Überhaupt die Tante Elly! Wenn die Resi sich aufregt über ihren Sohn – und das macht sie oft! –, dann sagt die Tante Elly immer: »G'stohlen haben sie's nicht!« Und wenn sich dem Franz seine Verlobte oder gar die Mama ärgern über ihre Männer, dann sagt sie immer bloß: »Du hast ihn haben wollen, jetzt schau, wie du fertig wirst mit ihm.« Und wenn die Tante Elly das sagt, dann wissen die Mama und die Resi meistens nicht mehr, was sie noch sagen sollen.

Alle haben ihre Geschenke ausgepackt und die neuen Sachen ausprobiert: Der Opa zieht sich seinen neuen Schnupftabak rein und schnäuzt ihn heftigst in sein Schnupftabakstuch. Die Oma hat einen Messerblock gekriegt, aus dem hat sie gleich die Messer rausgenommen und den Holzblock in den Ofen gesteckt, damit es schön warm bleibt in der Stube. Und die Mama dreht und wendet sich mit ihrer neuen Bluse, die sie vom Papa gekriegt hat – mit Spitzen dran, das mag der Papa gern … Und der Papa selber? Der hat seine Füße in zwei riesengroße Tigerköpfe reingesteckt und läuft damit im Kreis herum – es sind seine neuen Hausschuhe, aus Plüsch, gelb-schwarz gestreift. Jeder freut sich, jeder hat ein bisserl was gekriegt, und weil es das Fest der Kinder ist, haben wir Kinder das meiste gekriegt.

Dann haben alle gegessen … Und mit einem Schlag war's kurz vor zwölf in der Nacht!!! »Komm, Annerl«, ruft der Ernstl aufgeregt und rennt aus dem Weihnachtszimmer, »komm schnell, sonst ist es wieder zu spät!«

Das Annerl rennt dem Ernstl hinterher, raus auf den Flur, dorthin, wo ER immer liegt, ER, der jetzt gleich reden wird!

»Gleich isses zwölf ...«, flüstert der Ernstl.

»Ja, sei still ...«, flüstert das Annerl.

Sie schleichen sich an sein Lager – ER schläft! – sie knien sich vor ihn hin ...

... und auf einmal hören sie die Turmuhr zwölf Mal schlagen!

Plötzlich macht ER ganz langsam die Augen auf ...

»Jetzt ...«, flüstert das Annerl, »... jetzt sag was zu IHM, Ernstl ...«

Der Ernstl starrt IHN an ... und mit einem Mal schreit er, so laut er kann:

»Wir sind's! Wastl! Wir sind's! Wach auf! Kennst uns doch! Jetzt red was! Es ist Punkt zwölf in der Weihnachtsnacht! Red was! Heut kommst uns nimmer aus!!«

Und das Annerl: »Komm! Jetzt red was! Wastl! Jetzt red doch endlich!!! Die Oma hat g'sagt, dass du reden kannst um zwölf in der Heiligen Nacht! Die ganzen Jahre schon sagt sie's, aber nie haben wir's erwischt. Aber heut – heut isses Punkt zwölf – und heut musst du reden!!«

Der Wastl schaut so, wie man schaut, wenn man nicht weiß, was los ist.

Er legt die Stirn in Falten ... und plötzlich sagt er: »W ... wwuff!«

Der Ernstl und das Annerl reden auf ihn ein: »Ja? Was? Was willst uns sagen?? Sag was, sag was, ein bisserl mehr ..., komm, ein bisserl mehr!«

Der Wastl sagt noch zwei Mal w ... wwuff« ... dann steht er auf ... streckt sich ... legt sich wieder hin ... und schläft weiter.

Das aber ist zu viel für den Ernstl. »Ja, schau dir den an! Du vermaledeiter Dackel, du vermaledeiter! Warum redst jetzt nix? Die Oma sagt doch, dass du um zwölf auf 'd Nacht reden kannst! Und jetzt sagst wieder nix ... du Hund ... du Dackel, du damischer!«

In dem Moment taucht die Oma auf und sieht, wie die zwei Kinder auf das schlafende Tier einreden. »Ja, warum flucht ihr denn so herum? Tut man denn so was am Heiligen Abend? Jetzt lasst sofort den Hund in Ruhe – es ist doch Weihnachten!«

»Aber ... aber ... Oma ...«, stottert das Annerl, »du hast doch selber g'sagt, dass die Viecher reden können in der Weihnachtsnacht, genau um Punkt zwölf können sie reden, das hast du selber g'sagt! Und jetzt isses zwölf – und ER hat wieder nix g'sagt!«

Die Oma windet sich.

Sie sucht nach einer Erklärung ...

Dann – endlich – hat sie eine:

»Das ist ja kein Wunder, dass der Wastl nix sagt. Der kann schon reden, aber nur an dem Ort, wo unser lieber Jesus gelebt hat. Wenn's *dort* am Heiligen Abend zwölfe schlägt und wenn ihr dann *dort* den Wastl fragen tätet, dann – und bloß dann! – tät er reden! Aber in Bayern? – Naa, in Bayern geht des net!«

MARIA PESCHEK

Ein braves Kind

Zwei Klosterschwestern gab's bei uns in der Familie, Schwestern unseres Bappas. Die eine arbeitete in München im Kinderheim der blauen Schwestern als Schneiderin, die sahen wir öfters. Sie war keine gewöhnliche Schneiderin. Wir Kinder erkannten in ihr früh die Künstlerin. Aus Stoff und Filz zauberte sie winzig kleine Märchenfiguren, die sie dekorativ auf einem kleinen stoffüberzogenen Karton oder Bierfilzl arrangierte. Wir bewunderten die feinen, akkuraten Arbeiten der Tante sehr. Sie hatten etwas Überirdisches an sich, wie nicht von Menschenhand gemacht, und wir waren überzeugt: Diese Tante würde mal heiliggesprochen werden. Zumindest war ihr auf alle Fälle ein Platz im Himmel gewiss.

Sie war sehr fromm und erfüllt von dem Wunsch, auch aus uns Kindern gottesfürchtige Menschen zu machen. Und wenn wir schon eine ganze Weile nichts mehr angestellt hatten und uns selbst für ziemlich brav hielten, ermahnte sie uns immer wieder, nicht zu selbstgerecht zu sein und uns in Sicherheit zu wiegen, wir alle wären auf die Gnade Gottes angewiesen. Schon bloße Gedanken könnten Sünden sein.

Schreckliche Geschichten wusste sie zu erzählen von Märtyrern, Besessenen und Teufelsaustreibungen. Als Kind machte ich Phasen durch, da getraute ich mich monatelang nicht allein in unseren Keller, um dem Bappa sein Bier raufzuholen. In jeder Ecke vermutete ich den Leibhaftigen. Wenn ich krank war, war er meist der Hauptdarsteller meiner Fieberträume. Trotzdem flehten wir immer, wenn sie bei uns war: »Tante, erzähl uns vom Deifi, bitte!« Diese Geschichten machten uns zwar Angst, aber die Faszination des Gruselns war stärker.

Manchmal durften auch wir die Tante im Kloster besuchen. Der Höhepunkt dieser Unternehmung war ein Besuch auf der Kinderstation. Dort gab's besondere Kinder zu sehen, mit Behinderungen oder ungewöhnlichen Missbildungen. Wir durften sie uns anschauen. Nicht als Spielkameraden ließ man uns zu den Kindern, nein, nur zum Anschauen. Irgendwann, als groß gewordene Schulkinder, begannen wir uns dabei nicht mehr wohlzufühlen und wir wollten das nicht mehr. Die Tante selbst war fast kleinwüchsig und hatte ein kürzeres Bein. Wir Kinder freuten uns immer, wenn sie zu uns kam, zwangen sie, sich genau neben uns zu stellen, um zu sehen, wie viel wir seit dem letzten Besuch schon wieder gewachsen waren und ob wir sie bald eingeholt hätten.

Ein Foto gibt's, da stehn wir Kinder mit der Mutter und der Tante vorm Christbaum. Damit die Tante nicht so klein wirkt, steht sie auf einem Holzschemel, unserem Schammerl. Das Schammerl sollte wohl von uns Kindern verdeckt und nicht gesehen werden. Aber man sieht's. Weil der Bappa zum ersten Mal mit Blitz fotografiert, haben wir, wohl vor lauter Gespanntsein, das blöde Schammerl ganz vergessen. Mit offenen Mäulern und weit aufgerissenen Augen stehen wir da.

Die Tante gab mir auch mal ein schönes kleines Büchlein. Darin war ein glühendes Herz zu sehen, durchstoßen von einem Schwert. Ich sollte täglich eine Unmenge Gebete daraus lesen. Damit war ich aufgenommen in einen Marienbund und konnte durch meine Gebete Seelen vor der ewigen Verdammnis retten. Als Kind hat man natürlich den ganzen Tag über Wichtiges zu tun, und so war ich schnell im Verzug mit meinen täglichen Gebeten. Da war's gut, dass ich zum lieben Gott ein ganz freundschaftliches, ungezwungenes Verhältnis hatte. Ich erklärte ihm die missliebigen Umstände, warum's heute mal wieder nichts geworden war, und versprach, bei Gelegenheit die nicht eingehaltenen Gebete nachzuliefern. Bald sah ich aber zeitlich keine Möglichkeit mehr, meinen Rückstand aufzuholen. Mit dem lieben Gott machte ich dann einfach aus, so zu tun, als wäre heute der erste Abend meines Pflichtgebetes. Meine Mitgliedschaft begann quasi wieder aufs Neue. Dieses Verfahren mussten wir beide noch einige Male im Laufe meiner Marienbundzeit anwenden.

Die andere Klosterschwester-Tante war Missionarin in Afrika. Die bekam ich als Kind nur einmal bei einem Heimaturlaub zu Gesicht. Sie hieß wie ich Maria und wir sahen uns wohl sehr ähnlich. Wenn man die Maria (mich) aufblasen tät, tät sie ausschaun wie die Tante Marie, wurde immer wieder zur Erheiterung der gerade Anwesenden erzählt. Da war was dran und deswegen war es sehr lustig. In Afrika schienen die Schwestern auch am irdischen Leben ein bisschen Gefallen finden zu dürfen. Unsere Tante machte einen lebenslustigen, munteren Eindruck, war Lehrerin, unterrichtete die weißen Burenkinder und zu Besuch hier in ihrer bayrischen Heimat überfiel sie bald schon das Heimweh. Afrika war ihr, der Niederbayerin, zur Heimat geworden.

Wir Kinder mussten mit ihr lachen, weil sie Policeman statt Polizist sagte und sich vor dem Münchner Straßenver-

kehr fürchtete. Sie erzählte vom Baden im Meer, aber auch von Teufelsaustreibungen und dass die Schwarzen faul wären, stinken würden und das Böse dort noch eine unglaubliche Macht hätte.

Von einem Schulkind erzählte sie, auf welches man in der Schule vergeblich gewartet hatte. Unterwegs war es von einer Schlange verschlungen worden. Als man die Schlange fand, konnte man an ihrem Schlangenkörper gut die Konturen des Mädchenkörpers erkennen. Abends, vorm Einschlafen, weinte ich noch oft um das fremde kleine Mädchen, das im fernen Afrika auf so schreckliche Weise ums Leben gekommen war. Dass einmal ein schwarzes Mädchen im Pausenhof die Rutschbahn runtergerutscht wäre, erzählte die Tante, und weiße Eltern sich beschwert hätten. Deren Empörung sei so weit gegangen, ihre Kinder von der Schule abmelden zu wollen. Den Schwestern sei's aber zum Glück gelungen, die aufgebrachten Eltern zu besänftigen, indem sie versprochen hätten, die Rutschbahn auch ganz gründlich mehrmals zu waschen.

Diese Geschichte verstanden wir nicht, immerhin so viel, dass wir für diese Tante nicht die Hand ins Feuer gelegt hätten, dass sie mal im Jenseits in den Kreis der Heiligen aufgenommen werden würde. Neben Englisch und Afrikaans sprach sie Zulu, die Sprache der Eingeborenen. Sie lehrte uns ein paar Wörter mit Schnalzlauten. Ich kann heute noch auf Zulu sagen: »Dieser kleine Frosch hier will ein Ei« und »Großvater«. Im ersten Satz kommen drei unterschiedliche Schnalzlaute vor, im »Großvater« einer. Ich wollte auch gern so wie diese Tante sein, so unerschrocken und fröhlich. Allerdings wollte ich nicht die reichen weißen Burenkinder unterrichten, sondern nur Gutes tun und richtig missionieren. Ich sah mich in meinen Phantasien gerne auf einem Pferd sitzend, unterwegs, eine gute Tat zu vollbringen, wobei der Wegrand gesäumt war von armen, mir zujubelnden oder zumindest mir freudigst zuwinkenden Negerkindern.

Die Münchner Klosterschwester gab uns auch Bücher mit Geschichten über Heilige. Besonders die Märtyrer hatten es mir angetan, die für ihren Glauben sogar ihr Leben gelassen hatten und standhaft geblieben waren. Keine Tortur konnte diese Helden dazu bringen, ihren Glauben zu verleugnen. Sie verrieten Jesus nicht.

Das würde ich auch nicht. Schon der Gedanke daran, wie ich all die Qualen unbeeindruckt über mich ergehen lassen würde, trieb mir Tränen in die Augen. Allerdings bat ich den lieben Gott in meinen Gebeten, Qualen auszusuchen, von denen ich mir vorstellen konnte, dass ich diese würde durchstehen können. Verbrennen gehörte zum Beispiel zu dieser Kategorie und gesteinigt werden. Die Geschichte eines Märtyrers beeindruckte mich besonders, eines Priesters, der in dem Kelch, in dem sich der Wein in Christi Blut verwandelte, eine todbringende Spinne entdeckte. Er wollte nichts von dem kostbaren Blut, das an und in der Spinne klebte, vergeuden und trank den Kelch leer, mit Spinne. Da war ich nicht sicher, ob ich auch so handeln könnte, und bat Gott, mich so einer ekligen Prüfung besser nicht auszusetzen.

Als Kind war ich gerade in der Vorweihnachtszeit immer sehr dazu bereit, so brav wie nur irgend möglich zu sein. Ja, ich wollte ein Leben führen, dass mich die Nachwelt als Heilige verehren musste. Auch meine Eltern sollten sehen, was ich für gute Vorsätze hatte, und ich war dann sehr auffällig brav. Bei meinem Vater spielte mein Verhalten aber keine Rolle, sondern seine momentane Laune. War er schlecht gelaunt, konnte es einem schon passieren, dass man gerade mitten unterm Bravsein war und sich trotzdem überraschend eine Watschn einfing.

In der Adventszeit, noch während mir der Kopf dröhnte, verzieh ich ihm auf der Stelle in christlicher Nächstenliebe. Er konnte ja nicht ahnen, dass er sich an einer zukünftigen Heiligen vergriff.

Um dem Bappa sein Seelenheil musste man sich wirklich Sorgen machen, obwohl er jeden Sonntag zur Kirche ging und in der Pfarrei aushalf bei handwerklichen Arbeiten, die anfielen. Am Gründonnerstag war er, vorne am Altar sitzend, einer der Apostel, die von Jesus den Fuß gewaschen bekamen. Als Apostel bekam man nur einen Fuß gewaschen, und der Bappa wusch vorher tatsächlich nur immer den Fuß, der mitspielte.

Bei der Fronleichnamsprozession war er einer von denen, die den Himmel trugen, unter dem der Pfarrer mit der Monstranz schritt. Das sprach alles für meinen Bappa, doch wie schwer wog, dass er oft gar nicht nett zu Oma und Opa war, die bei uns im Haus wohnten, und über längere Zeit nicht mit ihnen sprach! Und unsere liebe Mamma brachte er auch manchmal zum Weinen. Außerdem log er. Er machte falsche Zeitangaben, wann sein Dienst zu Ende wär, und war dann früher als erwartet zu Hause. Das tat er, um zu kontrollieren, ob seine Verbote und Gebote auch galten, wenn er nicht zu Hause war. Das sprach alles nicht gerade für ihn, wog schwer, sehr schwer.

Natürlich liebte ich meinen Bappa und ich wollte nicht, wie's vorauszusehen war, gemütlich als Heilige im Himmel

sitzen und meinen Bappa in der Hölle schmoren wissen. Falls es ihm bestimmt sein sollte, im Fegefeuer seine Sünden zu büßen, so wollte ich auch nicht zu lange auf ihn warten müssen.

Um die Zeit im Fegefeuer zu verkürzen, hatten Angehörige die Möglichkeit, für die arme Seele eine Messe lesen zu lassen. Das kostete natürlich was. Mein Vater war zwar noch nicht verstorben, aber ich wollte schon mal vorsorgen.

Taschengeld bekamen wir so wenig, das reichte nicht mal für die Schulsachen, die wir uns davon auch noch besorgen sollten. Wir hatten aber vor kurzem Besuch von einem Kriegskameraden unseres Vaters, mit Frau und Tochter. Neben anderen Geschenken bekam jedes von uns Kindern ein Fünf-Mark-Stück. Eine Messe für eine arme Seele lesen zu lassen kostete damals genau fünf Mark.

Und so ging ich eines Tages zu unserem Herrn Stadtpfarrer, erklärte nicht viel, sondern brachte nur mein Anliegen vor, man möge doch bitte für meinen Vater eine Messe lesen lassen. Ich erinnere mich, dass der Pfarrer schon genau wissen wollte, wieso und warum, und ich ihm keine genaue Auskunft gab, nur dass der Bappa halt manchmal so bös sei und ich wolle, dass er im Fegefeuer nicht so viel leiden müsse. Und an das Gefühl kann ich mich noch erinnern, dass ich mich bei dieser Unternehmung sehr gut fühlte und dass dieses gute Gefühl sehr lange anhielt. Wenn ich mich vom Bappa ungerecht behandelt fühlte, machte es mir nicht mehr so viel aus. »Jaja«, konnte ich denken, »schrei du nur, wenn du wüsstest, wie froh du um mich sein musst!«

Jetzt bin ich kein Kind mehr und er, der Bappa, ist verstorben, ausgerechnet an Weihnachten. Am Heiligen Abend hatte er, seit einem Jahr an Knochenkrebs leidend, seinen gesundheitlichen Zusammenbruch. Den Christbaum hatte er noch schmücken wollen, und dann ging's nimmer. Bestimmt hatte er sich sehr beeilt, damit er's noch schafft. Er war ein so ungeduldiger Mensch. Als wir klein waren, kam das Christkind meist sehr früh zu uns, oft am Nachmittag schon, weil er's nicht mehr aushielt, die Bescherung nicht mehr erwarten konnte.

Einer der meistzitierten Sätze ist in unserer Familie war: »Hockts euch hi, dass mir wieder abramma könna«. Den sagte er, um uns an den Tisch zum Essen zu bitten. Ich habe als erwachsener Mensch lernen müssen, ein »Miteinanderessen« wirklich genießen zu können, doch es passiert mir immer noch, dass ich mich zügeln muss, nicht über meinen Teller herzufallen und alles schnell schnell in mich reinzuschaufeln. An meinen Gewichtsproblemen gebe ich dem Bappa zumindest eine Teilschuld.

Inzwischen wohne ich auf dem Land auf einem Hof. Eine Woche vor Weihnachten brachte ich dem Bappa eine unserer von uns selbst großgezogenen glücklichen Gänse, bratfertig geschlachtet. Wir redeten über die Zubereitungsart: Er moant, er macht's jetzt amoi mit Maroni, aber auf chinesische Art is aa guat oder mit Äpfi. Jetzt lag die Gans in der Gefriertruhe und der Bappa auf der Intensivstation. »Du musst schaugn, dass d' boid hoamkimmst, du musst doch die Weihnachtsgans noch zamessen«, versuchte ich ihn fröhlich zu überzeugen und in mir flehte das Kind: »Bitte, bitte,

Bappa, stirb nicht, bitte.« Und der Bappa sagt: »I woaß, warum i so viel leiden muaß, weil i zu dir immer so greißlich war, wiest kloa warst!« Und ich geb dem Bappa laut die Absolution, die ich ihm schon längst im Stillen gegeben hatte und sag: »Gäh, Bappa, des is doch ois vergessen, des hast an deine Enkelkinder doch scho tausendmoi guatgmacht und mir habn doch a vui scheene Zeiten ghabt, in die Berg, was habn mir oft für a Gaudi ghabt und wievui habn mir glacht mitnand!« Und das Kind in mir sagt: »Hab keine Angst, ich hab schon vorgesorgt, hab eine Messe für dich lesen lassen, es kann schon nicht so schlimm werden.« Und der Bappa lächelt und sieht sehr schön aus.

Die Gans hat er nicht mehr essen können. Die Mamma hat die Gans ein paar Wochen nach seinem Tod gebraten, irgendwann, einfach so, nach und nach Stück für Stück aufgegessen. Gut sei sie gewesen, die Gans, sagt sie, sehr gut. Ich esse von unseren eigenen Gänsen nie etwas, wir ziehen sie nur groß, um sie an Weihnachten Freunden und Verwandten zu schenken. Aber vom Bappa seiner Gans hätt ich schon gern ein Stückl probiert, ihm zu Ehren. »Ja«, sagt die Mamma, »stimmt, blöd gell, hätt ma wirklich vielleicht an seim Geburtstag oder an einem andern Feiertag, hätt ma die ihm zu Ehren … manchmal is ma so blöd, glaubst es na!«

Ich bin immer noch ungehalten mit dem Bappa, schimpf mit ihm: Woaßt, so lang hättst scho no warten könna, dass ma mitnand die Gans essen. Warum hat's dir denn auf oamoi scho wieder so pressiert? Die scheene Gans, mir hättns mit Maroni, chinesisch oder aa mit Äpfi macha könna. Aber du hast's scheint's nimmer dawarten könna. A bissl mehr Zeit hättst dir scho no lassen könna.

Fröhliche Weihnacht überall …

MONIKA ENDRES-STAMM

Es ist ein Ros entsprungen

Es ist ein Ros entsprungen
wohl zu der halben Nacht

steht das Gewicht der Welt
als Wächter vor dem Tor

drinnen flackert Honiglicht
in Tannen blühen Sterne

ein Summen sucht den Ton
in Myrrhe Weihrauch hoch

zum strengen Aug des Engels
steigt das Lied zum Chor

als das Kind noch Kind war
sah es wie er flog

BRIGITTA RAMBECK

Shanghai-Christmas

Es war kein gutes Jahr gewesen. Erst gegen Ende zeigten sich kleine Lichtblicke, nachdem alles, wirklich alles schiefgelaufen war.

Die Misere hatte bereits an Weihnachten begonnen, um dann an Silvester zu eskalieren, womit die Weichen für das gesamte neue Jahr gestellt waren. In die falsche Richtung: in die Wüste, die Sümpfe, das Aus, was Lena anging. Sie hatte sich ihre Zukunft anders vorgestellt. Alles, was ihr wichtig gewesen war, schien einer fernen Vergangenheit anzugehören, obwohl erst ein Jahr verstrichen war seit jenem katastrophalen Heiligen Abend.

Lena hatte bereits den Christbaum geschmückt, erstmals, der Schwiegermutter zuliebe, auch mit Lametta, die Geschenke lagen bunt verpackt auf dem Gabentisch, im Ofen schmurgelte seit Stunden die Gans bei kleiner Hitze.

Gleich würden die Kinder heimkommen – sie sangen beide, obwohl ungetauft, im Kirchenchor des ländlichen Vororts, in dem Lena und Jens wohnten, seit sie eine Familie gegründet hatten – vor fünfzehn Jahren, das heißt, seit Lena schwanger geworden war.

Man hatte sich für ein Haus in der Nähe des Flughafens entschieden – Jens war Pilot –, man wollte die raren gemeinsamen Momente, die sein Beruf zuließ, so intensiv wie möglich nutzen. Mein Gott, waren sie verliebt gewesen! Trotz der Unkenrufe von allen Seiten gab es nicht das geringste Zögern: Sie gehörten zusammen.

Für Lena war die Umstellung schwieriger gewesen. Sie hatte gerade eine Assistentenstelle an der Universität angenommen – Kommunikationswissenschaften, ein damals eher neueres Gebiet, in dem sie eine Aufsehen erregende Doktorarbeit abgeliefert hatte. Summa cum laude.

Was dann geschah, warf sie völlig aus der Bahn – oder vielmehr in die eigentlich richtige, wie sie glaubte. Kopflastig war ihr Leben bisher gewesen, die Liebeleien, die sich nebenher ergaben, konnten sie nie wirklich erschüttern.

Bis sie von ihrer Fakultät zu diesem Kongress nach China geschickt wurde – Mitte Dezember –, es kam ihr vor wie ein Weihnachtsgeschenk. Sie freute sich darauf – obwohl sie zu den Menschen gehörte, die von Flugangst gepeinigt werden. Sie gab ihren Phobien allerdings nicht nach, flog, wo es nötig war. Freiwillig allerdings nie. Lächerlich, sagte sie sich, aber es war doch immer wieder dasselbe: Panik, obwohl sie sich schon Tage vorher mit Entspannungsübungen gegen die zu erwartenden Angstattacken wappnete.

Auch diesmal war es nicht anders, und, im Flughafen angekommen, trug sie wie gewohnt die lästigen Anwandlungen mit Fassung. Wie bei einer Prüfung konzentrierte sie sich auf die einzelnen Anforderungen: einchecken, Koffer abgeben, Handgepäck, Ticket, Visa und Ausweis nachprüfen. Alles lief wie geschmiert.

Passkontrolle. Lena holt die nötigen Unterlagen aus dem Seitenfach ihrer Handtasche, der Beamte lächelt – Lena ist eine attraktive Blondine –, sie lächelt zurück, reicht ihm – nein, das ist nicht der Pass, das ist nur die Plastikhülle, in der er zu stecken pflegt mit etlichen anderen Ausweisen – die Berechtigung für die Universitätsbibliothek fällt auf den Boden. Ihren Pass, bitte? Der Zöllner nickt in Richtung der rasch wachsenden Schlange, die sich hinter ihr bildet. Lenas Hände beginnen zu flattern, auf ihren Wangen leuchten rote Flecken.

»Vielleicht sollten wir einen Passagier dazwischenschieben«, meint der Beamte, immer noch freundlich. Lena dreht sich um. Hinter ihr steht kompakt eine Flugzeug-Crew. Einer der Männer – sie hält ihn für den Piloten – sagt mit fester Stimme: »Sie *haben* Ihren Pass.« Lena zittert jetzt am ganzen Leib. »Sie *haben* Ihren Pass«, hört sie noch einmal, »denken Sie kurz nach.«

»Ja«, sagt sie, »ja.« Es ist, als teile sich eine Nebelwand, sie greift wie ferngesteuert in die Gesäßtasche ihrer Jeans, ja, da ist er, dieser gottverdammte Pass. Rasch weggesteckt beim Check-in in der aufsteigenden Nervosität.

Ihr Retter lächelt, tätschelt begütigend ihren Arm. Lena ist den Tränen nahe vor Erleichterung.

»Nur keine Aufregung«, sagt der Pilot, »jetzt kann nichts mehr passieren. Sie fliegen mit uns nach Shanghai? Wir sehen uns im Cockpit. Ich spendiere Ihnen einen Drink.«

Das ist nun viele Jahre her. Schöne, arbeitsreiche, wunderbare, anstrengende Jahre.

Zwei Kinder: Silvie und Lars. Die Universitätslaufbahn ließ sich damit nicht mehr vereinbaren. Als Lena allmählich die Decke auf den Kopf fiel, ermöglichte ihr die Schwiegermutter durch tatkräftige Hilfe eine Teilzeitbeschäftigung in einer Kulturagentur. Umfangreiche internationale Aufträge konnte Lena allerdings zunächst noch nicht übernehmen, aber Fernreisen waren ohnehin nicht ihre Leidenschaft.

Und nun dieser Heilige Abend: Der Tisch war gedeckt – geradezu ein barockes Stillleben. In der Küche rollte Oma Marta die Knödel. Die Kinder waren von der Kirche zurück – nassgeregnet. Wieder einmal gab es kein weißes Weihnachten, im Radio wurden Föhnstürme angesagt.

Lars und Silvie liefen nach oben, um sich das »Dulci jubilo« vom Leib zu duschen und sich weihnachtsfein zu machen. Gleich würde auch Jens vor der Tür stehen – das Flugzeug musste vor einer Stunde gelandet sein. Er kam aus Shanghai – den Nachtisch wollte er mitbringen –, die Kinder liebten asiatische Spezialitäten.

Lena war fröhlich erregt, im Hintergrund lief Musik – nein, nicht ›Jingle Bells‹, sondern Bachs ›Weihnachtsoratorium‹ wie damals bei Muttern. Sie war in Hochstimmung.

Das Telefon klingelte.

»Jens?«

»Ja, Schatz.«

»Alles ist fertig. Wir warten nur noch auf dich. Habt ihr Verspätung?«

»Hör zu, Liebling, wir kommen hier nicht weg.«

»Wo – hier?«

»Aus Shanghai. Ein kleiner technischer Defekt. Ich dachte, man hätte es dir schon mitgeteilt. Sorry. Grüß mir Mama und die Kinder. Frohes Fest! Morgen bin ich wieder bei euch. Mit dem Nachtisch. Shanghai Christmas – ein bisschen verspätet diesmal.«

Er wartete ihre Antwort nicht ab.

Lena würgte Bach ab und verständigte Oma Marta, die die veränderte Situation als »einen absoluten Hammer« bezeichnete. Sie hatte viel von ihren Enkeln gelernt. Die stürmten gerade die Treppe herunter, rosig, weihnachtsfroh.

»Hunger!«, grölte Lars. »Prima«, sagte Oma, »dann leg ich schon mal die Knödel ein. Auf euren Vater brauchen wir ohnehin nicht mehr zu warten. Der sitzt in Shanghai fest. Darf nicht starten.«

»Scheißberuf«, meinte Silvie.

»Na, na«, beschwichtigte Lena.

»Recht hat sie«, brummte Oma.

»Da sind auch noch viele andere betroffen. Evelyn zum Beispiel«, meinte Lena, »die war doch auch für diesen Flug vorgesehen. Volker wird nicht gerade begeistert sein. Das erste eheliche Weihnachten ohne seine Frau! Wer heiratet auch schon eine Stewardess?«

»Oder einen Piloten ... Aber du hast ja schließlich uns ...«, setzte Lars nach und blähte die Nüstern in Richtung Bratenduft.

»Aber Volker ist heute Abend allein«, war jetzt Silvie zu hören. »Wir könnten ihn doch fragen, ob er mit uns feiern will. Gedeckt ist ohnehin für sechs.«

»Silvie, der Weihnachtsengel«, trällerte Lars. Lena griff zum Telefon.

Und damit nahm das Unheil seinen Lauf.

Am anderen Ende der Leitung hob Evelyn ab … Sie klang atemlos: »Hallo, Lena, ich geb dir mal Volker. Ich bin gerade zur Tür hereingekommen. Muss erst mal meinen Mantel ausziehen. Frohes Fest!« …

***

Es dauerte bis Silvester, bis der Scherbenhaufen einigermaßen vollständig vor ihr lag, und es brauchte noch einmal ein halbes Jahr, bis Lena klar wurde, dass da nichts mehr zu kitten war.

Ihr Vertrauen war aufgebraucht. Es war nicht allein der Betrug, der sie niederschmetterte, sondern das ganze grob gewirkte Gewebe aus Lügen, Ausflüchten, Verschweigen und die allmähliche Erkenntnis, dass sich dies schon über Jahre hingezogen hatte in fast gewohnheitsmäßiger Selbstverständlichkeit.

Monatelang trieb ihr der bloße Gedanke an all die Finten, die dazu notwendig gewesen waren, und an ihre eigene Naivität, mit der sie alles hingenommen hatte, die Schamröte ins Gesicht. An jenem Heiligabend war der Zweitfrau anscheinend der Kragen geplatzt. Sie holte Jens überraschend am Flughafen ab. Diesmal wolle sie Weihnachten mit ihm verbringen, meinte sie. Andernfalls würde sie uns allen den Heiligen Abend gründlich vermiesen. Er habe die Wahl.

Ohne seine krasse Notlüge wäre die banale Komödie wohl noch einige Zeit weitergegangen.

Inzwischen war Lena fast dankbar für die jähe Abkürzung des unwürdigen Spiels. Aber musste es ausgerechnet an Weihnachten sein? Jener Heilige Abend lag ihnen allen noch lange im Magen, obwohl weder Gans noch Plätzchen merklichen Zuspruch gefunden hatten. Sogar Lars war der Appetit vergangen.

Im Sommer reichte Lena die Scheidung ein. Niemand war wirklich glücklich über die Lösung, am wenigsten Jens. Aber

Lena wollte vor allem eins: frei sein, unabhängig, und dies so rasch wie möglich auch finanziell. Sie nahm nun wieder größere Aufträge an, die sie mitunter mehrere Tage von zuhause fernhielten.

Silvie und Lars waren schließlich aus dem Gröbsten heraus, und Oma Marta hatte sich nach einigen halbherzigen Vermittlungsversuchen entschlossen auf die Seite der Schwiegertochter geschlagen.

Im Herbst war Lena so weit, sich einen Großauftrag zuzutrauen, der mehrere längere Auslandsaufenthalte notwendig machen würde. Shanghai – was sonst? Das schien ihre Schicksalsstadt zu sein. Sie verbot sich jeglichen Aberglauben. Auch jede Flugangst, was jedoch nicht im selben Maße gelang.

Dennoch ging alles gut – sie verbrachte wolkenlos glückliche Tage in der westlichsten Metropole Chinas, lernte interessante Menschen kennen, zog für ihre Agentur wertvolle Kontakte an Land.

Der dritte Shanghai-Termin war für Ende November angesetzt – Lena sah ihm unbesorgt entgegen. Es gab Verzögerungen, die Daten wurden mehrfach nach hinten verschoben. Die letzte Möglichkeit für dieses Kalenderjahr: 16. bis 21. Dezember. Die Firma buchte den Flug.

Lena zögerte. Noch ein versautes Weihnachten wollte sie nicht riskieren. Andererseits mochte sie die Früchte ihrer Arbeit auch nicht einem Kollegen abtreten.

Lars und Silvie sahen keinen Grund zur Sorge, Oma Marta versprach, ein Auge auf Haus und Enkel zu haben.

Die Tage vor der Abreise waren hektisch. Lena versuchte schon jetzt alle notwendigen Weihnachtsvorbereitungen unter Dach und Fach zu bringen, dazu kamen die Vorbereitungen für Shanghai. Am Nachmittag des Abflugtags plante sie noch einen Besuch in der Schule ihrer Tochter ein: Silvie hatte bei der Weihnachtsfeier eine tragende Rolle. Unmittelbar nach Silvies Auftritt fuhr Lena mit dem Taxi zum Flughafen – natürlich im Stau. Als sie durch die Passkontrolle ging, wurde gerade ihr Name aufgerufen – noch einmal Glück gehabt, dachte sie, zeigte ihren Pass – da sind Sie ja, sagte der Beamte mit einem strafenden Blick auf ihren Namen und winkte sie durch. Das war knapp. Aber schließlich lief alles wie am Schnürchen. Erschöpft, aber glücklich sank sie in ihren Flugzeugsitz. Man hatte ihr sogar einen Platz in der Business-Class zugewiesen. Das Flugzeug war überbucht.

Sie war bester Dinge, als sie gut ausgeruht in Shanghai landete: So viel Angstzeit hatte sie noch nie im Flugzeug verschlafen. Draußen wartete schon ein Chauffeur des Geschäftspartners auf sie – sie freute sich auf die Stadt, die chinesischen Freunde, sogar auf die anstehenden Verhandlungen. Während der Zollbeamte ihren Pass prüfte, berechnete sie, wie lange sie vom Hotel zu dem Restaurant brauchen würde, in dem heute die ersten Besprechungen stattfinden sollten. Zeit genug, sich frisch zu machen.

Automatisch griff sie nach ihrem Pass, den der Beamte ihr hinhielt. Geöffnet. Sie verstand ihn nicht gleich. Sein Englisch war schwer verständlich. »Thank you«, sagte sie freundlich und griff nach dem Pass. Er ließ ihn nicht los.

Es dauerte eine Weile, bis sie begriff, dass ihr Visum nicht korrekt war. Zwar lief es noch bis Ende Juli, aber es waren nur drei Einreisen beantragt – und dies war nun schon ihr vierter Trip nach China.

»So können Sie nicht hier einreisen«, sagte der Mensch hinter der Glasscheibe, »Sie müssen erst wieder nach Hause fahren und ein korrektes Visum beantragen.« Lena hielt das für einen groben Scherz. »Ich werde sofort nachzahlen«, sagte sie, immer noch ganz gelassen. Hinter ihr murrten die wartenden Mitreisenden.

Der Beamte griff jetzt zum Telefon. Wie aus dem Boden gewachsen bewegten sich zwei weitere Uniformierte auf sie zu. »Handschellen«, dachte sie unwillkürlich und fühlte sich plötzlich von Gott und der Welt verlassen.

Noch einmal versuchte sie klarzustellen, dass ihr Visum noch ein halbes Jahr lang gültig sei – der Beamte in seinem Kabäuschen kümmerte sich bereits um die nachrückenden Reisenden. Dafür wurde sie von den beiden bewaffneten Polizisten in die Mitte genommen und in einen Seitengang dirigiert: Ihr Fall bedürfe der Klärung.

Das Büro, in das sie entlassen wurde, war von kahler Funktionalität bis auf einen völlig deplatzierten Christbaum mit knallbunten Kugeln und elektrischem Lichterglanz. »Shanghai-Christmas« – das war wohl die Schicksalsformel ihres Lebens. Hinter den Schreibtischen wieder Uniformierte, diesmal gleich vier davon. Fast gleichzeitig blickten sie zu der Tür, durch die sie hereingeschoben wurde. Steinernen, wenn nicht grimmigen Blicks. Heiden – und dann noch mit Christbaum, dachte Lena, politisch ganz und gar unkorrekt. Der Schweiß rann ihr den Nacken hinab. Warum konnten sie nicht wenigstens lächeln, wenn man schon in der Scheiße saß – im Land des Lächelns? Einer der Ölgötzen deutete stumm auf einen Stuhl in der Ecke. Man war noch beschäftigt.

Mit dem Rücken zu Lena saß ein Mann – oder vielmehr ein Herr, vermutlich. Boss oder Armani, dachte sie automatisch, dafür hatte sie einen Blick, seit Jens in ihr Leben getreten war. Keinen freundlichen, seit er sich von ihr verabschiedet hatte.

Ihr Handy klingelte – ›Für Elise‹ –, heute kam ihr das schwachsinnig vor. Silvie – der rituelle Anruf. Ihre »Kleine« brauchte Mutters Gutenachtkuss – wenn nicht live, dann zumindest fernmündlich. Je ferner, desto dringender. Trotz Pubertät. »Ja, Schatz. – Nein, alles okay. Bestens.« Erst jetzt merkte sie, dass sie schniefte. »Das kommt sicher wieder mal vom Airconditioning. Ich meld mich nachher noch mal, steh gerade im Zoll. Ciao, mein Honigschneck.«

Der Herr im Edeloutfit drehte sich interessiert um.

Wie konnte sie nur dieses dämliche Wort in den Mund nehmen? Seit Tomi Ungerers ›Kein Kuss für Mutter‹ bei ihnen Einzug gehalten hatte, war es zum geflügelten Fami-

lien-Kosenamen geworden – mit Gänsefüßchen, natürlich. Und niemals in der Öffentlichkeit.

Der Fremde grinste breit – offensichtlich auch ein Deutscher –, die Gänsefüßchen hatte er gewiss nicht mitgehört. »My Bonnie is over the ocean«, singsangte er, verstummte aber sofort, als er sah, wie die elegante, durchaus attraktive Landsmännin rot anlief und zum verbalen Gegenschlag ausholte. »Entschuldigen Sie bitte«, kam er ihr zuvor, »das war ein Ausrutscher. Bei mir liegen im Augenblick alle Nerven bloß« …

»Ein bisschen Niveau dürfte aber schon noch sein«, presste sie zwischen den Zähnen hervor, und – sie musterte ihn jetzt von oben bis unten –: »Armani oder Boss?«

Sie hätte sich dafür ohrfeigen können. Aber er grinste schon wieder. »Karstadt«, sagte er. Ihr gemeinsames Lachen wurde von den chinesischen Beamten abgebremst. Man war hier ja nicht im Zirkus.

»Herberger«, sagte der Fremde unbeeindruckt, »Hannes Herberger. Wir sitzen vermutlich im selben Boot. Vielleicht kann ich die Zeremonie für Sie ein wenig abkürzen. Ich schmore hier schon seit einer Stunde. Was haben Sie sich denn zuschulden kommen lassen?«

Jetzt liefen bei ihr die Tränen. Dabei gehörte Selbstbeherrschung zu ihren hervorragendsten Eigenschaften. Dieser Mensch verstand es, auf ihrer Gefühlsklaviatur zu spielen. Dazu klang jetzt wieder ›Elise‹ an. Vor Schreck ließ Lena ihr Handy fallen. Am liebsten hätte sie es zertreten. Diesmal waren es die chinesischen Freunde, die in der Ankunftshalle alle Gäste ihres Fluges abgewartet hatten. Vergeblich natürlich.

Lena hatte sie völlig vergessen.

Sie blieben höflich, als sie ihnen mit immer noch leicht gebrochener Stimme den Sachverhalt schilderte. Aber: nein, sorry – helfen könne man ihr nicht. Es gebe da Vorschriften, und die könne höchstens ein VIP umgehen. Sie solle sich melden, sobald sie zurück sei – allerdings: Der Vertrag müsse spätestens übermorgen unter Dach und Fach gebracht werden. Vielleicht könne sie versuchen, ihnen eine Vollmacht zur Abholung ihres Gepäcks ausstellen zu lassen. Das spare auch etwas Zeit.

Lena, nunmehr jenseits der Tränen, schaltete das Handy aus. Selbst ihre Tochter bekäme jetzt zu hören: »The number you are dialling is temporarily not available.«

»Mister Herberger« bekam gerade einige Papiere ausgehändigt und verstaute sie in seiner Reisetasche. Auf dem Weg zur Tür wandte er sich an Lena: »Darf ich Ihnen einen Rat geben?«

Sie nickte. Er erschien ihr jetzt wie der letzte rettende Anker auf wogender See. Zwanzig Minuten später verließen sie einträchtig wie ein altes Paar den Raum – gemeinsam verdonnert zu der immerhin zeitsparendsten Lösung ihres Problems: Ausreisen mussten sie auf alle Fälle – um mit einem gültigen Visum zurückkehren zu können. Die billigste Version war ein Ausflug nach Hongkong. Wenn sie den nächsten Flug nahmen, konnten sie noch heute ihr Kurzzeitvisum beantragen und am nächsten Morgen nach Shanghai zurückkehren.

Wieder in Freiheit, griffen beide sofort nach ihren Handys. Lena schickte nun die zweite Hälfte der zärtlichen Gutenachtbotschaft an ihre Tochter nach. Ihr Begleiter sprach währenddesssen in offensichtlich perfektem Chinesisch auf seinen Gesprächspartner ein.

»*Mein* Honigschneck«, sagte er knapp, als das Gespräch beendet war, und deutete auf sein Handy. Lena antwortete mit einem geharnischten Blick. »Man wird wohl noch Tomi Ungerer zitieren dürfen«, konterte er künstlich aufgebracht.

Das gemeinsame, leicht hysterische Lachen löste die angesammelte Nervosität so weit, dass sie fast schon heiter ihren Stand-by-Flug nach Hongkong buchten, den sie dann nach einem ausgiebigen chinesischen Frühstück gemeinsam antraten. Inzwischen hatten sie auch die Eckdaten ihrer Biografien ausgetauscht, das heißt, Lena hatte für ihre Verhältnisse fast geschwätzig ihre Vergangenheit ausgebreitet, während Hannes – man war bei den Vornamen angekommen – eher wortkarg geblieben war.

Immerhin erfuhr sie, dass er viele Jahre lang am Goetheinstitut in Shanghai unterrichtet hatte, jetzt aber in die Münchner Zentrale zurückkehren wollte. »Shanghai ist eine wunderbare Stadt – lebendig, ständig auf der Überholspur«, meinte er, »aber nach zehn Jahren weiß man dann plötzlich nicht mehr, wo man wirklich hingehört – vor allem wenn die große Liebe zu bröckeln beginnt. Ich wollte zurück nach Deutschland. Yu Lin – meine Frau – hat sich nach mehreren

Versuchen, in Deutschland zurechtzukommen, für ihre Heimat entschieden – und inzwischen auch für ihren Jugendfreund. Sie arbeiten beide in der Medienbranche, mit einem Erfolg, der in Europa so kaum vorstellbar ist.«

Übrigens habe er in München bereits eine Wohnung gefunden und in den letzten Wochen eingerichtet. Ein Glücksfall: mitten in Schwabing. Warum er dann jetzt in Shanghai sei – so knapp vor Weihnachten? Hannes zögerte kurz. Dann meinte er, die Frage könne er jetzt noch nicht beantworten. Es handle sich um sein Weihnachtsgeschenk, nein, schränkte er ein – um seinen sehnlichsten Weihnachtswunsch – und da sei er fast abergläubisch. Man wisse ja, dass das Christkind gern seine Gaben zurückzieht, wenn man sich seiner Sache allzu sicher sei.

In Hongkong verliefen die Verhandlungen bezüglich der Visa geradezu zügig – es war hier wohl eine kleine »Industrie« rund um die Aus- und Einreiseprobleme vergesslicher Ausländer entstanden.

Eine kleine Unstimmigkeit gab es allerdings noch mit der Übernachtung. An ein Ausharren in der Flughafenhalle war nicht zu denken. Zu wichtig waren die Geschäfte, die in Shanghai auf sie warteten. Da mussten sie topfit sein. Wegen der frühen Abflugzeit am nächsten Morgen aber kam nur das Flughafenhotel in Frage. Beim Einchecken meinte Hannes, man müsse ja nicht unbedingt zwei Zimmer buchen – wozu für die paar Stunden ein Heidengeld ausgeben? Er konnte nicht ahnen, welchen Sturm der Entrüstung er damit bei Lena auslösen würde. Auch sie selbst erschrak über die Heftigkeit ihrer Reaktion.

Dieser Mann musste sie für die dümmste Zicke halten: eine Frau über vierzig mit Teenagerallüren. Dabei hatte sie vor allem an ihr spärliches Gepäck gedacht. Sie ließ ihre Habseligkeiten vor ihrem inneren Auge Revue passieren: Geldbeutel, Reisepapiere, Lektüre, ein paar Arbeitsunterlagen, dazu Lippenstift, Wimperntusche, Tempotaschentücher – Kosmetisch-Flüssiges durfte derzeit ja nicht im Handgepäck transportiert werden. Auch Nachthemd und Wechselwäsche gab es nur im Koffer.

Inzwischen stellte sich heraus, dass sie sich ihr Wortgefecht hätten sparen können, da für die im Übrigen bereits hereinbrechende Nacht ohnehin nur noch ein einziges Zimmer zu haben war. Mit französischem Bett.

»Ich werde mit der Badewanne vorliebnehmen«, meinte Hannes mit todernster Miene. »Sollen wir unser Gepäck nach oben bringen oder gehen wir gleich zum Abendessen?«, fügte er schmunzelnd hinzu mit Blick auf seine Aktenmappe und ihre Handtasche. Lena setzte zu einem Lächeln an. »Hunger!«, sagte sie dann im Tonfall ihres heranwachsenden Sohnes, wenn er vom Sportunterricht nach Hause kam.

»Wir könnten ja ein wenig Weihnachten vorfeiern oder zumindest auf unseren Visa-Erfolg anstoßen«, meinte Hannes beim Anblick des üppig ausgestatteten Speisesaals, in dem ein Candle-Light-Dinner auf dem Programm stand, »wer weiß, was uns die nächsten Tage noch bescheren« – und bestellte eine Flasche Champagner. Das nachfolgende Menü hielt sich an das Niveau des Getränks, auch die Unterhaltung perlte bei gehobener Stimmung dahin, als seien sie seit Kindheit gute Freunde. Viel Gespräch ergab sich zu späterer Stunde ohnehin nicht, weil in der Bar eine fetzige Band spielte und sie tanzend entdeckten, dass sie sich auch ohne Worte vorzüglich aufeinander einstellen konnten.

Längst waren sie beim Du, als sie das gemeinsame Zimmer betraten. Worauf Lena sich später zweifelsfrei besinnen konnte, war ein Handgemenge im Bad, als Hannes sich mit allen verfügbaren Handtüchern in der Badewanne zusammenrollen wollte, wovon sie ihn schließlich unter unbändigem Gelächter abbringen konnte. Was dann kam, entzog sich einer klaren Erinnerung. Allerdings hatte sie nachträglich den Eindruck, als habe sie, animiert von dem heiteren Vorspiel im Bad, die Initiative ergriffen – und dann kam der rituelle Anruf. Hannes hörte auf Lena zu streicheln, und lachte:

»Der Honigschneck! Gib deiner Anstandsdame auch einen Kuss von mir!«

Als sie am nächsten Morgen vom Hotelservice geweckt wurden, musste alles sehr schnell gehen. Keine Zeit mehr für ein Frühstück. Beim Einchecken Hektik. Im Flugzeug durch Reihen getrennt – die Maschine war ausgebucht.

Auf dem Weg zum Baggage Claim in Shanghai stand Lenas Handy nicht still. Die chinesischen Kollegen warteten bereits in der Ankunftshalle. Ihre Koffer? Of course, die waren längst im Hotel. Man hatte keine Zeit mehr zu verlieren. Immerhin ebbte beim Telefonieren Lenas seltsame Neigung zum jähen Erröten ab – seit ihrer Pubertät war das nicht mehr aufgetreten.

»Wann fliegst du nach Deutschland zurück?«, fragte Hannes. Sie nannte Abflugzeiten und Flugnummer.

»Und du?«

»Wenn alles gut geht, bin ich am Heiligen Abend in München – wenn nicht, wer weiß?«

Er küsste sie rasch – immerhin auf den Mund. Sein Handy klingelte. »Dein Honig…?«

»Ja«, sagte er, und sie rannte davon, als habe sie eine Meute Hunde auf den Fersen.

Draußen wartete der Chauffeur des Geschäftspartners. Die Verhandlungen verliefen zunächst etwas hektisch, dann aber in gewohnter Freundschaftlichkeit und wurden schließlich zu einem für beide Seiten erfreulichen Ende gebracht. Zum Abschied lud man sie in ein Fünf-Sterne-Lokal ein – sie musste in der Euphorie aufpassen, den chinesischen Schnäpsen nicht in landesüblicher Quantität zuzusprechen.

Am 21. Dezember wurde Lena von den Kollegen am Flughafen abgeliefert. Die Hektik der letzten Tage fiel von ihr ab. Sie sah sich um. Ob Hannes an sie gedacht hatte? Wie ein Teenager lief sie in den weitläufigen Hallen hin und her und hielt verstohlen nach ihm Ausschau. Nein, natürlich war er nicht gekommen. Was hatte sie erwartet?

Trotz der allüberall strotzenden Weihnachtsdekorationen hätte sie nicht weiter entfernt sein können von weihnachtlichen Gefühlen. Schließlich eilte sie in Richtung ihres Gates – es blieb nicht mehr viel Zeit –, sie wollte ja nicht schon wieder aufgerufen werden.

Ihr Weg führte an einigen weihnachtlich geschmückten Boutiquen vorbei.

Was sie in der verknappten Zeit in Shanghai natürlich nicht mehr geschafft hatte, waren Weihnachtseinkäufe. Es war keine große Wunschliste, die sie abzuhaken hatte, aber vielleicht konnte sie doch noch ein paar Dinge mitnehmen? Hastig griff sie sich hier einen Pulli für Silvie, dort eine Tüte Fortune-Cookies für Lars' Silvesterparty und da – ja, da gab es sogar ein chinesisches Teeparadies. Oma Martas Lieblingstee musste schließlich noch sein. Lena durchforschte mit den Augen das reichhaltige Angebot. Ja, da war die gesuchte Sorte. Seit Jahren liebte sie diesen Tee – Jens hatte ihn früher regelmäßig mitgebracht, wenn er nach China flog. Das fiel nun seit einiger Zeit aus.

Lena griff ins Regal. Und gleich noch einmal. Nahm schließlich fünf Päckchen mit. Das würde eine Weile reichen und die Schwiegermutter hätte ihre Freude daran.

Jetzt drängte die Zeit. An der Kasse natürlich wie immer eine Schlange. Ja, doch, sie konnte es schaffen. Vorsorglich kramte sie nach ihrem Portemonnaie. 250 Euro, sagte die Dame an der Kasse in schwer verständlichem Englisch. Lena schüttelte den Kopf. Kann nicht sein. Der Kassenzettel bestätigte die Summe.

»Sie haben sich vertippt«, sagte sie und lachte nervös auf. Ihr Flug war schon aufgerufen worden.

Als sie begriff, dass dieser Luxustee tatsächlich so teuer war, tönte der gefürchtete Aufruf aus dem Lautsprecher. Ihr Name hallte durch die Räume. Das war peinlich, aber ihre Rettung. Mit einem hektisch ausgestoßenen »Oh, it's me! Sorry, I have to hurry up«, rannte sie los.

Ohne einen Blick zurück.

Heiligabend. Wieder einmal rollt Oma Marta die Knödel, wieder einmal schmurgelt im Herd die Gans. Gleich müssen Lars und Silvie da sein – sie haben am Nachmittag mit ihrem Vater gefeiert.

Es läutet. »Menschenskinder, könnt ihr nicht aufsperren?«, ruft Lena aus dem Weihnachtszimmer, »ich bin gerade am Christbaumschmücken.« Doch da hat Oma Marta schon geöffnet – mit spitzen Fingern wegen der Knödelpampe.

Aber es sind gar nicht ihre Enkel, die da im Flockenwirbel vor der Tür stehen, sondern ein fremder Mann mit einem kleinen, sehr zierlichen Mädchen mit mandelförmigen Augen.

»Kinder, es zieht, macht doch die Tür zu«, tönt es von nebenan. »Könnten Sie Lena dieses Päckchen geben?«, fragt der fremde Mann. Aber da steht sie schon im Windfang – sprachlos, was ihr selten passiert.

»Ich wollte dir nur deinen Tee bringen«, sagt Hannes. »Ich hatte mich verspätet, neulich, und kam gerade noch rechtzeitig, um dich von dieser Kasse weglaufen zu sehen. Vielleicht wolltest du deinen Tee ja doch haben? Als kleines Weihnachtsgeschenk.« Lena schnappt nach Luft. Er lässt sie nicht zu Wort kommen.

»Ja, und noch eins«, fährt er fort, »ich habe *mein* Weihnachtsgeschenk auch bekommen.« Er blickt auf das Kind. »Meine Tochter. Es war eine Zitterpartie. Aber sie ist mir zugesprochen worden. Am Ende waren alle dafür. Ich hoffe, wir werden es miteinander schaffen.«

»*Dein* Honigschneck?«, sagt Lena.

Oma Marta blickt amüsiert von einem zur anderen. »Darf ich mal schauen, was Sie da mitgebracht haben?«, fragt sie und nimmt Hannes das Päckchen ab. »Aber jetzt kommen Sie doch erst mal rein in die Wärme! Lena, wie lange willst du deine Freunde denn noch im Schnee stehen lassen?«

Walter Korn

Weihnachten im Paradies – eine wahre Geschichte

Weihnachten ist in unseren Breiten zweifellos der Höhepunkt im Kinderjahr. Schon Ende des Sommers werden erste Wünsche geäußert, und je näher das Fest rückt, umso mehr steigern sich Erwartung und Vorfreude: Kein Wunsch erscheint unerfüllbar.

Dies bleibt so bis zum Einsetzen der Pubertät, dann werden zwar noch gern Geschenke genommen, das Drumherum aber vehement abgelehnt und als »uncool« belächelt.

Bei mir war das nicht anders, und so verabredete ich mich, als ich sechzehn war, zum ersten Mal am Heiligen Abend mit gleichgesinnten Freunden. Unmittelbar nach der häuslichen Bescherung versammelten wir uns zu einem »Anti-Weihnachtstreff«, bei dem wir dann krampfhaft versuchten, einander nur ja kein »Frohes Fest« zu wünschen.

Mit neunzehn hatte sich meine Abwehr gegen alles Althergebrachte so verfestigt, dass ich in einen Flieger der Aeroflot stieg – in der Tasche ein One-Way-Ticket nach Colombo – Sri Lanka. Das war 1979. Vorsichtshalber hatte ich meine Ausbildung noch beendet, dann aber den sicheren Job gekündigt und meine ganzen Ersparnisse in Reiseschecks gewechselt. In meiner von Hochglanz-Bildbänden und Liveberichten weltläufigerer Freunde geprägten Vorstellung wartete das Paradies auf Erden auf mich: Colombo.

Einen knappen Tag später holte mich die Wirklichkeit ein. Noch benommen von Flug und Jetlag, betrat ich eine Metropole der Dritten Welt, erschütternd und verstörend: Colombo. Schon die Fahrt vom Flughafen in die Innenstadt führte an einer für mich bis dato unvorstellbaren Armut vorbei. Nie zuvor hatte ich solches Elend gesehen, und am Ziel meiner Fahrt, am Bahnhof von Colombo, schlugen die Wogen der Enttäuschung völlig über mir zusammen.

Ich hatte nur noch den Wunsch, diesem Moloch von Stadt so schnell wie möglich den Rücken zu kehren, und bestieg den nächsten Zug nach Kandy, der alten Königsstadt im Landesinneren, in der Hoffnung, dort das erwartete Paradies zu finden. Ein Irrtum, wie sich bald herausstellte, denn was mich empfing, war nur eine weitere chaotische Stadt, nicht ganz so unübersichtlich wie die Hauptstadt, aber ebenso beherrscht von Armut, Müll, Schmutz und Gerüchen, die mir den Atem stocken ließen. Der viel belächelte Putzwahn der typisch deutschen Hausfrau, bei der man angeblich »vom Boden essen« kann, kam mir jetzt deutlich weniger abschreckend vor.

Nach einer unruhigen Nacht in einem Schlafsaal der YMCA saß ich am nächsten Morgen wieder in einem Zug und wollte nur eins: weg von diesen Städten und weiter, immer weiter in Richtung Osten, so weit wie nur irgend möglich.

In den späten Abendstunden erreichte ich den kleinen Ort Trincomale an der Ostküste von Sri Lanka. Zum ersten Mal seit meiner Ankunft in diesem Land wurde ich nicht bedrängt. Kein Bettler wollte Almosen von mir, niemand zupfte an meiner Kleidung.

Ärmliche, aber saubere Hütten säumten schmale, staubige Straßen, aus den Fenstern blickten mir lachende, neugierige Gesichter entgegen, die mir zeigten, dass noch nicht viele Touristen bis hierher vorgedrungen waren. Der Ort lag an einem natürlichen Hafen, und eine wunderbar frische Meeresbrise lüftete mir beim letzten Tagesschimmer den Mief der zehnstündigen Zugfahrt aus den Kleidern.

War das jetzt mein Paradies? Ich hatte von schimmernden Stränden geträumt. Der kleine Ort war hübsch und beschaulich, die Fischerboote malerisch, aber der Strand war überzogen von Unrat aller Art. Ich erkundigte mich bei einem alten Fischer nach einem Hotel am Meer und bekam die Auskunft, dass es hier nur ein einziges gebe: den »Beachbangol«, etwa zwanzig Kilometer außerhalb der Stadt.

Am Ende der Welt.

Nach einstündiger Fahrt setzte mich der öffentliche Bus auf freier Strecke ab. Kein Hotel zu sehen, nicht einmal eine Hütte, nur eine schmale, sandige Piste, die von der Hauptstraße wegführte und der ich in Ermangelung einer Alternative folgte.

Nach einer längeren Wanderung gelangte ich in einen Palmenhain, in dem mir Fischer, die mir mit Körben voller Krabben entgegenkamen, in gebrochenem Englisch bereitwillig Auskunft gaben. »Beachbangol this way«, meinten sie und zeigten in die Richtung, aus der sie kamen.

Noch ein Kilometer und ich war am Ziel meiner Träume. Ein quietschbuntes, ebenerdiges Gebäude tauchte vor mir auf, eine Fata Morgana mitten im Palmenhain, und wenige Meter davor erstreckte sich ein kilometerlanger Sandstrand vor dem Hintergrund des türkisfarbenen Indischen Ozeans. Ich war verzaubert.

Beschwingt betrat ich das Hotel, diesen »steingewordenen Traum«, und wurde von einem jungen Singhalesen freundlich begrüßt. Er brachte mich zu einem sauberen, gemütlichen Zimmer mit eigener Dusche und einem unglaublichen Meerblick. Das alles gab es hier zum Spottpreis. Ich lud meine Siebensachen ab und ging sofort zum Strand. Als einer der Angestellten vorbeischlurfte, fragte ich ihn, ob die Gegend hier auch einen Namen habe. Er antwortete: »Yes Sir – Allahs Garden.« Ich wunderte mich nicht.

In diesen Fall war der Besitzer des Paradieses, Dr Subraniam, ein Dorfarzt aus Trincomale, der sich mit diesen kleinen Hotel ein zweites Standbein schaffen wollte. Da er sich tagsüber um seine Praxis kümmern musste, herrschte im Hotel das pure Chaos. Keiner der Angestellten wusste so recht, wie man ein Hotel führt und in Schuss hält, und so war das Ergebnis ihrer durchaus spürbaren Bemühungen eher spärlich.

Auch das Paradies kann langweilig werden, und selbst als Hippie mit einem Pferdeschwanz bis zu den Hüften kann man seine »deutschen Tugenden« nicht dauerhaft verleugnen. Nach vier Wochen totalen Nichtstuns konnte ich das Chaos nicht mehr tatenlos mitansehen und begann, mich um das Hotel zu kümmern. Nach und nach organisierte ich den Tagesablauf der Hotelangestellten sowie meinen eigenen neu, schrieb Speisekarten, lernte ceylonesisch kochen und wurde nach weiteren sechs Wochen vom Hotelbesitzer zum Geschäftsführer ernannt.

Den ganzen Sommer über war das Hotel ausgebucht und wir mussten viele Gäste wegschicken. Gemeinsam mit mir ging der Doktor Pläne einer Erweiterung der Anlage durch eine Anzahl kleiner separater Hütten durch. Der Sommer verging, die Regenzeit kam, der Alltag lief weiter wie immer. Die Hütten standen inzwischen kurz vor der Fertigstellung. Nach einer ruhigeren Phase füllte sich der Beachbangol wieder mit Gästen, meist aus Deutschland, aber es waren auch Franzosen, Engländer und Japaner dabei. Es hatte sich herumgesprochen, dass man hier nicht betrogen wurde und das Hotel trotz der meist sehr alternativen Gäste auch drogenfrei war.

Eines Nachmittags – es war ein ungewöhnlich trüber Tag und das Hotel nur spärlich belegt – machte ich mich auf die Suche nach unseren Gästen, um sie nach ihren Wünschen für das Abendessen zu fragen. Sie waren wie vom Erdboden verschluckt: Weder Gabi aus Berlin noch Gerd aus München, auch nicht Franz aus Köln oder Petra aus Hamburg waren zu finden. Schließlich fand ich sie alle zusammen am Strand unter einer Palme. Sie saßen da und starrten auf das aufgewühlte Meer hinaus, und alle miteinander hatten sie, wenn ich mich nicht sehr täuschte, feuchte Augen. Ein Unfall?

»Was ist denn mit euch los?«, fragte ich besorgt.

»Ja, weißt du denn nicht, was heute für ein Tag ist?«, fragten sie zurück und musterten mich mit Staunen. Ich wunderte mich über die Frage: Woher sollte ich wissen, was heute für ein Tag war; jeder Tag verlief hier wie der andere; ich wusste nicht einmal, welchen Wochentag wir hatten. »Es ist Heiliger Abend, sag bloß, dass du das nicht weißt?«, brach es aus Gabi heraus – ihre Stimme war brüchig. »Seit Jahren habe ich mir gewünscht, Weihnachten unter Palmen zu feiern, und jetzt bin ich hier und komme fast um vor Heimweh!« Auch der Rest der Versammlung stimmte nun in den Jammergesang ein: Am 24. Dezember war ein deutscher Tannenbaum anscheinend durch keine Palme zu ersetzen.

Mich selbst traf die Erkenntnis, dass heute Weihnachten sein sollte, wie ein Keulenschlag. Nicht dass mir das ›Stille Nacht, heilige Nacht‹ gefehlt hätte, aber mir wurde schlagartig klar, dass meine Eltern jetzt zum ersten Mal allein unterm Christbaum saßen und, was schlimmer war, ohne zu wissen, wo ich war und wie es mir ging.

Während Petra von Labskaus schwärmte, den es in ihrer Familie immer an Weihnachten gebe, Gerd etwas von einer Weihnachtsgans faselte, die er heute erstmals versäume, und Franz überhaupt nicht mehr verstehen konnte, wieso er unbedingt gerade an Weihnachten von zu Hause fliehen wollte, wurde auch mir das Herz schwer.

Damals gab es noch kein Handy, der Beachbangol hatte noch nicht einmal Telefonanschluss, und auch in Trincomale gab es in den späten Siebzigern noch keine Möglichkeit, internationale Telefongespräche zu führen. So saßen wir also an diesem trüben Tag am Paradiesesstrand und philosophierten über den Sinn des Lebens, worüber ich ganz und gar vergaß, weswegen ich eigentlich gekommen war: nämlich um die Wünsche fürs Abendessen zu erfragen. So mussten wir schließlich mit einem Resteessen vorliebnehmen – und das, während in Deutschland Gänse und Karpfen auf den Tisch kamen.

Ich ging früh schlafen an diesem Heiligen Abend, begleitet von nostalgischen Erinnerungen an selige Kinderzeiten. Gegen Mitternacht aber wurde ich – und mit mir alle Hotelgäste – unsanft von explodierenden Knallfröschen und Silvesterkrachern geweckt. Den Angestellten, allesamt Tamilen oder Singhalesen, war unsere trübe Stimmung nicht verborgen geblieben, und weil sie uns unbedingt eine Freude machen wollten, hatten sie mitten in der Nacht ein lautstarkes Fest organisiert. Allerdings hatten sie Weihnachten mit Silvester verwechselt. Wir waren dennoch gerührt von der Herzlichkeit der Geste – aber es war eben doch kein »Heiliger Abend« gewesen.

So erwachte ich am nächsten Morgen mit einem vagen Unbehagen, das ich zu meinem Erstaunen als »Heimweh« diagnostizieren musste – dem ersten seit meiner Ankunft an diesem paradiesischen Ort. Noch am selben Tag teilte ich Dr. Subraniam mit, dass ich umgehend den Beachbangol verlassen müsse, um nach Hause zu fahren. Zu meinem Erstaunen zeigte er großes Verständnis. Er habe sich schon seit einiger Zeit gewundert, dass ich es so lange ausgehalten habe – so ganz ohne meine Familie. Er wünschte mir Glück und eine gute Reise.

Am 5. Januar stand ich vor der Tür meiner Eltern. Völlig überrumpelt und überglücklich konnten sie meine Heimkehr kaum fassen. Meine Mutter fiel mir um den Hals und wollte mich gar nicht mehr loslassen. Das Wohnzimmer war immer noch weihnachtlich geschmückt, und sogar die traditionellen Süßigkeiten »fürs Kind« hingen am Christbaum – man konnte ja nie wissen … So feierten wir den Heiligen Abend nach und erzählten einander die Erlebnisse von hüben und drüben … Es wurde eine lange Nacht – so richtig weihnachtlich. Das Paradies kann man überall finden.

Besonders an Weihnachten.

Eleni Torossi

Trucker-Weihnacht mit Günter Grass

Ich hatte 800 Kilometer von München bis Ancona hinter mich gebracht, ganze neun Stunden war ich am Steuer gewesen, und jetzt wirkte der Anblick der griechischen Fähre am Hafen geradezu beruhigend. Ich war schnell vorangekommen, denn die Autostrada war ziemlich leer gewesen an diesem weihnachtlichen Tag. Sogar die immer geschäftigen Italiener bleiben am Heiligen Abend zuhause.

Jetzt kamen die Aufregung auf der Autorampe und das Rangieren im unteren Ladedeck neben den riesigen Sattellastern im Bauch des großen Schiffs. In der Kabine ließ ich meinen kleinen Koffer, nahm mein Buch und ging in die Cafeteria. Sie war wie leergefegt. Nichts erinnerte an das Gedränge der sommerlichen Hochsaison auf der Fähre nach Griechenland. Wer kommt schon auf die Idee, um diese Zeit mit dem Schiff zu fahren. Doch höchstens ein paar Heimwehkranke wie ich. Ich holte mir einen Kaffee, suchte mir einen Tisch aus und ließ mich erschöpft auf einen Stuhl fallen. Als die Fähre ablegte, waren die Cafébesucher an einer Hand abzuzählen. Ich freute mich auf die Überfahrt. Endlich alles hinter mir lassen. Sollte doch die ganze Welt ihren Heiligen Abend feiern. Ich fand den weihnachtlichen Rummel restlos übertrieben, die Einkäufe, das Einpacken der Geschenke, das große Essen, was für ein immer wiederkehrender, unsinniger Stress! Damit wollte ich heuer nichts zu tun haben. Ich vertiefte mich wieder in mein Buch, und beim Schaukeln des Schiffes versank ich in eine wohltuende Entspannung. Doch ich kam nicht dazu, auch nur eine Seite zu lesen.

»Sind Sie vielleicht die Schwester von …, wie heißt er noch, wissen Sie, der, der in München das ›Kalimera‹ hat?«, hörte ich neben mir eine Stimme wie ein Sägeblatt, das sich durchs Holz frisst. Als ich den Blick hob, schaute ich in ein kantiges, pockennarbiges Gesicht mit eingefallenen Wangen und zwei dunklen, verschmitzten Augen.

»Sie irren sich«, erwiderte ich kühl.

»Irgendwoher kenne ich Sie, vielleicht aus dem ›Kalimera‹!«

»Das glaube ich nicht«, versetzte ich so trocken wie möglich und war gerade dabei, den Blick wieder auf mein Buch zu senken.

»Sie sind aber doch aus München?«

Ich nickte.

»Na bitte! Was habe ich gesagt? Ich hab Sie schon mal gesehen, bin nämlich oft in München, liefere Obst in die Großmarkthalle. Abends esse ich immer im ›Kalimera‹, und dann geht's wieder retour.«

Damit war der Redeschwall erst einmal zu Ende. Ich schenkte ihm ein gezwungenes Lächeln. Er schien zu zögern, gab aber nicht auf.

»Erlauben Sie mir, Sie zu einem Bier einzuladen?«

»Leb wohl, liebes Buch«, dachte ich, »warum nicht«, hörte ich eine innere Stimme sagen und im selben Moment meine eigene: »Ja, bitte!«

Der Mann entfernte sich, und ich nahm mein Buch wieder zur Hand. »Dann trinke ich eben ein Bier, daran sterbe ich ja nicht gleich«, dachte ich.

Er kam mit zwei Gläsern zurück, stellte eins davon auf den Tisch, behielt das andere in der Hand und blieb fast schüchtern neben mir stehen. Sein vernarbtes Gesicht strahlte mich an. »Zum Wohl!« war das Einzige, was er herausbrachte, während er wie ein Pelikan von einem Fuß auf den anderen trat. Ich bekam Mitleid mit ihm und bot ihm einen Stuhl an meinem Tisch an.

Binnen kurzem hatte er mir anvertraut, dass er mich bereits im Laderaum bemerkt habe, als ich mein Auto parkte. Dem M auf der Nummer habe er entnommen, dass ich aus München komme. Wieso ich jetzt mitten im Winter so ganz allein nach Griechenland unterwegs sei, wollte er wissen, und das am Heiligen Abend? Ach ja, die Heimat bleibe doch immer die Heimat!

Das hätte mir noch gefehlt, dass ich mich jetzt mit dem Typen über Heimatgefühle austauschte. Herrgott nochmal! Ich hatte nicht vor, hier mein Leben auszubreiten, wollte einfach mein Bier trinken, mich ein bisschen höflich zeigen und danach verschwinden.

»Erlauben Sie?«, fragte er, und ohne die Antwort abzuwarten, nahm er mein Buch zur Hand und las laut: »*Ginter Grass. ›Me-i-n Ja.. jaa-chundert‹!*«. Dann meinte er: »Der Name kommt mir bekannt vor, aber zum Teufel mit diesem Deutsch! Ich hab's nie bis zum Lesen gebracht. Zum Sprechen eigentlich auch nicht. *›Me-i-n Ja-chundert‹*. Hab ich es richtig gesagt?«

»Großartig! Günter Grass, ›Mein Jahrhundert‹.«

»Oh Mann! Wahnsinn! Du hast ja 'ne Aussprache! Du redest genau wie 'ne Deutsche. Irre! Da lass ich mich doch glatt mal mit Kultur ein«, sagte er und schlug sich mit der Hand an die Stirn. »Schwesterherz, echt super! Und was soll jetzt dieses *›Me-i-n Jaa…‹* bla bla heißen?«

Ich übersetzte es ihm ins Griechische.

»Sein Jahrhundert? Über sein Jahrhundert hat der geschrieben? Du müsstest mal hören, was ich dir über mein halbes Jahrhundert erzählen könnte! Sei's drum, was hatten wir gerade gesagt? Ach ja! Dass wir eigentlich schon heute in Griechenland sein und dort Weihnachten feiern sollten, aber eben, die Arbeit … Ich hab's nicht hingekriegt. Aber morgen bring ich den Truck durch den Zoll, und dann geht's schnurstracks nach Athen. Also, morgen verbring ich den Tag auf jeden Fall mit der Frau und den Kindern. Eigentlich könnten mir die Weihnachtstage ja gestohlen bleiben. Ich persönlich lass es mir gut gehen, wann und wo ich gerade bin, Hauptsache, ein paar gute Kumpels sind dabei.«

Ja, doch, verheiratet sei er schon, aber eher mit dem Laster. Ein Leben lang unterwegs, was für eine Art von Familie könne man da schon aufbauen? Okay, die Frau beschwerte sich nicht! Hauptsache, er überwies ihr regelmäßig den Monatslohn. Oft verbrachte er gerade mal einen einzigen Tag im Monat zu Hause. Gerade genug, um die gewaschenen und gebügelten Klamotten zu holen, die Schmutzwäsche dazulassen, und dann wieder los. Natürlich hatte die Fahrerei auch ihre positiven Seiten. Das musste er zugeben, und jetzt ließ er mich auch gleich noch wissen, dass er schon immer was für Frauen übriggehabt habe, ohne die ginge es bei ihm einfach nicht. »Du bist mir vom ersten Moment an aufgefallen, gleich als du reinfuhrst. Ich hab mir gesagt, Freundchen, diese Frau gefällt dir, schau mal, wie du an sie rankommst.«

Mein Lächeln gefror wieder.

»So läuft es nicht«, sagte ich patzig, »die Tour lassen wir lieber, andernfalls sag ich gleich gute Nacht.«

»Darauf schlag ich ein, Mädel!«, konterte er zu meiner Überraschung und hieb mir mit der Hand auf den Arm. »Du bist schwer in Ordnung. Mein lieber Scholli! Klare Worte und nicht das übliche Herumgezicke. Also keine Anmache? Schluss damit. Freunde? Abgemacht. Auf das Wort von Perikles ist Verlass. Du bist ja schließlich eine Kultur-Frau! Mein lieber Scholli, heut hab ich mir ja was eingebrockt, lass ich mich doch glatt auf Kultur ein!«

Er lachte und hob gleichzeitig die Hand zum Gruß. »Hallo, Christos. Du hast doch heute Namenstag! Herzlichen Glückwunsch, Mann! Jetzt musst du aber einen ausgeben. Los, hol drei Whiskys und setz dich zu uns! Nur keine falsche Scham.«

Jetzt wandte sich Perikles an mich: »Das ist mein Kollege Christos. Christos, der Hoover! Super Typ!«

Wir gaben uns die Hand. Der Neuankömmling hatte ein Beamtengesicht. Sauber rasiert, Seitenscheitel, darunter hellblauer Rolli, makellos sauber.

»Für Sie einen Whisky?«, fragte er.

Ich nickte. Beklommen. Whisky trinken mit zwei Brummifahrern? Christos brachte die Drinks. Perikles hob gleich sein Glas: »Auf dein Wohl, Mann, bist der Beste! Auf deinen

Namenstag und aufs Christkind! Hey, Kumpel, heut Abend müssen wir uns auf Kultur einlassen!«, sagte er und deutete auf mich.

»Sehr erfreut, auf Ihr Wohl!«, sagte der andere geradezu förmlich.

»Hoover, ist das Ihr Nachname?«, fragte ich.

»Hoover, Mensch, kennst du nicht die Hoover-Geräte? Die zum Bohnern? Das ist sein Spitzname. Der Freund hier, der ist nämlich ein Ass. Du müsstest bloß sehen, wie der seinen Truck hält. Supersauber, der ist mehr Hausfrau als jede

Frau. Aber sag uns doch, Gnädigste: Der da, wie heißt er noch, den du da liest, schreibt der über sein Leben?«

»Ja und nein. Es sind hundert Geschichten, jede über ein bestimmtes Jahr. Viele sind aus seinem Leben, in anderen kommentiert er die Geschichte und Politik seines Landes.«

»Ach, lass uns jetzt lieber nicht mit der deutschen Politik anfangen, vor allem nicht damit, was an den Grenzen und am Zoll abgeht! Die Österreicher sind aber noch schlimmer. Die absoluten Ärsche. Stimmt's, Hoover?«

»Ja, doch, bin ganz deiner Meinung«, nickte der andere und wurde rot. Kraftausdrücke in Anwesenheit von Damen waren ihm sichtlich peinlich.

»Wie lange sind Sie denn schon mit dem Laster unterwegs?«, fragte ich, um ihm auch ein paar Worte zu entlocken.

»Laster doch nicht, gute Frau, doch nicht Laster!«, fuhr wieder Perikles dazwischen. »Hältst du uns etwa für Lastwagenfahrer? Wir sind Trucker!«

»Du liebe Güte, ist da so ein Unterschied?«

»Ob da ein Unterschied ist? Da schau her, 'ne ausgewachsene Kulturfrau und kennt den Unterschied zwischen Laster und Truck nicht. Du musst schon entschuldigen. Ein Laster ist ein Ding und ein Truck ein anderes. Das ist ein ganzer Lastzug!«

»Wenn Sie Lust haben«, fiel der andere, der Hoover genannt wurde, ein, »können Sie ja morgen früh in den Laderaum kommen, dann zeige ich Ihnen meinen Truck. Dann sehen Sie, wie ich ihn mir halte! Meine Töpfe und Pfannen, die Handtücher, die Kochnische mit dem Gaskocher! Alles an seinem Platz. Wissen Sie, ich esse nicht gern an der Straße. Man weiß nie, was einem da untergejubelt wird. Ich steuere einen der großen Parkplätze an, parke und koche mir selber was. Mal Bohnensuppe, mal Gemüseeintopf, sogar Gulasch. Oft lade ich auch Kollegen ein, Deutsche, Italiener, wer eben gerade da ist. Inzwischen wissen die meisten, dass ich ein guter Koch bin, und sie kommen von selber an, wenn sie mich sehen. Hallo, Christos, was gibt's denn heute? Steht wieder was Gutes auf der Karte? – Na ja, so ist es. Arbeit bleibt Arbeit, aber ich hab gern alles schön ordentlich und genieße das Leben.«

»Jetzt lass mal wieder unsere Freundin zu Wort kommen«, unterbrach ihn Perikles, der Angst bekam, dass ihm der Gutmensch die Schau stehlen könnte, »hast du denn sämtliche hundert Geschichten von dem Wie-heißt-er-noch gelesen? Kannst du uns eine erzählen, oder sind wir zu blöd dazu?«

Das war natürlich eine Herausforderung.

»Moment mal, ich muss nachdenken.«

»Lass dir Zeit. Ich geh inzwischen ein bisschen Toast und Nüsse holen. Und noch eine Runde Whisky, wir müssen doch den Heiligen Abend und Christos' Namenstag feiern.«

Er ging los und kam gleich darauf mit den Drinks zurück.

»Auf unser Wohl und fröhliche Weihnachten! Hast du inzwischen eine Geschichte ausgesucht?«

»Ich erzähle euch am besten die Geschichte, die ich gerade gelesen habe. Danach wünschen wir uns fröhliche Weihnachten und dann gehe ich schlafen. Einverstanden?«

»Super! Das ist dann auch gleich die beste Gelegenheit, dich abzuknutschen, bevor du gehst! Ha, ha, ha!«

Ich blieb ernst: »Die Geschichte spielt im Jahr 1989«, begann ich zu erzählen, »an dem Tag, als in Berlin die Mauer fiel. Am Morgen dieses Tages treffen sich also zwei Ostberliner Freunde zufällig auf der Straße, freuen sich, dass sie sich nach langer Zeit wieder sehen und verabreden sich für denselben Abend.«

»Da bringst du mich auf was«, unterbrach Perikles. »Also, ein Jahr nach dem Mauerfall habe ich eine sagenhafte Ostberlinerin kennengelernt. Das war so ein zierliches Dingelchen, zum Wegblasen, mit einem Rucksack über der Schulter. Die hat mich in Italien gestoppt, als ich nach Deutschland unterwegs war. Sie war auf dem Rückweg von den Ferien. Wir haben geplaudert, und was glaubt ihr, was die für einen Beruf hatte? Tischlerin ist sie gewesen. So was hat dieses System damals fertig gebracht.«

»Perikles, lass uns mal die Geschichte hören!«, bremste Christos seinen Redefluss. »Also gut«, fuhr ich fort, »als sich die beiden alten Freunde am Abend treffen, bewundert der eine den frisch verlegten Parkettboden des Gastgebers und fragt sich insgeheim, wie der zu so einem Luxus gekommen ist. Vitamin B, vermutlich. Sie reden über die alten Zeiten und trinken Schnaps. Nebenbei läuft der Fernseher, aber ohne Ton, und sie merken gar nicht, dass zur selben Zeit Tausende von Menschen zur Mauer ziehen.«

»Waren Sie an dem Abend auch in Berlin?«, fragte jetzt Christos dazwischen. »Nein, ich habe es aber auch im Fernsehen gesehen. Also, um meine Geschichte nicht zu lange zu machen: Der eine sagt zu dem anderen, dass er eigentlich vorhat, im Winter mit seiner Frau Skifahren zu gehen, dass aber leider die Reifen an seinem Wartburg so heruntergefahren sind, dass sie fast kein Profil mehr haben. Er hofft nämlich insgeheim, dass ihm sein Freund mit seinen Beziehungen vielleicht neue Reifen verschaffen könnte. Während er ihm also sein spezielles Anliegen plausibel machen will, sehen sie auf dem Bildschirm Hunderte von Menschen, die triumphierend rittlings auf der Berliner Mauer sitzen und unter den Augen der tatenlosen Vopos auf die andere Seite hüpfen. ›Ts ts ts, westliche Propaganda‹, ruft der eine, und der andere stimmt ihm zu: ›Schande! Bestimmt wieder so ein Kalter-Kriegs-Film.‹ Und schon sind sie wieder bei den leidigen Winterreifen und den vermiesten Skiferien.«

»Mann, was die Deutschen nur am Skifahren und am Schnee finden! Du, Christos, bist du schon mal Ski gelaufen?«

»Lass sie doch die Geschichte fertig erzählen, Perikles, quatsch nicht andauernd dazwischen«, meinte der andere ungeduldig.

»Auf euer Wohl!« Ich hob das Whiskyglas und nahm einen Schluck. »Auf die Kultur!«, rief Perikles lachend. »Mach weiter!«

»Wenig später«, fuhr ich fort, »dreht einer den Ton am Fernseher an. Von dem Moment an sind die Reifen vergessen. Sie kippen den Schnaps hinunter und rennen raus auf die Straße. Was sie gerade gesehen haben, war tatsächlich kein Film, sondern Wirklichkeit. Sofort reihen sie sich in die endlosen Schlangen von Trabants und Wartburgs ein, um möglichst schnell auf die Westberliner Seite zu kommen und das unbegreifliche Geschehen mitzufeiern. Das ganze Volk ist im Delirium.«

»Und was geschieht dann?«, fragt Perikles, spürbar aufgeregt. »Günter Grass verrät nicht, was aus den Reifen und dem Skiurlaub geworden ist«, meinte ich lakonisch. »Vermutlich wurde der alte Wartburg bald gegen einen Opel oder einen Audi ausgetauscht.«

»Diese Wartburgs sind aber schon tolle Autos gewesen, die hielten was aus! Komfort hatten sie ja keinen, aber ich hab einen Freund in Larissa, der bis heute mit so einer Schrottkarre fährt, und die hat ihn noch nie im Stich gelassen.«

»Mensch, Perikles, vor lauter Reden haben wir gar nicht gemerkt, dass sie im Fernsehen Weihnachtslieder singen«, unterbrach ihn Christos. »Fröhliche Weihnachten! Alles Gute! *Chronia polla!* Viele Jahre sollt ihr leben und Weihnachten feiern!«, rief Perikles begeistert. »Und hoch lebe die Kultur! Menschenskinder, bringt Champagner und ein paar Gläser rüber!« Er hob das Glas und stand auf. Ringsherum wünschten sich die wenigen Mitreisenden ein frohes Fest. Aus der Küche wurde die Vorspeise gebracht. Die Kellner stellten Weihnachtskerzen auf die Tische. Man umarmte sich gegenseitig. »He, haben wir's nicht gesagt, heute Nacht kommst du nicht um einen Kuss herum. Also, alles Gute und fröhliche Weihnachten!«

Am nächsten Morgen trafen wir uns wieder in der Cafeteria, alle drei mit Koffern und Taschen. Nach erneuten weihnachtlichen Wünschen war schon der Hafen von Patras in Sicht. Die Fähre begann mit dem Einmanövrieren. Wir brachen zum Laderaum auf. Christos wollte mir unbedingt seinen Truck zeigen.

Die Windschutzscheibe blitzte vor Sauberkeit, ebenso wie seine Töpfe, Teller und Vorräte.

Die Ladeluke begann sich zu öffnen.

»Zeit zum Abschiednehmen, Kinder!«, meinte Perikles.

Wie alte Freunde küssten wir uns links und rechts. »Vielleicht treffen wir uns tatsächlich einmal im ›Kalimera‹«, meinte Perikles, dann bestiegen wir unsere Autos, die beiden ihre Trucks und ich meinen Peugeot, und starteten. Ich ließ meinen Wagen vorsichtig über die Metallrampe rollen und war schnell von Bord, auf festem Boden. Hinter mir Perikles' Truck.

Wir waren kaum fünfzig Meter in Richtung Zoll vorwärtsgekommen, als ich das Hupen hörte. Ich sah in den Rückspiegel. Perikles machte mir Zeichen, dass ich ausscheren solle. Er fuhr mit seinem Ungetüm vor und bremste. Ich bremste gleichfalls und sah ihn vom Truck springen und auf mich zulaufen. In der Hand Zettel und Stift. Es schien sich um etwas Wichtiges zu handeln.

»Hey, Kulturfrau, schreib mir doch den Namen von dem auf, na, wie hieß er noch, dem mit seinem Jahrhundert. Wer weiß, vielleicht find ich das Buch auf Griechisch und lese es. Die Geschichte mit dem Wartburg war klasse. So was gefällt mir! Das schenk ich mir nachträglich zu Weihnachten.«

Ich notierte den Namen des Schriftstellers und gab ihm den Zettel.

»Deine Telefonnummer hättest du ruhig auch aufschreiben können.«

Ich lächelte nur. »Also dann«, sagte er, »danke und gute Fahrt. Pass auf dich auf und fröhliche Weihnachten mit deiner Familie in Athen!«

Einsam wacht …

MARIANNE HOFMANN

Fuchsspuren im Schnee

eingesenkt die Pfoten
der Abdruck der Rute ein Hauch

am Saum des Waldes folge ich der Spur
wie dem Lauf eines Baches
gewunden

im Herbst
suchte der Jäger den Fuchs – wartete lange
erfolglos

ich war ihm damals ganz nah
sah sein rostrotes Flammen im Grün
während das Licht der Abendsonne ihn traf

heute bin ich wieder in der Spur des Fuchses

an diesem Wintertag
wenn der Schnee knirscht
mein Rücken von der Sonne gewärmt

Fridolin Schley

Gipfelfieber

Ich kann nicht mehr genau sagen, von welchem Zeitpunkt an ich das sichere Gefühl hatte, dass ich mich in Gefahr begab. Weihnachten in den Bergen, allein – wenn ich mir auch über fast nichts in meinem Leben mehr klar war, dieses Bild, dieser Wunsch stand mir in größter Deutlichkeit vor Augen: Ich wollte am Heiligen Abend auf einem Berggipfel stehen und die Sterne anbrüllen. Vielleicht reicht es zu sagen, dass ein schwieriges Jahr hinter mir lag, dass sich, teils durch höhere Gewalt, teils durch eigenes Versagen, alles Sichergeglaubte in meinem Leben im Verlauf weniger Monate in Verlust, Trauer und Angst aufgelöst hatte.

Wenn Weihnachten, so wie ich es seit meiner erdrückend-behüteten Kindheit kannte, seine Magie in erster Linie aus den Ritualen bezog, aus der festen, verlässlichen Form einer geschützten Zeit, die dem Bedürfnis nach Rückzug, nach pflichtlosem Müßiggang einen unzweifelhaften Namen, einen mythisch-spielerischen Rahmen gab, dann konnte kein Zweifel daran bestehen, dass ich in diesem Jahr keinen Anspruch darauf hatte, dass ich mich selbst davon ausschließen musste.

Am Mittag des 24. war ich übereilt aufgebrochen, die Stille, die in der Stadt nach den letzten hektischen Besorgungen schlagartig einkehrte, trieb mich zur Flucht an; aus alter Gewohnheit griff ich noch nach Reiselektüre, nahm wahllos zwei Bücher aus dem Regal, von Thomas Mann und Thomas Bernhard; alles um mich herum kehrte zurück zur Quelle, man versammelte sich um den engsten Kern, als näherte sich draußen eine große Bedrohung. Wer jetzt allein ist, wird es lange bleiben – das ging mir nicht aus dem Kopf. Ich fuhr einfach los, über Garmisch nach Österreich, bis ins Kaunertal, die Straßen waren gespenstisch leer, ich fuhr schnell, sehr schnell.

Einen Ort namens Nufels erreichte ich erst am späten Nachmittag, nach Einbruch der Dunkelheit, und so fuhr ich, wegen einer mit jedem Jahr stärker werdenden Nachtblindheit ohnehin nicht gerne abends mit dem Auto unterwegs, eine Zeit lang mit zu Schlitzen verengten Augen und weit über das Lenkrad gebeugt durch weihnachtlich beleuchtete, aber wie ausgestorbene Ortschaften von oft nicht mehr als fünf Häusern, Höfen und Scheunen. Nur einen Steinwurf entfernt stieg linker Hand das Bergmassiv empor, das sich hinter Landeck plötzlich aufgetan hatte, und einige Male befürchtete ich, geblendet von den grellen Zerrmustern entgegenkommender Scheinwerfer, im nächsten Moment an der Felswand zu zerschellen. Das Land hat mir schon immer Angst gemacht. Menschen kommen von weit her, um das hier zu erleben, sagte ich mir, diese Ursprünglichkeit, diese Luft, doch der Geruch bereitete mir Ekel, der Geruch von nassem Heu, von Kühen, von Dung, der erdige Gestank der Natur, aber auch der Fäulnis, der Verwesung. Schon als Kind habe ich in unserem Garten stets einen großen Bogen um den Komposthaufen gemacht.

Ich fand tatsächlich noch ein geöffnetes Gasthaus und beugte mich nach einer wärmenden Suppe mit dem Großvater des Hauses über Landkarten und Wanderpläne. Als ich erklärte, ich wolle noch heute über die Dörfer und entlang der Gletscherstraße bis zum Gepatschhaus und dann über den Pass hoch zur Radurschlalm laufen, musterte er mich, mehr besorgt als belustigt, und sagte nur »Allein? Heut', am Heiligen Abend? Bei Dunkelheit? Na, Glück auf«, und dass ich achtgeben sollte. »Warum denn«, fragte ich nervös, aber er schüttelte nur den Kopf und fragte zurück: »Willst du etwa so in den Berg gehen?« Ich gewöhnte mich nur langsam daran, dass man sich hier duzte. Aber tatsächlich trug ich nur einen leichten Herbstmantel und Turnschuhe.

Mein erstes Ziel war eine barocke Kirche aus dem 12. Jahrhundert im Nachbarort Kaltenbrunn. Ich hoffte, die Dorfbewohner beim weihnachtlichen Kirchgang beobachten zu können. Als ich den vorgelagerten ummauerten Friedhof erreichte, stand dort in festlicher Tracht schon eine Handvoll Menschen in der Kühle des Abends und stieß weiße Atemwölkchen aus. Sie musterten mich argwöhnisch, mit meinem langen schwarzen Mantel und einem Notizblock in der Hand fiel ich als Fremder auf, und grüßten mich mit einem einstimmigen »Froh's Fest«. Es klang wie eine Warnung. Um nichts erklären zu müssen, umrundete ich die Kirche, von der aus ich einen weiten Blick ahnte ins nebelverhangene Tal und auf die Pillerhöhe, schob mich entlang der Gräber, die keine Steine, sondern mit Stahlranken und eisernen Rosen verzierte Messingkreuze trugen, fast alles Familiengräber, in manchen ruhten schon vier Generationen. Ich studierte die Namen sowie Geburts- und Sterbedaten, berechnete die Dauer dieser Leben und blieb schließlich stehen am Grab einer Familie Penz. Johann, Irma, Franz, Paula, Comedius und Andreas Penz lagen hier, der Älteste seit 1935, der Jüngste, Andreas, war nur dreiundzwanzig Jahre alt geworden. Wir hatten dasselbe Geburtsjahr.

Ich ärgerte mich über meinen Fluchtinstinkt und wandte mich wieder den vor der Kirche Wartenden zu. Man nickte mir wissend entgegen, als sei man eingeweiht in meinen dunklen Plan, immer mehr Mitglieder der Gemeinde kamen nun herbei und strömten hinein ins Mittelschiff. Ich reihte mich ein, und als ich, kurz vor dem Eingang, noch einmal am Grab der Familie Penz vorbeikam, fragte ich meinen Nebenmann, so unvermittelt, als spielten wir seit Jahren zusammen Skat: »Woran ist der Penz Andreas eigentlich so jung gestorben?« So verwegen ich mir vorkam, so groß war mein Schreck, als der von mir Angesprochene nun seinerseits ganz selbstverständlich und mit scharfem Nachdruck antwortete: »Bes-ser nicht an den alten Geschichten rühren, glaub mir.«

Beim Gesang war ich der Einzige, der ins Textbuch schaute. Ich entdeckte die Frau vom Wirt in der Reihe vor mir, aber als wir uns zum Zeichen der Verbundenheit die Hände reichen sollten und ich ihr meine entgegenstreckte, wurde sie rot und sah zur Seite. Als ›O du Fröhliche‹ angestimmt wurde, floh ich unter strafenden Blicken.

Draußen hatte sich der Abendnebel verzogen, das Tal konnte man nun weit überblicken, ich atmete tief durch wie nach einer Prüfung, und dass diese Nacht wie gemacht schien für meine Wanderung, beschwingte mich. Hätte ich nicht unvermutet das Gefühl gehabt, zur richtigen Zeit am richtigen Ort zu sein, ich wäre vermutlich gar nicht mit Oehler ins Gespräch gekommen. Zumal man nicht übersehen konnte, dass er nicht mehr ganz bei sich war. Ganz entgegen meiner Art sprach ich ihn im Vorübergehen an; warum er denn nicht wie alle anderen zur Christvesper in der Kirche sei, fragte ich, und er, der mit weit ausholenden Schritten, vorgeneigtem Oberkörper und gesenktem Kopf leise vor sich hin flüsternd die Bergstraße hinab in Richtung der Ortschaft Platz ging und dabei von Zeit zu Zeit den rechten Zeigefinger anfallartig in die Luft stieß, erschrak heftig, als hätte er von mir einen Schlag zu befürchten, und sagte sogleich, in der Kirche sei er schon lange nicht mehr gewesen, zumindest seit er sonntags diese Strecke mit Karrer gehe, oder vielmehr gegangen sei, denn Karrer, mit dem er noch letzte Woche hier spazierte, wäre nun doch vollkommen und endgültig verrückt geworden und zweifellos für immer hoch nach Steinhof gebracht worden. Das habe auch Scherrer geäußert, der mit ihm betraute Psychiater, der ihn, Oehler, für heute Mittag zu einem neuerlichen Gespräch über die genauen Umstände von Karrers Verrücktwerden gebeten habe. Auch über Hollensteiner, so stehe zu befürchten, werde bei dem Verhör zu sprechen sein, jawohl, Hollensteiner, die ehemalige Koryphäe auf dem Wissenschaftsgebiet der Chemie, denn dieser sei ein enger Freund Karrers, oder vielmehr gewesen, denn Hollensteiner sei ja bereits vor Monaten ins Wasser gegangen.

So sprach er ohne Unterbrechung. Ob er mich dabei überhaupt wahrnahm, konnte ich nicht einschätzen. Mehrfach versuchte ich, etwas zu erwidern, auf Verwirrte muss man eingehen, erinnerte ich mich, dann werden sie nicht gefährlich, aber schon nach wenigen Minuten verwünschte ich meinen Übermut und hielt Ausschau nach Möglichkeiten, mich seinem Ansturm zu entziehen. Nachdem wir Platz durchlaufen hatten, erblickte ich hinter einem verfallenen Hotel den Eingang zu einem offenbar jederzeit zugänglichen Talmuseum. Ich begann schon Verabschiedungsformeln an Oehler zu richten, doch dieser folgte mir mit dem Hinweis, auch Karrer und er hätten sonntags, wenn sie hier gegangen seien, stets im Talmuseum Station gemacht, vor allem im Winter, wenn Karrer, von einer andauernden Angst vor Verkühlung getrieben, darauf bestanden habe, sich dort aufzuwärmen, nur um dann drinnen sogleich Beklemmungen und Erstickungsgefühle zu erleiden, aber das seien natürlich schon deutliche Anzeichen seines vollkommenen und endgültigen Verrücktwerdens gewesen. Wir betraten das niedrige, fensterlose Schindeldachgebäude, ohne jemandem zu begegnen. An der Decke verliefen Gasadern, und die wenigen schweren Messingleuchten, die die Exponate nur spärlich beleuchteten, hingen wie Fangarme herab. Es herrschte absolute Stille, sogar Oehler war verstummt. In seit langem nicht abgestaubten Vitrinen lag ohne ersichtliche Ordnung ein Sammelsurium mir gänzlich unbekannter Gegenstände: Kräutermörser, Sauerkübel, Pechhacken – durch die Zeit gerettete Zeugnisse landwirtschaftlicher und handwerklicher Geschicklichkeit und entbehrungsreicher Leben. Tabakschneider, Wiegemesser, Wurstfüller, Kaser, Schmalzfässer, Waschrumpel und Milchstotzen notierte ich mir in meinen Block. Ich stieß mir die Hüfte an einer transportablen Schusterwerkstatt, die mich an glückliche Nachmittage meiner Kindheit an der Hobelbank meines Vaters erinnerte, und strich über die rostige Oberfläche riesiger stählerner Geräte zur Flachs- und Wollverarbeitung. Oehler blieb immer dicht hinter mir. Eine eigentümliche Ruhe hatte uns seit unserem Eintritt umgeben, nur unsere langsamen, immer wieder stockenden Schritte auf dem Dielenboden waren zu hören.

Dann ging Oehler voran in einen angrenzenden stillgelegten Bergbaustollen, in dem auf Schürfrosten exemplarisch ausgebreitet Silber, Kupferkies und Schwefel funkelten. Seine Schritte hallten wie in einem langen Tunnel, und ich wollte ihm schon nachfolgen, als mein Blick auf eine kleinformatige Fotografie fiel, die in einer schmalen, dem Bergsteigen gewidmeten Seitennische hing, zwischen abgefahrenen Kufen alter Schlitten, zu riesigen Knoten aufgrollten Seilen und stumpfgeschlagenen Spitzhacken. Ich verharrte augenblicklich, denn für eine Sekunde glaubte ich, in ein mir zutiefst vertrautes Gesicht zu sehen. Die an den Seiten bereits aufgerollte Schwarzweißaufnahme, die die Jahrzehnte trüb-gelblich verblichen hatten, zeigte einen verhalten lächelnden Mann im Gebirge, der mit gespreizten Beinen im Schnee saß, neben ihm waren seine Ski und Stöcke in den Boden gerammt. Den Rucksack hatte er abgelegt, ebenso Mütze und Handschuhe, hinter ihm war nicht weit entfernt ein Gipfelkreuz verschwommen zu erkennen, ringsum nichts als weiße Bergkuppen. Gleißender Sonnenschein ließ ihn blinzeln, eine Hand schirmte die Augen ab, die mehr als der Rest des Gesichts sein vorgerücktes Alter verrieten. Der Blick des Mannes ging kaum merklich an der Kamera vorbei und richtete sich auf etwas, das weit entfernt zu sein schien, eine heimliche Beunruhigung lag darin, so als traute er der Witterung nicht und fürchtete schon um einen sicheren Abstieg. Fast unleserlich, in krakeliger Schrift, stand unter dem Bild: *Bergführer Eduard Naegele, Glockturm, Weihnachten 1940.* Meine Knie waren weich, doch erst jetzt verstand ich, warum. Der Mann auf der Fotografie glich bis aufs Haar meinem Vater, der vor weniger als einem Jahr an einer seltenen Krankheit gestorben war. Die kerzengerade Haltung des Rückens, der leicht schief gelegte Kopf, die weit auseinanderliegenden Augen. Das war der Augenblick, in dem ich entschied, meine Route zu ändern. Ich musste auf den Glockturm. Eine Tür schlug zu und ich erschrak. Ich horchte auf Oehlers Schritte, doch nichts war zu hören. Ich trat an den dunklen Stollen, in dem Oehler verschwunden war und der aussah wie der Eingang zu einem tief hingestreckten steinernen Iglu. »Herr Oehler?«, rief ich vorsichtig, dann noch einmal lauter, keine Antwort. Mit einem Mal schien mir nichts logischer, als dass Oehler sich an mir vorbei nach oben geschlichen und mich an diesem wie aus der Welt gefallenen, unterirdischen Ort eingesperrt hatte. Ich begann zu laufen, erst zögernd, dann schneller, glaubte schon, den Ausgang nicht mehr zu finden, dann die Treppe hinauf und hinaus, die Tür war unverschlossen, erst auf der Gletscherstraße blieb ich stehen und blickte zurück. Von Oehler keine Spur.

Ich brauchte ungefähr drei Stunden, bis ich die Gletschertalstraße durchlaufen und die neugotische Holzkapelle »Maria im Schnee« erreicht hatte. Nur wenige Einheimische, die sich nach der Bescherung noch die Beine vertraten, begegneten mir unterwegs, Grußworte und Weihnachtswünsche erwiderte ich unwillig, zweimal fragte ich nach dem Wanderweg zum Glockturm und erntete nur verwundertes Lachen. Wahrscheinlich hielt man mich für betrunken. Es war nun keine Zeit mehr zu verlieren. Es ging schon auf halb elf zu, als ich oberhalb der Gepatschalm endlich die richtige Wegmarkierung fand: *Glockturm, ca. 4 Stunden, nur für erfahrene Alpinisten*, stand dort. Das war bis Mitternacht nicht zu schaffen, trotzdem ging ich voran. Im Gepatschhaus, wo ich mich noch mit Proviant versorgt hatte, war man skeptisch gewesen, es sei zu spät, im Dunkeln seien die Wegmarken kaum auszumachen, und ob ich oben auf der Hütte Unterkunft für die Nacht fände, sei keinesfalls sicher. Und doch fühlte ich mich, als ich den ersten Anstieg bewältigt hatte und die ersten Nadelbäume des Zirbelwaldes mir ihre Mondschatten vor die Füße warfen, so frei und bei mir wie seit Jahren nicht. Fast hätte ich ein Lied angestimmt. Mehrmals blieb ich stehen und verglich die dunkel leuchtende Aussicht mit den Bergskizzen auf meiner Karte. Wir hatten nahezu Vollmond, seine Leuchtkraft war erstaunlich. Auf der anderen Seite des Tals machte ich in der Ferne die

Gletscherzunge des Gepatschferners und die Gipfel des Kaunergrats aus, und als ich unter mir auch noch den von Gletschereis gespeisten Weißsee schimmern sah, weit entfernt und zugleich so nah, dass ich glaubte, hineinspucken zu können, da schämte ich mich beinahe, so schön war es.

Nach etwa einer Stunde erreichte ich die Schneegrenze. Es hatte sich merklich abgekühlt, frischer Nebel zog auf und schnitt mir ins Gesicht. Immer häufiger verlor ich nun die orangefarbenen Markierungen, die auf Steine entlang des Wegs gepinselt oder als kleine Pflöcke in den Boden geschlagen waren, aus den Augen, musste stehen bleiben und, mich nach allen Seiten wendend, nach ihnen suchen. Ich hatte geschwitzt und begann zu frieren. Doch noch immer machte ich mir keine Sorgen. Auf einem größeren Flachstück wollte ich pausieren, ich verließ meinem Weg und steuerte auf eine von einem niedrigen, sicherlich Stein für Stein per Hand errichteten Steinwall umgrenzte, schneebedeckte Lichtung zu, in der ich einen Schlechtwetterhang vermutete, eine Sammelstelle für Hirten und Tiere bei Schneefall. Als ich näher kam, glaubte ich dort im Mondlicht undeutlich einen dunklen Fleck im Schnee zu erkennen, das morsche Stück eines vor langer Zeit gefällten Baumstamms, und es war sicherlich meinen schlechten Augen geschuldet, dass ich schon auf kaum mehr als zehn Meter herangekommen war, bis ich glauben konnte, was ich da sah –, dass dort kein Holz, kein Ast, auch kein Tierkadaver reglos wie auf weißer Watte lag, sondern ein Mensch. Der Schreck traf mich wie ein Tritt in die Kniekehlen. Mein erster Impuls war zu fliehen. Doch schon im nächsten Augenblick war ich herangesprungen, beugte mich über den leblosen Jungen, nicht älter als achtzehn Jahre konnte er sein, seine geöffneten Augen starrten in den Himmel, ein Bein ruhte auf dem anderen, die Hände waren auf der Brust gefaltet, ganz so, als hätte er sich zum Sterben noch in eine bequeme Position gebracht. All das passierte innerhalb weniger Sekunden, so dass ich nicht mehr mit Sicherheit sagen kann, wann ich merkte, dass er noch lebte. Ob ich erst hilflos an seiner Schulter rüttelte und »hey« rief, »hey, Junge«, oder ob er mir da schon seinen Kopf zugedreht hatte, selig lächelnd, als erwache er aus einem sanften Traum, und in einem Dialekt, den ich nicht zuordnen konnte, freundlich und leise und seltsam gewählt sagte: »Guten Abend, mein Herr, könnten Sie mir sagen, wie spät es ist?« Es ist grotesk, wie man sich noch in den absonderlichsten Momenten – und gerade dann – an ein Leben lang eingeübte Verhaltensmuster klammert. Die Situation war von größter Irrealität, tatsächlich glaubte ich, eine Erscheinung spräche zu mir. Und dennoch tat ich augenblicklich wie geheißen, blickte auf meine Armbanduhr und antwortete, es sei fast halb zwölf. »Es ist Weihnachten«, fügte ich noch hinzu, als sei dies eine geheime Losung. Dann hatte ich mich wieder gefasst, wollte schon fragen, warum er hier alleine im Schnee liege, und ihm vorhalten, mich zu Tode erschreckt zu haben, da hatte er sich bereits aufgerichtet und zu sprechen begonnen. Es sei doch sonderbar, sagte er, da habe er das Gefühl, seit Stunden hier zu liegen und auf die Heilige Nacht zu warten, und in Wahrheit sei erst eine Viertelstunde vergangen. »Umzukommen ist langweilig, wie es scheint.« Alles an dem Jungen, der sich gleich darauf höflich und förmlich als Hans vorstellte, war wie aus einem früheren Jahrhundert, seine wohlerzogene, steife Ausdrucksweise, aber auch sein Erscheinungsbild. Er trug eine langärmelige Kamelhaarweste und Wickelgamaschen, seine Telemarkski, die wie zwei Kommata neben ihm lagen und hellbraun lackiert leuchteten, waren an den Spitzen mit Leder überzogen. Eine solche Ausrüstung kannte ich bisher nur aus den frühen Luis-Trenker-Filmen. Von Anfang an sprachen wir eigentümlich vertraut miteinander, ich wurde das Gefühl nicht los, ihn seit langem gut zu kennen, und es hätte mich nicht gewundert, wenn wir uns, als wir einander bekannt machten, umarmt hätten. Er sei froh, mich zu treffen, sagte er, denn er habe, kurz nachdem der Nebel aufgezogen sei, den Weg verloren und sich schon darauf eingestellt, hier die Nacht zu erwarten. Er griff nach seinem Rucksack, zog eine flache Flasche Portwein und eine Tafel Schokolade heraus und bot mir beides an. Das sei doch Wahnsinn, brachte ich jetzt aufgebracht hervor, bald werde es hier weit unter null Grad haben, unmöglich könne man das in seinem Aufzug überleben. Daran habe er noch gar nicht recht gedacht, sagte der Junge, aber das stundenlange Ersteigen des Hanges und der eisige Wind bei den Abfahrten hätten ihn so erschöpft und benommen gemacht, dass er sich nur einen Moment habe ausruhen wollen. Dabei müsse ihn unmerklich jenes Gipfelfieber überfallen haben, von dem er gelesen habe, dass es – mit Sauerstoffmangel habe es offenbar zu tun – einen in den Bergen leichtsinnig und gleichgültig mache, mitunter so sehr, dass man es fast darauf anlege, sich um die Orientierung zu bringen. Er sei wohl für einen Augenblick mit offenen Augen eingeschlafen, denn er entsinne sich absonderlicher Träume, von am Ufer einer Bucht spielenden, bogenschießenden und musizierenden Jungen und Mädchen. In seinem Traum habe er daneben zwei graue Weiber erblickt, die über einem Opferbecken in wilder Stille mit bloßen Händen ein kleines Kind zerrissen, er habe zartes blondes Haar mit Blut verschmiert gesehen und Knöchlein in den Mündern der Furien knacken hören. So laut habe er vor Entsetzen geschluckt, dass sie ihn entdeckt und ihre blutigen Fäuste nach ihm geschüttelt hätten, und er könne mir gar nicht genug dafür danken, ihn aus diesem Alptraum geweckt und befreit zu haben, denn allein hätte er sich zweifellos für immer darin verloren.

Ich fragte mich, was ich nur an mir hatte, dass ich stets diese Sonderlinge auf mich zog.

Wie sich herausstellte, war Hans seit Jahren Patient in dem angesehenen und nahe gelegenen Sanatorium »Berghof«, ohne dass man Art und Ursache seines Leidens jemals ganz habe herausfinden oder dieses lindern oder gar heilen können, und aus purer Langeweile hatte er erst vor wenigen Wochen mit dem Skifahren begonnen. »Bitte erwarten Sie also von mir kein Virtuosentum«, sagte er entschuldigend und fragte, ob er sich mir eine Weile anschließen dürfe, bis er die ihm vertraute Piste wiedergefunden hätte. Ich erklärte, ich sei auf dem Weg zum Glockturm und würde ihm raten, entlang der Wegmarkierungen talwärts bis zum Gepatschhaus zu gehen, um dort für diese Nacht unterzukommen. Gerade heute in der Weihnacht werde man ihn dort sicherlich fürsorglich aufnehmen. Doch er winkte gleich ab, keinesfalls dürfe er das Nachtmahl im Berghof versäumen, sein Fehlen bei den Betätigungen des Heiligen Abends werde ihm sicherlich ohnehin Schelte einbringen. So gingen wir gemeinsam weiter, tasteten uns voran, seine Ski hatte der Junge geschultert, es war nun fast ganz finster. Als kurz darauf leichter Schneefall einsetzte und immer stärkerer Wind aufzog, der bald wie mit Sensen auf uns einhieb, so dass wir den Kopf zur Seite wenden mussten, um zu Atem zu kommen, erwog ich zum ersten Mal, mein Vorhaben abzubrechen und umzukehren.

Hans dagegen schien unsere Lage nicht das Geringste auszumachen. Schon seit längerer Zeit, sagte er, übe das Erfrieren auf ihn eine heftige Faszination aus, ja, er habe sogar allerlei wissenschaftliche Fachbücher darüber gelesen. Lange sei es den Medizinern etwa ein Rätsel gewesen, warum einsam Erfrierende als letzte Lebenstat sich nicht selten noch ihrer Kleidung und damit ihres letzten Schutzes entledigen, warum Zeitungen immer wieder von erfrorenen Obdachlosen berichten, die bis auf die Unterwäsche entblößt auf Parkbänken festgefroren aufgefunden werden, ihre Kleidung und Habseligkeiten um sich verstreut, wie hastig vom Leib gerissen. Er wolle mich nicht mit wissenschaftlichen Details langweilen, sagte Hans, aber er fände es geradezu rührend, dass sterbende Zellen als letzte Gabe noch Hitzewellen simulierten, und beruhigend, dass der Körper einen noch im endgültigen Erstarren glauben mache, eine wärmende, schützende Burg zu sein.

Wahrscheinlich gab mir das den Rest. Seit Nebel und Wolken das Mondlicht verschleierten, hatten wir unser Tempo weiter verlangsamt, wie Erblindete tappten wir durch die Dunkelheit, ein steiler Anstieg erhob sich vor uns, und obwohl vor Anstrengung bereits Hemd und Pullover durchgeschwitzt waren, schlotterte ich vor Kälte am ganzen Leib. Die Wahrheit war, dass ich nicht die geringste Ahnung hatte, wie weit entfernt von der rettenden Hütte wir noch waren. Dass ich bereits sämtlichen Proviant und alles Wasser verbraucht hatte. Und dass ein Weggefährte neben mir lief, für den ich schon aufgrund des Altersunterschieds die Verantwortung trug, der mir zugleich aber mit jedem weiteren Schritt unheimlicher wurde. Als ich stehen blieb und sagte, wir müssten umkehren, lachte Hans nur verhalten, wie über eine unpassende Pointe, und ging weiter. Ich setzte ihm nach, packte ihn von hinten an der Schulter und schrie ihn an, er komme jetzt gefälligst mit, bevor ich mich vergesse, doch da fuhr der Junge mit solcher Gewalt herum, dass mein Arm fortflog, und packte mich mit einer Hand am Hals. Ich bekam keine Luft mehr und versuchte, während mir nie zuvor gehörte Laute entfuhren, mit meinen Händen sein Gesicht zu erreichen. Auf die Augen, immer auf die Augen, schoss es mir durch den Kopf. Hans sagte kein Wort, sah mich nur an, während ich in seiner Hand zappelte. Es stimmt, was Ernst Jünger einst in sein Tagebuch notierte: Man sieht es einem Menschen erst im letzten Moment an, ob er in der Lage ist, einem anderen das Leben zu nehmen. Als er mich losließ, klappte ich zusammen wie ein Taschenmesser, mit auf die Knie gestützten Händen kam ich röchelnd zu Atem. Da war Hans schon weitergegangen, bedächtig setzte er jeden Schritt, wie zuvor, als sei nichts gewesen. Kurz darauf, als er schon im Dunst verschwunden war, meinte ich noch, ihn heiter eine Weihnachtsmelodie pfeifen zu hören.

An meinen Abstieg kann ich mich kaum entsinnen. Dass ich in der Dunkelheit und in meinem Zustand den Weg nicht verlor, grenzt an ein Wunder. Irgendwann sah ich in der Ferne die erleuchteten Fenster des Gepatschhauses, und trotz meiner Erschöpfung begann ich zu rennen. Ich kümmerte mich nicht um die Uhrzeit, sondern schlug so lange an die Eingangstür, bis ein ebenso erboster wie besorgter Wirt öffnete. Ja, brüllte ich ihn an, ich wisse, dass es die Heilige Nacht sei, und nein, ich bräuchte kein Zimmer, aber er müsse sofort die Bergwache verständigen, da sei ein Junge allein im Berg, irgendwo zwischen dem Glockturm und dem Sanatorium »Berghof«. Ich kam kaum zu Atem, so außer mir war ich. Der Mann blickte mich an, als sei ich der Messias selbst oder meinerseits einer Anstalt entflohen. Für eine Sekunde sah ich mich dort stehen, in der Kälte der Weihnacht, in vollkommen unangebrachtem Aufzug, zitternd, die Hose durchnässt bis zu den Knien hinauf, Hände und Turnschuhe schlammbeschmiert, schmelzende Eiskristalle im Haar, wild gestikulierend, heiser vor Erregung. An der Körperhaltung des Mannes erkannte ich, dass er Angst vor mir hatte. Da wusste ich, dass ich weg von hier musste, sofort, bevor es zu spät war. Ich rannte hinunter zur Straße, rief noch einmal über die Schulter: »Der Junge, suchen Sie den Jungen!«, und lief und lief. »Es gibt hier kein Sanatorium!«, rief der Mann mir hinterher, aber vielleicht bildete ich mir das auch nur ein. Ich kann nicht mehr sagen, wie ich zu meinem Auto kam, das immer noch in Nufels stand – ob mich jemand mitnahm oder ob ich wirklich die ganze Strecke zurückrannte, wie mein Gedächtnis mich glauben machen will. Auch an die Auto-

fahrt, die mich angesichts meiner Ermattung leicht das Leben hätte kosten können, habe ich nicht die geringste Erinnerung. Irgendwann, am frühen Morgen des ersten Weihnachtsfeiertages, muss ich in München gewesen sein, und als ich mittags in meinem Bett erwachte, weil vor dem Fenster ein Kinderchor sang, lag meine von Dreck und Schweiß verkrustete Kleidung im Zimmer verteilt, wie hastig vom Leib gerissen. Ich hatte hohes Fieber.

ALFRED GULDEN

Hinterm Mond

Im Zimmer war Kälte. Ein Fenster weit offen. Das Sofa war leer. Die Zudecke gefaltet, zurechtgelegt. Und das Kopfkissen mit Knick. Aber kein Hinweis. Ein Zettel mit einer Nachricht zum Beispiel. Nichts. Das passt, dachte ich, das passt alles zusammen.

Am Vortag. Der Sturm riss an den Bäumen. Im Park. Das Warnschild am Eingang hatte mich nicht daran hindern können. Den täglichen Gang im Park lasse ich mir nicht nehmen. Auch an Heiligabend nicht. Gehen, Bewegung, durchatmen können. Am kleinen See war der Kopf meist frei. Der Teil des Parks, in dem ich gehe, wird nur von wenigen besucht. Nie von Touristengruppen. Aber heute war weder der Läufer unterwegs, der zu festen Zeiten an mir vorbeitrabt, noch die junge Frau mit Kinderwagen, die manchmal ein leichtes Kopfnicken und ein Lächeln für mich übrighat, und auch nicht die beiden älteren Männer in langen, abgewetzten Mänteln mit ihren Aktentaschen, in denen die Thermoskanne mit Kaffee, die Tageszeitungen und Brote sind, weiß ich, und die, wenn das Wetter es irgendwie zulässt, auf einer Bank am Kanal, der den kleinen See speist, sitzen, vor sich die Enten, die auf Brotkrumen warten. Heute hast du den Park für dich, sagte ich, der Park gehört dir. Und starker Wind, ja, Sturm, wie hier, das ist wie am Meer entlanglaufen, und für mich, der seit seiner Kindheit an Atemnot leidet, das Geschenk. Äste lagen über dem Weg. Ein Mistelzweig als Mitbringsel. Unser schönstes Zimmer, sage ich oft. Dieser Park. Direkt vor der Tür. Mein Lungenflügel.

Ich begann zu singen. Brach ab. Um die Wegbiegung kam jemand. Klein, korpulent, die Anzugjacke offen, einen Shawl um den Hals, Kopf voraus, der Haarkranz vom Sturm gezaust, was für ein struppiger Heiligenschein, dachte ich, seine Hände hinter dem Rücken, sich so gegen den Sturm stemmend, schräg, kam er auf mich zu. Ich kenne ihn. Heute, wieso gerade heute, wieso gerade hier, dachte ich, im Park? Jetzt hatte auch er mich erkannt. Blieb stehen.

Wenn er sich umdreht und einen anderen Weg einschlägt, dachte ich, mir recht. Er schüttelte den Kopf, kam weiter auf mich zu. »Was für ein Zufall, Sie?«, rief er, noch einige Schritte von mir entfernt. »Es gibt keinen Zufall«, sagte ich, ging auf ihn zu und streckte die Hand aus. »Vielleicht haben Sie recht, vielleicht haben Sie recht«, sagte er und drückte meine Hand, »wie lange haben wir uns schon nicht mehr getroffen, eine Ewigkeit nicht.« – »Vor zwei Jahren, genau, das letzte Mal«, sagte ich und hatte auf einen Schlag unseren damaligen Streit vor Augen. In einem Biergarten. Eine Belanglosigkeit, die sich aber durch seine Art zu argumentieren – Jähzorn, hatte ich ihn damals bei mir genannt, kleiner Herr Jähzorn – zu einem Problem ausgewachsen hatte, das sich auch durch den Alkohol nicht verkleinern ließ. Im Gegenteil. Wir waren aufeinander wütend auseinandergegangen. Damals hatte ich den Bekannten, Schauspieler von Beruf, der, einen Satz des guten König Stanislas auf sich münzend, »Ik bin der Kenik Immerlustik« zu sagen pflegte, von einer oder seiner anderen Seite erlebt. Danach waren wir uns aus dem Weg gegangen. Jetzt, nach König Immerlustig sah er nicht aus, schaute er an mir vorbei, als er sagte: »Was treibt Sie im Park um?« – »Bewegung, Atemholen«, konnte ich gerade noch antworten, hatte aber keine Chance meinerseits zu fragen, denn er packte mich am Arm und zog mich mit sich. »Wir wollen doch nicht wie unser verehrter Ödön von Horváth enden, oder?«, darauf anspielend, dass dieser von einem herabfallenden Ast erschlagen worden war. »Eins zu einer Million«, sagte ich, machte mich von seiner Hand frei, Abstand, und ging neben ihm her. »Aber, wie ich mich kenne, wie Sie mich kennen, gehöre ich zu diesen Einsen«, nickte er und ging zügig voran. Auf dem Kanal hüpften die Enten und Gänse auf den Wellen. »Viehzeug«, hörte ich, und »sie versauen die Wege!« Dabei versuchte er, einen Ast vom Weg weg in den Kanal zu treten. »Hier, an dieser Stelle«, und er blieb auf der kleinen Brücke stehen, »hier genau habe ich vor Jahren die Sonnenfinsternis betrachtet. Tausende haben die Hauptalleen gefüllt, hier standen wir fast allein. Nur ich, meine Frau, mein Sohn.« Abrupt ging er weiter. Ich hatte Mühe, mit ihm Schritt zu halten, obgleich er keine großen Schritte machte. Ein dicker, knorriger Ast lag quer über dem Weg. »Der hätte gereicht. Für uns beide. Eins zu einer Million, ha!«, knurrte er, stieg über den Ast und hastete weiter. Wie lange hält er dieses Tempo durch, diese hastigen kleinen Schritte, dachte ich, seinem Keuchen nach nicht mehr lange, als er, immer eine halbe Schrittlänge voraus, plötzlich anhielt, sich mir zudrehte, mich an den Armen packte und mit einem seltsam wirren Blick anschaute. »Soll ich mir ein Ohr abschneiden?«, und, ohne auf eine Reaktion von mir zu warten, »Ja, Heiligabende haben es in sich.« Und er ließ mich los und eilte weiter. »Ein falscher Freund. Es gibt nicht Schlimmeres als einen falschen Freund«, hörte ich, und »Gauguin, dieser Blick, ein ganz Verschlagener, so hat er sich selbst gemalt mit diesem Blick.« Und er drehte sich wieder zu mir um: »Ich stand immer hinter van Gogh. Ein wahrer Freund. Den zu verlassen! Gerade an Heiligabend! Aber so ist das. Soll ich mir etwa auch das Ohr abschneiden?« Und auf mein Schulterzucken hin: »Ach, Sie haben ja keine Ahnung. Keine Ahnung. Wie sollten Sie auch. Entschuldigen Sie. Ich rede und rede.« Wir waren bis zum Uhu-Baum gekommen. Ich machte halt, um nach dem Kauz zu schauen, der, in einer Baumhöhlung sitzend, oft auf eine Menschentraube unter ihm mit drolligem Kopfrucken hinabschaute. Der Bekannte blieb ebenfalls stehen, zeigte nach oben und machte die ruckartigen Kopfbewegungen nach. »Ein wahrhaft komischer Kauz. Wissen Sie, was mein Sohn sagte, als ich ihm den Kauz gezeigt habe? – ›Er sieht aus wie du, haargenau‹, hat er gesagt. Und meine Frau hat gelacht. Die beiden verstehen sich, gut sogar, wenn es gegen mich geht. Muttersöhnchen, dieses Muttersöhnchen, Parfümgeneration«, murmelte er noch, mehr vor sich hin und schon im Weitergehen. Der kleine See zeigte Wellen, wie ich sie noch nicht auf ihm gesehen hatte. Kein Gekräusel, richtige Wellen. Es fehlten nur die Schaumkronen. »Das Meer im Kleinen. Mare crisium. Hier im Park.« Da ich nichts darauf antwortete, wiederholte er: »Mare crisium«, und, heftig, einen Ast vom Boden aufhebend, stieß er hervor: »Wären sie doch nur hinter dem Mond!«, und schleuderte den Ast in die Wellen. »Das ist auch so eine Geschichte!« Er hatte sich zu

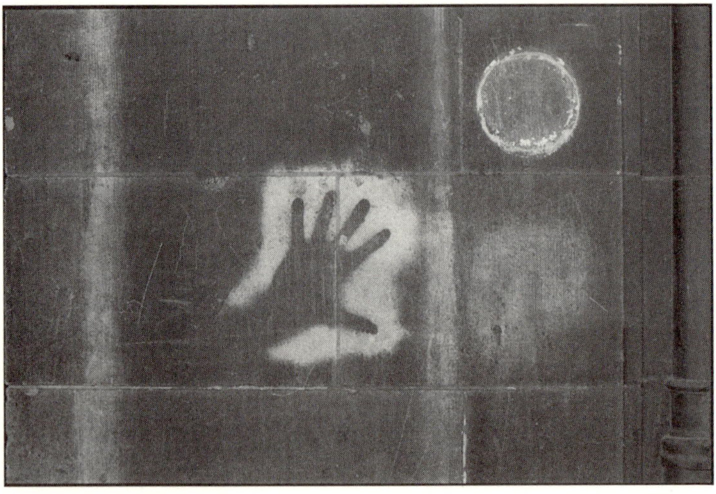

mir umgedreht: »68, Heiligabend. Drei Astronauten, die mit über 5000 Stundenkilometern um den Mond rasen. Und dann sind sie hinter dem Mond. Im toten Winkel. Die ersten Menschen, denen das passiert ist, die das erleben. Drei Menschen. Ohne Blickkontakt, ohne Funkkontakt zur Erde. Völlig allein. Im All.« Der Bekannte hatte das so schnell heruntergesagt, als habe er es schon oft gesagt, dachte ich. »Und was hat das mit van Goghs Ohr zu tun?«, rief ich dem Davoneilenden hinterher. »Was wohl!«, warf er über die Schulter zurück und schüttelte seinen Haarkranz: »Heiligabend.« Wir bogen in die Hauptallee ein. Der Föhnsturm hatte die Wolken auseinandergetrieben und einer blassgelben Nachmittagssonne Platz verschafft. Noch weit unten, vom Schloss her, kam ein Mann mit Hund auf uns zu. »Ich kann Hunde nicht ausstehen, und Sie?«, aber ohne auf eine Antwort von mir zu warten, sagte er: »Sie haben mich sitzen lassen.« Er blieb stehen, fasste mich am Arm: »Können Sie sich das vorstellen? An Heiligabend. Sie sind fort. Beide!« Und auf meinen fragenden Blick: »Meine Frau. Mit meinem Sohn. Sie sind weggefahren. Zu ihren Eltern, soviel ich weiß. Ein kleiner Streit, heute Morgen, wirklich unbedeutend, und schon packt sie. Und dann sind sie fort. Und lassen mich allein. Heiligabend. Stellen Sie sich das vor! Ich bin völlig durcheinander. Hin und her in der Wohnung. Geh in den Park, habe ich mir gesagt, lauf dir die Wut aus dem Bauch.« Der Mann mit Hund war jetzt dicht vor uns. »Er hat wenigstens einen Hund«, sagte der Bekannte, als die beiden an uns vorbeigegangen waren, »er muss heute nicht allein sein.« Und so kam es, dass der Bekannte mit uns am Tisch saß.

Überschwänglich bedankte er sich immer wieder, dass wir, wie er sich ausdrückte, Speis und Trank mit ihm teilten. Und, nachdem er kräftig dem Wein zugesprochen und ausführlich von den drei Astronauten und van Goghs Ohr erzählt hatte, parodierte er einige seiner Theaterrollen, »um wenigstens ein bisschen mein Essen zu verdienen«, erzählte, dass sein Sohn ihn auch schon mal einen Knattermimen genannte hatte, natürlich unterstützt von seiner Mutter, obwohl sie doch von seinem »Knattern« gut lebten, aber, und da wurde er plötzlich ernst, eigentlich laufe es ganz gut in ihrem Haushalt, na ja, er gebe zu, beide, seine Frau wie er, seien leicht aufbrausend, und da ginge es immer wieder mal hoch her, und leise fügte er hinzu, aber nie habe man von Trennung gesprochen, nicht einmal andeutungsweise. Deshalb sei er ja so verstört. Ihn allein zu lassen, an Heiligabend, aber, und er prostete uns zu, er sei ja nicht allein, habe er ein Glück, so ein schöner Abend, er wisse gar nicht, wie er uns danken solle dafür, dass wir ihn von der dunklen Seite des Mondes wieder auf die Erde zurückgeholt hätten. Und lachend: »Auch das Ohr bleibt dran.« Gern nahm er an, dass er auf unserem Sofa nächtigen könne, denn nach so viel Speis und vor allem Trank, und außerdem, was solle er in einer leeren Wohnung.

Ich schloss das Fenster. Räumte auf. Und deckte den Tisch für das Weihnachtsfrühstück. Wärme kam in das Zimmer. Kaffeeduft. Er muss sehr früh aufgestanden sein, dachte ich, vielleicht noch mitten in der Nacht. Wir frühstückten. »Ich habe von van Gogh geträumt«, sagte meine Frau. »Und ich war hinter dem Mond«, wollte ich hinzufügen, als das Telefon läutete. »Ich sitze im Zug«, hörte ich die Stimme des Bekannten, »sie kommen zum Bahnhof, meine Frau und mein Sohn. Es wird alles gut. Danke und – frohe Weihnacht!!« Das passt, dachte ich, das passt alles zusammen.

Norbert Göttler

Nachtfahrt

Süßer die Glocken nie klingen. Stille Nacht, heilige Nacht. Seit Jahren das gleiche Ritual. Erst nicht daran gedacht. Es wie immer lächerlich gefunden. Einige Anrufe getätigt. Gleichgültigkeit auf beiden Seiten der Leitung. Nur die Alten werden rührselig. Alten Menschen soll man die Sentimentalität lassen. Kinder gibt es nicht mehr in der Familie. Schluss mit Lametta und Sternwerfern. Bis sechs gearbeitet. Sowieso keiner daheim. Sich mit Arbeit zugedeckt, an Wichtigeres gedacht. Ab sofort Urlaub, runterkommen, Ruhe geben. Aber wie? Zum zehnten Mal die Wohnung gestöbert. Gesaugt, gewischt. Für was? Für wen? Die Wohnung ist ohnehin blitzblank. Wer sollte sie verschmutzen? Das Auto könnte man noch reinigen. Aber hernach geht's sowieso durch den Matsch. Wozu also? Zu Bethlehem geboren. Zum Ritual gehört die Spritztour. Wenn immer es das Wetter zulässt. Aber erst, wenn die Nacht hereinbricht. Wenn die Lichter in den Fenstern zu leuchten beginnen. Dem Spießertum ins Auge blicken. Respektive in die sternenfunkelnden Thermopenfenster. O Tannenbaum, o Tannenbaum, wie grün sind deine Blätter. Wieso eigentlich Blätter? Schon als Kind penetrant diese Frage gestellt. In der Arbeit das Standardpaket entgegengenommen. Süßen Glühwein getrunken. Plätzchen aus dem Supermarkt. Einer blickt durch den anderen hindurch. Ist froh, dass der Akt zu Ende geht. Endlich Urlaub, immerhin Ruhe. Rituale braucht der Mensch, heißt es jetzt überall. Einverstanden. Die Spritztour ist auch ein Ritual. Aber noch ist's zu früh. Die Leute hasten noch nach letzten Geschenken. Noch haben einige Läden geöffnet. Der Punkt muss erreicht werden, wenn das öffentliche Leben zum Erliegen kommt. Wenn nur mehr einige wenige unschlüssig umherirren. Gegen acht etwa oder halb neun. Dann knarrt die Welt in den Angeln. Dann gehört die Straße den Verlorenen.

Kommet ihr Hirten, so kommet doch all. Den Pennern gehören die offenen Feuer unter den Brücken, den Einzelgängern die wenigen offenen Kneipen. Und ein paar Sonderlingen gehören die Autobahnen. Oder wenigstens die Straßen durch die Vorstädte. Mit einem Schluck Whisky die billige Süße des Glühweins vertrieben. Jetzt könnte es schon gehen. Der Wagen steht ohnehin bereit. Heute sind gute Bedingungen. Kühl, aber nicht eisig. Kein Schneefall. Die Straßen sind trocken. Es ist ein Ros' entsprungen aus einer Wurzel zart. Das Innere des Wagens gibt Sicherheit. Alles ist an seinem Platz. Langsam erwärmt die Sitzheizung das Leder. Geborgenheit. Heute keine laute CD-Musik wie sonst, sondern Radio. Weihnachtsprogramm. Gehört zum Ritual. Motetten und Choräle. Regensburger Domspatzen. Langsam die Straße entlangrollen, links und rechts helle Fenster. Sterne blinken darin, rot, grün und blau. Dahinter schon erste Bescherungen? Bisweilen ein Christbaum. Leuchtende Kinderaugen. Gibt es die noch? An den Supermärkten und Tankstellen stehen die Christbäume schon seit Wochen. Manche trällern elektronische Weihnachtslieder. Das Motorengeräusch vermischt sich mit den Schnulzen aus dem Lautsprecher. So viel Gas geben, dass sich die hellen Wohnungsfenster zu einem bunten Lichterstreifen verwischen. Schön eigentlich. Wie jedes Jahr. Jedes Jahr? Wie war es früher? Als Kind? Als man den Weihnachtsabend schon tagelang nicht erwarten konnte? Oh Heiland reiß die Himmel auf. Lächerlich. Lächerlich, aber anrührend. Verschwimmt da nicht die Fahrbahn? Nieselregen? Oder sind es Tränen? Den Scheibenwischer anschalten. Warum heute so sentimental? Den Sender wechseln. Amerikanische Songs. Suzy Snowflake und Rudolph, the rednosed Reindeer. So geht es besser. Jingle Bells. Mahalia Jackson. Jetzt ist auch die Stadt zu Ende, und die Ausfallstraßen beginnen. Manchmal hier schon die Nase voll gehabt. Heimgefahren und ab in die Falle. Aber heute winken die blauen Autobahnschilder. Das Wetter passt. Also schnell an den Randstreifen und das Dach des Cabrios geöff-

net. Ein Druck auf den Schalter, und die Elektronik arbeitet. Kalter Lufthauch zieht herein. Heizung und Lüftung auf volle Leistung gestellt und die alte Wollmütze aufgesetzt. Dazu die Lederjacke. Das Ritual. Schneeflocken setzen sich auf das Armaturenbrett. Beim Losfahren pfeifen die Räder. Kaum mehr ein Auto auf der Straße. Die Einfahrt zur Autobahn vorne rechts. In welche Richtung? Egal. Süßer die Glocken nie klingen, dröhnt es aus den Boxen.

Der Asphalt singt zu den Weihnachtsliedern. Der Fahrtwind faucht. Maria durch den Dornwald ging. Der Zeiger des Tachometers steigt. Kyrie eleison. Die Abzweigung Richtung Frankfurt. Ringsumher Stille. O Heiland, reiß die Himmel auf! Eine einsame Fahrt durch die Nacht. Die Heilige Nacht. Der Nachrichtensprecher berichtet vom Nahen Osten, der Bundespräsident verbreitet Staatstragendes. Immerhin redet jemand, immerhin eine menschliche Stimme.

Man könnte mit jemandem telefonieren. Früher manchmal gemacht. Freisprechanlage. Aber wozu? Warum gerade heute und sonst nicht? In wenigen Stunden wäre man auf diese Weise in Hamburg. Am anderen Ende der Republik. Einen Morgenkaffee trinken an der Alster und dann zurück. Der Wagen lässt sich noch ein wenig beschleunigen. Hundertachtzig Sachen. Das laute Klopfen ist der Pulsschlag. Das Zeitgefühl geht verloren. Wie lange schon durch die Nacht gerast? Egal. Wenn nicht die Schilder an den Ausfahrten wären, würden sich Raum und Zeit langsam aufheben. Einmal die Fahrt bei Nebel gemacht. Nach drei Stunden jede Orientierung verloren. Durch eine Wattetraumwelt gerast. Aber auch heute steigt langsam das vertraute Gefühl auf. Nachtflug. Astronautengefühl. Zweihundert. Einsam durch das eisige All. Sinn und Ziel? Falsche Frage. Der Tod? Auch falsche Frage. Nicht jetzt. Nicht heute. Zweihundertvierzig Sachen. Ausfahrten wischen vorüber. Nur jetzt keine Baustelle! Nur nicht abbremsen müssen! Nur nicht aus dem Stück fallen. Vom Himmel hoch, da komm ich her. Das All und die Sternschnuppe. Es ist dem All egal, wenn sie verglüht. Der Zeiger des Drehzahlmessers berührt den Anschlag. Der ganze Wagen vibriert. Was fühlt die Sternschnuppe, wenn sie verglüht? Sie kollabiert in ihre Bestimmung hinein. Zielgenau, konsequent. Bestimmung? Was ist das? Fühlt die Sternschnuppe so etwas wie Glück? Warum kleben wir so an falschen Fragen? Die Sitzheizung hält den Körper warm, nur das Gesicht ist gefühllos. Wie Geschosse treffen Eissplitter auf die Wangen und zerplatzen. Die rechte Hand liegt auf dem Arretierungsknopf des Sicherheitsgurtes. Die Tränen aus den Augenwinkeln gefrieren auf der Stelle. Stille Nacht, heilige Nacht. Für einen Moment die Augen geschlossen. Es ist gut für heute. Man sollte abbremsen. Man hat es doch wieder gespürt, das alte Gefühl. Das Astronautengefühl. Wie nahe sind sich Glück und Verzweiflung. Gib Ruhe und suche die nächste Ausfahrt. Warum gehorcht der Fuß nicht? Warum drückt er das Gaspedal bis zum Anschlag und lässt sich nicht bewegen? I'm dreamin' of a white Christmas. Schon wieder die Augen geschlossen. Für Sekunden nur, aber immerhin. Es pocht in den Schläfen. Alles hat seine Zeit. Eine Zeit zum Säen und eine Zeit zum Ernten. Der Wagen reagiert perfekt. Das leichte Schleudern lässt sich sofort korrigieren. Eigentlich ist es gut für heute. Lass es gut sein! Aber was heißt gut? Die Autobahn ist menschenleer. Die Leere in vollen Zügen spüren. Macht hoch die Tür, die Tor macht weit. Ja, Weite. Endlose Weite. Süßer die Glocken nie klingen. Was wäre, wenn? Wenn die Augen einfach geschlossen blieben? Was würde geschehen? Alles eine Frage der Entscheidung. Der Motor hat einzelne Aussetzer. Der Pulsschlag an den Schläfen auch. Die Finger der rechten Hand spielen nervös mit dem Arretierungsknopf des Sicherheitsgurtes.

Wie lange hat es gedauert, bis der irritierende Lichtpunkt ins Bewusstsein gerückt ist? Sekunden? Minuten? Das Gebrodel der Gedanken ist abgeklungen, geblieben ist das monotone Dröhnen des Motors bei voller Drehzahl, das gelegentliche Rütteln der Karosserie, wenn sie von einer eisigen Böe erfasst wird, und das entfernte Wimmern der Weihnachtsmusik im Radio. Sonst nichts. Kein Aufbegehren, keine Wehleidigkeit. Nichts. Gott ist das Nichts. Was ist nur dieser Lichtpunkt? Er dringt unbarmherzig in die Pupille, reizt den Sehnerv und stört die Konzentration. Er ist ein Fremdkörper, der sich nicht abschütteln lässt. Er wird größer, präsenter. Ein kaltes, glasklares Licht mit einer metallblauen Komponente. Das Gehirn schickt die Pupillen auf Suche. Sie zucken und lösen sich nur ungern vom schwarzen Band des Asphalts. Sie sind träge und brauchen Zeit. Jetzt haben sie den Fremdkörper ausgemacht. Das Gehirn zwingt sie zum Dienst. Der Lichtpunkt kommt von hinten. Reflektiert vom Rückspiegel fällt er auf den Fahrer, durchbohrt ihn und seine Träume. Zweifellos, es ist der Scheinwerferstrahl eines Autos, der in den Spiegel fällt. Einen Moment will das Gehirn am Mythos seiner kompletten Isolation festhalten, dann muss es kapitulieren. Ein zweites Fahrzeug ist unterwegs, gesteht es sich ein. Der Lichtstrahl nähert sich Sekunde für Sekunde. Ein Blick auf den Tachometer. Das Fahrzeug im Rücken muss mit unglaublicher Geschwindigkeit unterwegs sein. Schon sind die beiden Scheinwerfer getrennt voneinander zu sehen. Sich zur Konzentration zwingen. An den Händen bildet sich kalter Schweiß. Der Wagen rüttelt und vibriert. Jetzt blinken die Lichter im Rücken kurz und hart auf. In letzter Sekunde auf die mittlere Fahrbahn gesteuert. Dann verschwinden die fremden Lichter am linken Heck, wie ein Torpedo schießt das Fahrzeug auf der Überholspur vorüber. Für einen Moment aus dem Seitenfenster geblickt. Für einen Moment die Augen des Schicksalsgefährten gesucht. Keine gefunden, die Seitenfenster sind stark getönt. Mühelos ist der schwere Sportwagen vorübergeglitten. Schon sind die roten Rücklichter zu sehen. Ein Handumdrehen und der Spuk ist vorüber. Gekommen aus dem Nichts, verschwunden ins Nichts. Eigentlich müsste der Wagen längst über alle Berge sein. Warum ist er das nicht? Warum wird die Entfernung nicht größer, sondern wieder kleiner? Hat der Fahrer etwa abgebremst? Jetzt sind die beiden Autos wieder auf gleicher Höhe. Wie lange? Sekunden? Minuten? Ein Zwillingspaar, unterwegs durch die Unwirklichkeit. Das Gegenüber ist nicht zu erkennen und doch für einen Moment zu spüren. Der kairós, so würden die Griechen diesen Augenblick nennen. Und schon ist der Moment wieder vorüber. Der Wagen auf der Außenspur scheint sich aufzubäumen. Schon schiebt er sich vorüber. Nur mehr die Rücklichter sind zu sehen. An ein Mithalten ist nicht zu denken. Die roten Lichter werden kleiner. Die Autobahn macht eine leichte Kurve und der Wagen ist wie ein Irrlicht in der Nacht verschwunden. Der Radiosprecher kündet das Ende des Weihnachtsprogramms an.

Die Straße ist so einsam wie ehedem. Im Asphalt spiegeln die bunten Schlieren der Ölspuren. Leichter Schneefall hat eingesetzt. Weihnachten. Liegt es daran, dass sich der alte

Rausch nicht mehr einstellen will? Plötzlich nüchtern geworden, sogar ein wenig heiter. In langsamer Fahrt dahinrollen. Das Verdeck schließen, um der nassen Kälte Herr zu werden. An der nächsten Ausfahrt wenden und dann zurück. Die Geschwindigkeit hat ihren Reiz verloren. Der fremde Fahrer will nicht aus dem Kopf. Warum diese innere Unruhe? Einem anderen Menschen begegnet. Welche Einsamkeit hat ihn getrieben? Ein Zucken, jedes Mal, wenn sich der Verkehrsfunk meldet. Keine besonderen Vorkommnisse, sagt er. Im ganzen Bundesgebiet gute Straßenverhältnisse. Keine Unfälle oder Staus in der Nacht der Nächte. Stille Nacht, heilige Nacht. Wie lange dauert es, bis ein Unfall gemeldet wird? Manche Unfälle werden erst nach Stunden entdeckt. Manche Unfallopfer fehlen niemandem. Besonders in der Weihnachtsnacht.

MICHAEL SAILER

Schwabinger Krawall: Stille Nacht

Der Hubsi hat gesagt, dass ihm diese »stade Zeit« furchtbar auf die Nerven geht und dass das ganze besinnliche Getue nur zu ertragen ist, wenn man sich die Birne zuschraubt, was am besten auf einer Weihnachtsfeier geht. Weil der Jackie aber nicht in einer Firma ist und noch nie in einer Firma war, hat er nur grundsätzlich zustimmen können und gefragt, ob der Hubsi vielleicht eine Weihnachtsfeier weiß. Das, hat der Hubsi gesagt, sei überhaupt kein Problem, da müsse man nur die Straße entlanggehen und schauen, das sehe man von außen, und dann sage man eben, man gehöre irgendwie dazu. Er wisse grundsätzlich auch noch die Weihnachtsfeier von der Gräfin Frack zu Sausen, wo aber nur so Nasengeschwerl wie die Uschi Glas und der Gauweiler rumschwirren, und auf so was habe er keine Lust.

Also sind sie losgezogen und die Hohenzollernstraße hinaufmarschiert, und tatsächlich war gleich gegenüber vom Renato ein Riesenzinnober im ersten Stock, wo man aus dem offenen Fenster grelles Gekicher und eine Jazzversion von ›Stille Nacht‹ gehört hat. Das Gekicher hat den Jackie an die Jacqueline erinnert, die seit drei Monaten in Hamburg ein Praktikum macht, und deshalb sind sie mit drei anderen Leuten reingeschlüpft, haben sich unter den Namen Duttenschlepp und Nelkenthal von der Gästeliste streichen lassen und geschaut, was so los ist.

Es war gar nicht viel los, weil die meisten Gäste zu zweit da und die Hasen sowieso in der absoluten Minderzahl waren, also hat der Jackie fünf Sektgläser von einem Zeug getrunken, das wie Erdbeerduschgel ausgesehen hat, und dann den Hubsi gesucht, der inzwischen verschwunden war. In dem Zimmer mit der Jazzband hat der Jackie eine perlenkettenbehangene Dame kennen gelernt, sich als Doktor Duttenschlepp vorgestellt und gefragt, was sie so macht. Die Dame hat gesagt, sie sei die Tochter des Kontrabassisten, aber nicht wegen ihrem Vater hier, sondern wegen dem bekannten Schriftsteller Professor Nelkenthal, der nachher noch eine ulkige Weihnachtsgeschichte vorlesen werde, und da hat der Jackie gemerkt, wie das Duschgel in seinem Bauch zu schäumen angefangen hat, aber die Dame hat auf seine Frage hin gekichert, ein Weißbier werde er hier wohl kaum kriegen, hihihi. Also hat sich der Jackie vor dem Klo angestellt, um den Rest von seinem achten Glas wegzuschütten, und wie die Klotür nach einer halben Stunde endlich aufgegangen ist und das Glas doch leer war, ist der Hubsi mit einer anderen Dame rausgekommen, die auch ziemlich gekichert hat. Er wolle jetzt weg, hat der Jackie gesagt, und der Hubsi hat gesagt, ach was, jetzt gehe es doch erst los, und hat die Dame angezwinkert, die ziemlich besoffen oder bekifft war, dem Hubsi um den Hals gefallen ist und geschrillt hat, er sei echt eine Schau.

Dann hat aber ein älterer Herr die Frau »Elsa« genannt und war stocksauer und wollte sie vom Hubsi wegreißen, woraufhin sie zu heulen angefangen und der Hubsi sich die Jackenärmel hochgekrempelt und zu dem Herrn gesagt hat, sie könnten das seinetwegen gleich hier ausmachen. Derweil ist an der Tür ein Riesenstreit ausgebrochen, weil ein anderer Herr mit einem Buch in der Hand reinwollte und der Türhase ihm den Eintritt verwehrt hat mit der Begründung, er sei entweder schon drin oder ein Betrüger. Da hat der Jackie gesagt, die könnten ihn alle mal kreuzweise, und hat vor dem Herrn mit der Elsa auf den Boden gekotzt, und der Hubsi hat von dem Herrn eine Riesenwatschen gefangen und geplärrt, er verklage ihn wegen Körperverletzung, und die Pappnasen, die seinen Freund vergiftet hätten, die verklage er auch alle miteinander. Das solle er sich lieber noch mal überlegen, hat der Herr gebrüllt, schließlich sei das hier eine der angesehensten Anwaltskanzleien von Schwabing und er der Inhaber und seine Gäste samt und sonders ebenfalls Anwälte, höchstens von den Frauen abgesehen, von denen er aber gefälligst sowieso die Finger lasse. Und weil der Herr mit dem Buch an der Tür inzwischen getobt und der Jackie zufällig aufgeschnappt hat, dass es sich um einen Professor Nelkenthal handle, dem man ja wohl nicht die Teilnahme an seiner eigenen Lesung verweigern könne, wollte er den Hubsi packen und ist die Treppe hinuntergeflogen und hat erst in der Schwabinger Sieben gemerkt, dass er statt dem Hubsi die Elsa dabeigehabt hat. Das war aber dann auch ganz nett und ihm genau betrachtet sogar lieber.

Der schönste Baum der Welt

ULRIKE DRAESNER

christbaum nr. 3

angeblich: kaukasisch, schwer gebirgig
komatös (der ohol, die geschredderten
telemasten) in der wiege der menschheit
baumzucht jetzt. weil bäume vor kugeln
nicht ducken. weil. kugeln sind schön
machen löcher die sie zugleich von
selbst verstopfen. diesmal nicht krumm
doch stachelig (zuviel draht geschaut?)
vielleicht hätten wir schnaps
darüber gießen sollen – baumexploploplo
dann ging es schnell. wie immer wie immer
die freien tage, glitschten ab
ein paar zweige ließ ich hier. setzte sie als
geweih auf die wand als erinnerung
als kaukasischen hirschen, spielen
in zukunft lieber
darts. noch liegen nadeln
selbst im bett

Wolfgang Görl

Die Erfindung des Weihnachtsbaums

Am 31. Oktober 1597 schien Martin Eierlein, der Große Eierlein, als der er später ins Geschichtsbuch der Deutschen eingehen sollte, am Ende zu sein. Knapp drei Jahre intensivsten Experimentierens lagen hinter ihm, auch in den Nächten hatte er nur selten Ruhe gefunden, zu schweigen von seiner Rastlosigkeit bei Tag, die seiner Gattin Maria so sehr auf die Nerven ging, dass ihre Kochkunst in die Krise geriet und besonders ihr über die Stadtmauern Nürnbergs hinaus berühmter Gänsebraten mehrmals missriet. In der Nachbarschaft kursierten bereits allerlei Gerüchte über die Frau, die nach dem Malheur mit dem Gänsebraten nicht einmal mehr bei öffentlichen Hinrichtungen Freude empfand. Der Einzige, der den Verfall der Küche Marias nicht bemerkte, war Eierlein. Der hatte, als er sich im Spätsommer '97 endlich am Ziel wähnte, die innerfamiliäre Kommunikation sowie die Nahrungsaufnahme fast vollständig eingestellt, auch in seiner Schusterwerkstatt riss zunehmend der Schlendrian ein, so dass er vom städtischen Zunftmeister zur Ordnung gerufen werden musste. Eierlein parierte die kollegiale Zurechtweisung mit dem Argument, der Zunftmeister könne ihn mal, und setzte seine Mission unbeirrt fort. Umso heftiger traf ihn der Rückschlag, der Ende Oktober eintrat. Schon in den Tagen zuvor hatte er bemerkt, dass die etwa mannshohe Eiche, die er im Forst eines ehemaligen Raubrittergeschlechts unter dramatischen Umständen abgeholzt hatte, welk zu werden begann. Mit einem Spezialsud aus Schweinejauche und Sauerkraut hatte Eierlein das Ruder noch herumzureißen versucht, doch es half nichts. Am 26. des Monats fielen die ersten Blätter, fünf Tage später war der Baum fast kahl. Mit so einem Gerippe war der Heilige Abend erneut zum Scheitern verurteilt, Eierlein machte sich da keine Illusionen. So, wie seine Frau gestimmt war, würde das dürre

Gehölz wie ein Funke im Pulverfass wirken, und viel sprach dafür, dass der große Knall zuallererst ihn selbst hinwegfegen würde – andernfalls hätte er den Versuch vielleicht doch gewagt.

Am Abend dieses niederschmetternden Tages schloss sich Eierlein in seine Werkstatt ein und überlegte, was er alles falsch gemacht habe, wobei ihm außer der überstürzten Hochzeit mit der Lebzelterstochter Maria nichts einfiel. Möglicherweise hatte er sich von ihrem Gänsebraten, der sogar bei der Nürnberger Geistlichkeit in hohem Ansehen stand, blenden lassen, aber das war jetzt auch schon egal. Ein vollkommener Fehlgriff war Maria nun auch wieder nicht, immerhin hatte sie ihm neun Kinder geboren, von denen fünf überlebten. Zudem hatte sie Verständnis, dass er hin und wieder einer Wirtshausschlägerei bedurfte, er möge nur, mahnte sie wiederholt, den Baptist Meyer verschonen, weil der so ein schöner Mann sei. Eierlein schlug daraufhin besonders heftig auf Baptist Meyer ein. Aber das war in seinem früheren Leben, in der Zeit vor dem Weihnachtsabend anno 1594, als ihn der Heilige Geist oder sonst eine höhere Macht mit einem Auftrag versah. So jedenfalls deutete es Eierlein, nachdem die häusliche Weihnachtsfeier wie schon in den Vorjahren wenig ersprießlich verlaufen war. Die Familie – zu Eierleins Ärger waren noch die gefräßigen Schwiegereltern, diverse Onkel, Tanten und Vettern sowie ein allen unbekannter Wanderprediger gekommen – saß um einen kerzengeschmückten Nussknacker herum, man sang fromme Lieder, wobei Frau Maria und ihre Sippschaft aufs Tempo drückten, weil die Bratwürste zu verkohlen drohten. Immerhin, die Würste stießen rundherum auf Beifall, nur Eierlein bekam keine ab, weil seine Gattin eine sparsame Haushaltsführung pflegte. Danach schritt man zur Bescherung, die Familie schenkte sich gegenseitig Nüsse, während der Wanderprediger zwei Eintrittskarten für seine nächste Bußpredigt darbrachte, Ort und Termin würde er beizeiten bekanntgeben. Frau Maria legte noch drei Lebkuchen auf den Tisch, über deren Verteilung ein Streit entflammte, bei dem sich die Schwiegereltern, die Kinder und Verwandten und nicht zuletzt der Wanderprediger unrühmlich hervortaten, bis Eierlein, der manchmal geniale Einfälle hatte, den Nussknacker abdekorierte und sich über die Haselnüsse hermachte. Sofort zückten die Schwiegereltern ihren eigenen Nussknacker, ohne den sie nie ausgingen, und bald knackte die gesamte Weihnachtsgesellschaft Nüsse auf Teufel komm raus. Gesprochen wurde nichts mehr. Möglicherweise hätte man auch beim Abschiednehmen geschwiegen, wäre da nicht der Wanderprediger mit dem Wunsch aufgetreten, die Nacht in der Schlafkammer der Eheleute zuzubringen, ohne Eierlein, versteht sich, denn das verbiete der christliche Glaube, wohingegen ein Verbleiben Marias im Schlafgemach theologisch unbedenklich wäre. Nach kurzer Besprechung entschied der Familienrat, dass Weihnachten nicht der richtige Moment für derartige Kapriolen sei.

Eierlein behielt einen so ungünstigen Eindruck vom Verlauf der Weihnachtsfeier, dass er bei der Schlägerei im Wirtshaus »Zum Goldenen Fass« am 27. Dezember – es war

seine letzte – die Sonderration Prügel für Baptist Meyer vergaß. So konnte es nicht weitergehen, zumal die Christnächte der vorangegangenen Jahre auch nicht erfreulicher verlaufen waren, von der ausreichenden Menge an Bratwürsten mal abgesehen. Nach penibler Rekonstruktion der Ereignisse kam er zum Schluss, dass an der Misere die Schwiegereltern, die Verwandtschaft, ja überhaupt alle schuld seien, dass aber ein Ausschluss aller aus dem Weihnachtsgeschehen schlichtweg nicht in Frage käme. Folglich müsse man an anderer Stelle ansetzen, und so zog Eierlein, flexibel, wie er nun einmal war, die Bibel zu Rate. Mit Hilfe des Pastors, der gern im Hause Eierlein verkehrte, besonders wenn es Gänsebraten gab und noch lieber, wenn der Hausherr absent war ... mit Hilfe des Pastors also entdeckte Eierlein beim Evangelisten Lukas einen Bericht über den weltweit ersten Weihnachtsabend, der, das ließ sich nicht leugnen, doch recht würdevoll über die Bühne gegangen war. Eierlein fand heraus, dass die Teilnehmer – neben Josef und Maria waren nur die Hirten zu Gast, aber keine Verwandtschaft – seinerzeit leichtes Spiel gehabt hatten, weil angesichts des in der Krippe liegenden Kindes alle Probleme der Verköstigung und der Präsente in den Hintergrund getreten waren. Von Kindern hatte Eierlein allerdings genug, besonders Friedrich, sein Jüngster, der später einen üblen Ruf als Landsknecht erwerben sollte, galt als hoffnungsloser Fall, seit er Vaters Schusterleim als Kräuterlikör an fahrendes Volk verkauft hatte. Anstelle des Kindes, so Eierleins bahnbrechender Gedanke, müsse etwas ähnlich Erhabenes in den Mittelpunkt der Weihnachtsfeier rücken, etwas, das nicht schrie, aber respekteinflößender war als ein Nussknacker. Die Kühnheit dieser Idee hätte jeden anderen verzagen lassen; Eierlein aber machte sich sofort an die Arbeit, die, das ahnte er, Jahre dauern würde.

Anfangs ließ er sich von seinen Erfahrungen im Wirtshaus inspirieren, wo die Geselligkeit immer dann das wünschenswerte Format erreichte, wenn ein Weinkrug auf dem Tisch stand. Im Mai 1595 veranstaltete er probehalber eine familiäre Weihnachtsfeier, in deren Zentrum ein stiefelgroßer Krug stand, aus Kostengründen ohne Wein. Als Frau Maria daraufhin drohte, den nächsten Weihnachtsabend bei Baptist Meyer zu verbringen, arbeitete Eierlein in anderer Richtung weiter. Dabei geriet er ins Fahrwasser eines gewissen Hieronymus Tischler, bei dessen Vater der Maler Dürer angeblich einmal einen lebenden Feldhasen bestellt hatte und mit dem gelieferten Exemplar sehr zufrieden gewesen sein soll. Tischler schlug vor, die Festgäste am Heiligen Abend um einen ebensolchen Hasen zu gruppieren, notfalls um einen ausgestopften, sollte sich ein lebendes Tier als zu unruhig erweisen. Eierlein unternahm den Sommer und Herbst über etliche Modellversuche, aber keiner der Hasen, ob tot oder lebendig, verbreitete Weihnachtsstimmung. So blieb nichts anderes übrig, als den Versuch als Fehlschlag zu verbuchen und das darauf folgende Christfest wiederum mit dem Nussknacker zu begehen. Eierleins mittlerweile geschärftem Bewusstsein für Feierlichkeit genügte das nicht. Tischler seinerseits machte auf eigene Faust weiter, ließ aber bald von Weihnachten ab und kam zu Ostern 1596 mit seiner Hasenidee groß heraus.

Eierlein war sich zu diesem Zeitpunkt bewusst, dass er an etwas Gewaltigem arbeitete. Es ging um mehr als nur eine Familienangelegenheit. Ganz Nürnberg verfolgte inzwischen die Forschungen des Schuhmachermeisters, und wenn mitunter auch Missmut aufkam, weil sogar die Aufträge hoher Ratsherren liegenblieben, war die Bürgerschaft im Großen und Ganzen doch auf seiner Seite. Schließlich herrschte überall Unzufriedenheit mit dem Weihnachtsfest, weshalb man große Hoffnungen auf Eierlein setzte. Polizeilichen Geheimakten ist zu entnehmen, dass sogar Spione des katholischen Herzogs von Bayern ins protestantische Nürnberg kamen und mehrmals in die Schusterwerkstatt einbrachen. Neben den löchrigen Stiefeln eines Ratsherren entwendeten sie einen ausgestopften Hasen sowie ein aus Leder gefertigtes Kamel, das aussah wie ein Hund. Die Beute war so rätselhaft, dass sie dem Herzog in München gar nicht erst vorgelegt wurde. Eierlein experimentierte damals mit orientalischen Motiven, hatte aber nur eine vage Vorstellung vom Heiligen Land. Als Modell für das Kamel, dessen pyramidenförmig gestaltete Höcker er mit Kerzen schmücken wollte, hatte ihm ein Straßenköter gedient, der eigentlich als mäßigender Begleiter für das Sorgenkind Friedrich vorgesehen war. Eierlein trug den Verlust des Weihnachtskamels mit Fassung, weil er es längst ebenso verworfen hatte wie das Weihnachtsrhinozeros, das er nach Plänen aus dem Nachlass Dürers entworfen hatte. Den Heiligen Abend 1596 verbrachte die Familie wieder mit dem Nussknacker. Baptist Meyer war auch dabei, aber das ist eine andere Geschichte.

Anfang 1597 stellte Frau Maria ihrem Gatten ein Ultimatum. Bis zum nächsten Weihnachtstag müsse er das Werk vollendet haben, andernfalls werde er sich wundern. Auch in der Bürgerschaft machte sich Ungeduld breit, weil die Weihnachtsfeiern der vergangenen Jahre generell als missglückt empfunden wurden und die Abhilfe, die man sich von Eierleins Forschungen versprochen hatte, auf sich warten ließ. Zudem hatte die Lässigkeit, mit der Eierlein seinen eigentlichen Job erledigte, bereits eine Versorgungslücke in puncto Schuhe aufgerissen, und dies in einer Phase, als sich das Nürnberger Schusterhandwerk gerade von den rufschädigenden Schlampereien des seligen Hans Sachs zu erholen begann. Dieser hatte lieber Gedichte fabriziert als Schuhe, und die Älteren erinnerten sich noch mit Schrecken an dessen Knittelverse. Von solchen Abwegen war Eierlein weit entfernt, gleichwohl meldeten sich in der Stadt erste Stimmen, die ihm ein Ende im Narrenhaus oder auf dem Schafott prophezeiten. Zusätzlich genährt wurden die Zweifel, als sich herumsprach, dass Eierlein in seiner Werkstatt Brennholz zu einem fragilen Turm übereinanderschichtete und daran Kerzen applizierte. Er selbst blieb von der Kritik, sofern er sie überhaupt zur Kenntnis nahm, gänzlich unbeeindruckt, wohl wissend, dass große Männer seit je mit der

Ignoranz ihrer Zeitgenossen zu kämpfen haben. Sicherheitshalber notierte er die Namen der Zweifler, den seiner Frau Maria nicht ausgenommen. Sie würden alle noch zu Kreuze kriechen, sehr bald sogar, denn die ersten Versuche mit dem Werkstoff Holz verliefen ermutigend. Eierlein ersetzte die Holzscheite bald durch eine solide Stange, an die er Querleisten für Kerzen und anderes Schmuckwerk – damals liebäugelte er noch mit Bratwürsten – nagelte.

Am 27. August 1597 kam es zu jenem Waldspaziergang, der als der Wendepunkt im Eierlein'schen Schaffen gilt. Nach dem Besuch einer Gauklervorstellung auf dem Marktplatz hatte er sich so gründlich in ein Gespräch mit einem böhmischen Bärenführer vertieft, dass er zum ersten Mal in seinem Leben vor die Tore der Stadt geriet. In einem Waldstück, das für seinen Reichtum an Wildschweinen und Wilderern berühmt war, hielten sie Rast, bei welcher der Bär sich keineswegs für einen weihnachtlichen Einsatz empfahl. Nachdem Bär und Bärenführer mitsamt Eierleins ledernem Geldsack, den Stiefeln und einem beträchtlichen Stück seines linken Ohres verschwunden waren, machte sich der Nürnberger Meister wieder auf den Heimweg. Er hatte genug gesehen. Drei Tage später, kurz vor Schließung der Stadttore, marschierte Eierlein mit seinem missratenen Sohn Friedrich in den Wald, wo die beiden mit Faustkeilen eine junge Eiche fällten. Bei der Flucht vor einer Wildschweinrotte gingen einige Eichblätter verloren, ansonsten machte der Baum, den sie am nächsten Morgen unter dem Heu eines Bauernfuhrwerks in die Stadt schmuggelten, einen tadellosen Eindruck. Zurück in seiner Werkstatt, sah Eierlein sofort, dass die schön gewachsene Eiche seine eigene Konstruktion – Weihnachtssäule mit Querstangen – an Anmut deutlich übertraf. Angesichts des Laubwerks hielt er sogar einen Verzicht auf die dekorativen Bratwürste für denkbar. Erstmals hatte er das Gefühl, seine Mission erfüllt zu haben. Die Weihnachtseiche würde dem Christfest in seiner Familie und seiner Stadt zu neuem Aufschwung verhelfen. Eierlein kniete nieder und dankte Gott auf gut Lutherische Art. Vier Wochen später fielen die Blätter vom Baum.

Nachdem sich Eierlein eine Woche mit seiner kahlen Eiche, einem Buch und einem Weinfass in der Werkstatt verkrochen hatte, kam er als anderer Mensch wieder heraus. Jetzt wusste er, was zu tun war – nicht zuletzt dank der Abhandlung eines altgriechischen Botanikers über Nadelbäume, derzufolge freundliche Nymphen diese Bäume jahraus, jahrein grün halten. Eierlein begrüßte Frau Maria mit einem triumphierenden »Ha«, gab Friedrich ein paar Ohrfeigen und enteilte mit dem Bengel Richtung Stadttor. Draußen im Wald konterte er den Angriff der Wildschweinrotte mit demselben »Ha«, das sich schon bei seiner Frau bewährt hatte. Die Tiere, die seit Menschengedenken das Landvolk terrorisiert hatten, wurden nie wieder gesichtet. Den gräflichen Oberförster wies Eierlein mit Faustschlägen in die Schranken, dazu biss ihm Friedrich ins Bein. Wenigstens bei solchen Anlässen zeigte das Kind erfreuliche Ansätze. Der Baum, eine kerzengerade gewachsene Tanne, nur im unteren Bereich etwas schütter, stieß bei den städtischen Torwächtern auf Argwohn, der mit Gutscheinen für eine 1-a-Schuhreparatur besänftigt wurde. Bis zum Heiligen Abend blieb das Gewächs in der Werkstatt, die Eierlein mit drei Vorhängeschlössern unzugänglich machte.

Am Weihnachtsabend hatte Eierlein das Gefühl, ihn würden Engel geleiten. Der Durchbruch, da gab es keinen Zweifel, war geschafft. Und so brachte es ihn auch nicht aus der Ruhe, dass die Tanne bei weitem höher war als der Raum, in dem der Heilige Abend zelebriert werden sollte. Eierlein machte sich umgehend an die Bewältigung des Problems. Der nächstliegende Gedanke war, den Baum quer zu legen, was aber bedeutet hätte, die Sitzecke samt Esstisch zu entfernen. Eierlein fand eine familienfreundlichere Lösung. Er sägte ein Loch in die Holzdecke, so dass die Baumspitze in den darüberliegenden Speicher ragte. Als Frau Maria das Ergebnis sah, verschwand sie grußlos. Monate später behauptete ein vagabundierender Dudelsackpfeifer, die Frau in einer oberitalienischen Stadt gesehen zu haben, wo sie mit einem verkrachten Künstler namens Meyer in Sünde lebe und zur katholischen Beichte gehe. Wie Maria suchten auch deren Eltern das Weite, woraufhin der Heilige Abend im Hause Eierlein erstmals wieder störungsfrei und in Würde verlief. Der unangemeldet erschienene Bettelmönch hatte sich in dem Moment empfohlen, in dem anstelle von Bratwürsten ein Holzteller mit Walnüssen serviert wurde – auch das ein Zeichen, dass an diesem Abend höhere Mächte schützend die Hand über Eierlein hielten. Sogar als die Kerzenflamme einen der Zweige entzündete, blieb die übliche Feuersbrunst aus. Eierlein ging zu Bett mit der Überzeugung, der Christenheit einen großen Dienst erwiesen zu haben.

Bereits am nächsten Tag drängten sich die Nürnberger in Eierleins Stube, um das Wunder zu besichtigen. Auf Fragen nach seiner Frau reagierte er mit der Bemerkung, sie sei mit dem Besen durch den Kamin entfleucht. Dennoch – oder gerade deshalb – erregte der Christbaum größte Bewunderung. Bereits im folgenden Jahr saß ganz Nürnberg an Heiligabend vorm Tannenbaum, was einen Konflikt mit den Raubritter-Erben zur Folge hatte, in dessen Verlauf die städtische Bürgerwehr die Oberhand behielt. In seinen späten Jahren arbeitete Eierlein noch an der Perfektionierung seiner Idee, beispielsweise fand er heraus, dass man den Baum mit Hilfe einer Säge an die Raumhöhe anpassen konnte. Die Erfindung des Christbaumständers durch Johann Fürchtegott Mohr hat er nicht mehr erlebt. Am zehnten Todestag Eierleins beschloss der Rat der Stadt Nürnberg, den verdienstvollen Mann mit einem Denkmal zu ehren. Es wurde nie errichtet.

Gisela Heidenreich

Kein Lametta

»Da hast an Gockel, Frau Lehrer, a Gans wär dir z'fett, hat d'Mama g'sagt«, sagte der Hansi, hob ein Zeitungspaket auf das Pult und schob zur Seite, was sich da sonst schon alles angesammelt hatte: Eierkartons, Pralinenschachteln, Weinflaschen, Tüten mit Plätzchen. Fast alle Kinder brachten etwas mit am letzten Schultag vor den Weihnachtsferien 1967, einem Freitag. Die junge Lehrerin war verwirrt. Konnte sie die Geschenke annehmen, war das nicht Beamtenbestechung? Die Kinder hatten alles ganz selbstverständlich hingelegt, als sei es die normalste Sache der Welt. Sie konnte doch nicht sagen: »Pack das wieder ein, sag deiner Mutter einen schönen Gruß, ich mag keine Pralinen«, oder: »Dein Vater soll die Liebfrauenmilch selbst trinken«.

»Denken Sie sich nix«, meinte ihr Vorgesetzter, ein alter Oberlehrer, »das ist keine Beamtenbestechung, es handelt sich ja ausschließlich um Naturalien. Das ist hier der Brauch, eine Zurückweisung wäre eine Beleidigung. Da hätten Sie sich schnell alle Sympathien verscherzt – und wissen S', als ich noch so jung war wie Sie, da ist der Lehrer noch reihum zum Essen eingeladen worden bei den Bauern, weil unser Gehalt so schmal war!«

Zugegeben, gerade über die Plätzchen war sie nicht unglücklich, es war so viel zu tun gewesen in den letzten Wochen – sie hatte die Zeit zum »Platzerlbacken« nicht gefunden, sehr zur Enttäuschung ihres kleinen Sohnes.

Sie zog die Zeitung über den Kopf des jungen Hahns, der am dürren Hals aus der losen Packung hing, den gelben Schnabel aufgerissen, die Lider über den milchigen Augen halb geschlossen. Der Anblick schien aber weder den Hansi noch die anderen Kinder zu stören, allesamt Bauernkinder im kleinen Dorf, in dem sie seit September unterrichtete. Die erste Dienststelle, erste bis vierte Klasse.

Achtundvierzig Kinder – normale Klassenstärke vor der Schulreform. Sie hatte sich beim Bürgermeister vorgestellt, er war nicht begeistert, dass kein Mann die Nachfolge des in die Kreisstadt beförderten, strengen Lehrers einnehmen sollte.

»Was, so junge Madln san heitzutag scho Lehrer?«, hatte er gefragt. »Da bin i aber g'spannt, wia Sie mit unsere Rabauken z'recht kemman!«

Ihre Antwort in astreinem Bayerisch gefiel ihm.

»Ja, da schau'n ma amoi, dann seng ma's scho.«

»Wenigstens konn s' gscheit deitsch«, sagte er zum Oberlehrer, »da muasst ja scho froh sei, dass s' uns koan Preißn g'schickt ham aus der Großstadt.«

Die Skepsis der Landbevölkerung gegenüber dem Stadtfräulein veranlasste sie, Ehrgeiz zu entwickeln, sie würde es ihnen schon zeigen, wie sie ihre Kinder zu fördern gewillt war.

Die Landschule war schlecht ausgestattet: Matrizen? Ein Kopiergerät? Das gab es nur in der Stadt. Wozu denn auch so was?

»Mir ham doch eine neue Tafel angeschafft, mit drei Flügeln sogar.«

Die Kinder benutzten die Schiefertafel in der ersten Klasse, ab der zweiten schrieben sie in Hefte. Gut, für die Kleinen war das noch nicht so wichtig; für die dritte und vierte Klasse aber verlangte der Seminarleiter individuelle Arbeitsblätter. Was blieb übrig, als die Blätter mit Blaupausen zu schreiben – mehr als vier waren da nicht gut lesbar, das hieß, jedes Blatt mindestens siebenmal schreiben.

Theatergruppe? Musikunterricht? – Fehlanzeige. Tatsächlich aber fanden sich ein paar Gitarren, drei Mädchen aus der achten Klasse kamen mit Begeisterung zum kostenlosen, freiwilligen Unterricht, sie waren froh, mit gutem Grund der Hausarbeit zu entkommen.

Theater fördert die Kommunikationsfähigkeit, den emotionalen Ausdruck, das Sozialverhalten – ein Krippenspiel an Weihnachten musste sein!

Also ein Hirtenspiel einstudiert, Kostüme und Bühnenbild entworfen. Strohsterne gebastelt, filigrane Sterne aus Goldpapier geschnitten, Klassenzimmer dekoriert, mit der Gitarrengruppe die Akkorde zu ›Ihr Kinderlein kommet‹ einstudiert für den Einzug der kleinen Schauspieler im verdunkelten Klassenzimmer und zu ›Es wird scho glei dumpa‹ am Ende bei Kerzenschein. Schüler und Eltern klatschten begeistert.

»Da schaug her. Respekt, Frau Lehrer.«

Dekoration abgenommen, Sterne verpackt, Teetassen gespült, Klassenzimmer aufgeräumt, Schulhefte zum Korrigieren eingesteckt, Geschenke im Auto verstaut.

»Schöne Ferien, Herr Weber!«

»Nicht so eilig, junge Frau, der Bürgermeister wartet. Es ist Brauch am letzten Schultag: Punsch mit den Gemeinderäten.«

»Nur ein kleines Glasl, bittschön, mein Kind wartet im Kindergarten.«

»D'Weiber hoit, ja mei.«

»Warum bist du nicht früher gekommen, Mama, alle anderen Mamas waren da. Ich hab immer geschaut, ob du kommst und dann hab ich meinen Text vergessen.«

»Hast du nicht den Hirtenhund gespielt?«

»Ja, aber der sagt doch wau-wau.«

Sie nimmt den traurigen kleinen Kerl fest in die Arme.

»Mit deinem schönen Kostüm warst du auch so ein toller, stummer Hund. Ich wär so gern gekommen, aber du weißt doch, ich hatte auch eine Weihnachtsfeier mit den Kindern in der Schule.«

»Liest du mir was vor, wenn wir zu Hause sind?« Ja klar.

Es war schon fast dunkel bei der Ankunft in München. Noch rasch zum Rotkreuzplatz zum Christbaumkaufen. Zu spät, keine Bäume mehr.

Morgen gleich ganz früh zum Nymphenburger Kanal, dort haben gestern noch Tannen und Fichten in langen

Reihen gestanden. Jetzt war sie zu müde, es hatte auch noch angefangen zu regnen, wie schade, wieder keine weiße Weihnacht. Außerdem hatte sie dem Sohn versprochen, noch die Adventskerzen am selbstgebastelten »Paradeisl« anzuzünden. Sie kochte Tee, packte Plätzchen aus und las vor: »Wie Michel den Weihnachtsstern fand.«

Seit sie in die Schule fahren musste, klingelte der Wecker jeden Tag um fünf Uhr. An diesem Samstag stellt sie ihn nicht, schreckt um neun Uhr hoch, das Kind sitzt auf dem Boden, hat sich mit Haferflocken und Milch versorgt, spielt mit seiner Eisenbahn. Klar, es will brav sein, schließlich kommt morgen das Christkind.

»Warum hast du mich nicht geweckt, Florian?«

»Mama, du hast doch gesagt, am ersten Ferientag willst du ausschlafen.«

Hat sie wohl gesagt. Aber sie muss doch einkaufen, morgen ist Sonntag, danach zwei Weihnachtsfeiertage, hoffentlich gibt es noch frische Milch, Brot und Milch sind das Wichtigste. Lange Schlangen an den Kassen, in letzter Minute an die Kerzen und die Sternwerfer gedacht. Warum kaufen alle das Weihnachtspapier am 23. Dezember im Schreibwarenladen? Jetzt aber schnell, es ist schon Mittag vorbei.

Wie ärgerlich, am Schlosskanal kein Christbaum mehr, auch nicht am Leonrodplatz, am Stiglmaierplatz, am Stachus, auf der Theresienwiese – überall dasselbe Bild. Es kann doch nicht sein, dass es am Tag vor Weihnachten keine Christbäume mehr gibt! So lange sie denken kann, genauer, so lange das Christkind nicht mehr für den Baum zuständig war, haben wir den Baum ganz am Schluss gekauft, wo hätten wir ihn auch aufbewahren sollen in der kleinen Wohnung ohne Balkon?

»Sie san guat, junge Frau, wir sind doch froh, dass ma net sitzen bleiben auf dene Baam! Seit sechs Wochen stehn wir hier, Sie kommen am letzten Tag daher – wollten S' ihn billiger ham? Pech g'habt.«

Weitersuchen, das Kind ist vier Jahre alt, mit vier braucht man einen Christbaum.

»Kommt Papa auch an Weihnachten?«

Nein. Papa kommt nicht, er feiert mit seiner neuen Familie, voriges Jahr war er noch da. Florian wird den Vater vermissen – umso mehr braucht er einen Weihnachtsbaum.

»Mit vielen Kerzen und solchen Strahlern?« Klar, ganz viele Kerzen. »Rote?« Wenn du dir rote wünschst, wird das Christkind sicher rote bringen. Und ganz bestimmt auch Sternwerfer.

Ihr Kind braucht einen Christbaum.

Wo haben wir den früher gekauft? Natürlich, am Elisabethmarkt. Fehlanzeige, ebenso an der Leopoldstraße, auf dem Nikolaiplatz. Hat es Sinn, in die Innenstadt zu fahren? Da tut man sich noch schwerer mit dem Parken.

Aber wäre nicht der Viktualienmarkt eine Chance?

Sie springt bei Halteverbot aus dem Auto – da reißen sich einige Leute die letzten Bäume aus der Hand. Sie ruft zu einem Stand hinüber:

»Haben Sie noch einen Christbaum?« Wortlos hält der Mann in der wattierten Jacke ein schiefes Bäumchen hoch. Egal.

»Ich nehme ihn! Warten Sie bitte einen Moment, ich brauche erst einen Parkplatz!« Auf dem Platz am alten Schlachthof kann man den Parkwächtern den Schlüssel geben. So hat sie sich selbst das Studium finanziert. Die Autos stehen dicht an dicht, einfach stehen bleiben, Schlüssel stecken lassen.

»Bin gleich zurück, es gibt ein saftiges Trinkgeld!«

Sie rennt hinüber zum Stand. Der Verkäufer steht mit leeren Händen da.

»Grad hab ich den Baum verkauft, hab net gedacht, dass Sie noch kommen, es war eh ein krummer Hund, ich hab ihn für an Fünfer hergeben.«

Bückt sich und hebt ein paar Zweige auf: »Da ham S' an Reisig, machen S' halt einen schönen Strauß, da kann man ja auch ein paar Christbaumkugeln dranhängen.«

Vierjährige lassen sich nicht mit einem Weihnachtsstrauß abfinden. Wie jetzt noch an einen Baum kommen? Ich brauche einen Christbaum für mein Kind!

Der Christbaumverkäufer kehrt die letzten Zweige zusammen, zuckt die Achseln.

»Mei, in der Stadt wern S' koa Glück mehr ham, mir ham einen Engpass heuer. Da müssen S' schon ein bisserl aus der Stadt rausfahren. Baam gibt's da doch gnua aufm Land!« Er zwinkert ihr zu.

Soll sie die Axt aus dem Keller holen – wo käme man da hin, wenn jeder sich an Weihnachten im Wald selbst bedient! Es müsste nur ein kleines Bäumchen sein, das könnte man auf den Tisch stellen, aber keine Vase mit Zweigen!

Ihr Kind muss einen Christbaum haben!

Als Beamtenanwärterin kann sie sich nichts zu Schulden kommen lassen, außerdem regnet es und sie fürchtet sich allein im Wald.

Sie könnte den Bürgermeister anrufen, wahrscheinlich ist er selbst Waldbesitzer. Aber, ist das nicht unverschämt? Sein Sohn hat ihr den Gockel gebracht, sicher weiß er Bescheid über die drei Dutzend Eier, zwei Pfund Butter, fünf Flaschen Wein, sieben Pralinenschachteln und mindestens ein Kilo Plätzchen. Und dann noch um eine Fichte bitten?

Und: Mit einem Christbaum hätte er sie nun wirklich in der Hand – der Hansi ist nicht ihr bester Schüler. Was tun?

Mit vier Jahren brauchen Kinder einen Christbaum.

Erschöpft kommt sie zu Hause an.

»Wo warst du so lange, Mama? Oma hat einen Grießbrei gekocht.«

Grießbrei mit Himbeersirup, der Trost hält nicht lang an.

Das Telefon klingelt, ihre Freundin und Kollegin aus dem Nachbardorf will zum Gansessen einladen am zweiten Weihnachtsfeiertag. Eine wunderbare Idee, sie hatte schon Angst gehabt vor diesem Tag – voriges Jahr waren sie wie immer bei den Großeltern, in diesem Jahr geht der Exmann mit seiner neuen Frau hin.

Der Gockel würde reichen für sie, ihre Mutter und das Kind. Aber wie dem Kind erklären, dass das Gansessen bei den Großeltern ausfällt in diesem Jahr?

»Danke, sehr gern, das rettet uns den Feiertag! Aber im Moment habe ich ein größeres Problem, ich habe keinen Baum mehr bekommen, ganz München abgesucht, alles ausverkauft! Ich würde ja morgen noch mal ins Dorf rausfahren und versuchen, einen Baum zu bekommen – aber am Heiligen Abend kann ich doch niemanden bitten, mit mir in den Wald zu fahren! Ich darf gar nicht an die Tränen denken, die es morgen geben wird!«

Die Freundin ist eine praktische Person. Da muss es eine Lösung geben.

»Ich habe eine Idee, ich ruf dich gleich wieder an.«

Wahrscheinlich telefoniert die Freundin jetzt in ihrem Dorf herum, sie wohnt dort schon lange, kennt alle persönlich, vielleicht ist jemand bereit, auf die Schnelle noch ein Bäumchen zu fällen.

Tatsächlich ruft ein Herr Gruber an, ach ja, der Nachbar der Freundin, im Sommer hat er eine Amerikanerin geheiratet.

»Meine Nachbarin hat mich angerufen und mir von Ihrem Kummer erzählt, ich kann Ihnen helfen.«

Mit ›Jingle Bells‹ und ›O Tannenbaum‹ im Hintergrund hört sie die Geschichte von einem Überraschungsgeschenk:

zwei Flugtickets nach New York wegen Heimweh, und dann Tränen, weil doch lieber German Christmas and especially German Christmas trees so much more beautiful. Dann eben beides: Weihnachtsfrieden durch Kompromiss. Heute Mittag habe er vom Förster eine Fichte bekommen, den alten Christbaumschmuck seiner Eltern vom Speicher geholt, jetzt sei die Gattin glücklich, seit Stunden schmücke sie den Baum.

»Wir feiern also heute Abend schon, fliegen morgen früh und sind zum Christmas Eve bei ihren Eltern in Poughkeepsie, Upper New York. Bis wir zurück sind, nadelt unser Baum ohnehin, wir hätten unsere Putzfrau beauftragt, ihn abzuschmücken. Wenn Sie das machen wollen, können Sie den Baum haben, um 7 Uhr sind wir schon aus dem Haus. Schlüssel bei den Nachbarn, wir stellen die Kartons bereit, bitte Kugeln sorgfältig verpacken, sie sind kostbar.«

Selbstverständlich, ein großzügiges Angebot, sie ist ja so dankbar. Die Oma wird über Nacht bleiben, damit sie morgen ganz früh wegfahren kann.

»Aber morgen ist doch Weihnachten?«, fragt Florian. Eben.

Bei strömendem Regen eine Stunde hinausfahren, Baum abschmücken. »Sei nicht bös, aber ich kann dir wirklich nicht helfen, ich stecke noch mitten in der Arbeit«, entschuldigt sich die Freundin. Keine Frage, natürlich hat sie nicht mit Hilfe gerechnet, allerdings ist es eine wirklich hohe Fichte, ohne Leiter keine Chance.

Bunte Kugeln in allen Größen, ausgebrannte Kerzenhalter und bauchige Herzen, blaue Lichterketten und silberne Girlanden, vergoldete Nüsse und Zapfen, lächelnde Wachsengel und bemalte Holznikoläuse, Schokolade in Zellophan auf kleine Schlitten gepackt, winzige Fliegenpilze an die Zweige gezurrt, Lametta über und über.

Nur keine Kugel fallen lassen, alles in Seidenpapier verpakken, in den Kartons verstauen. Stunde um Stunde vergeht. Der Baum ist zu groß, er passt nicht ins Auto, absägen bringt nicht viel, das Schiebedach hilft nicht, es regnet in Strömen. Gut, dass der Skiständer schon am Heck des VW-Käfer montiert ist. Sorgfältig anschnallen, langsam fahren, den Fahrtwind beachten.

Den vom Straßendreck triefenden Christbaum erst in die Badewanne, dann ins Wohnzimmer geschmuggelt; Florian ist bei den kinderlosen Nachbarn.

Sie leihen sich den Kleinen gerne mal aus, verwöhnen ihn dann, heute ist es egal. Soll er dort bleiben, bis endlich der Baum geschmückt ist: rote Kerzen und Kugeln, Strohsterne und silberne Engel, vergoldete Nüsse und Sternwerfer und – nein, das Lametta nicht mehr, die Finger zittern.

Die von der Mutter verpackten Geschenke unter den Baum, rasch eine Tasse Kaffee, der Hunger muss warten, nach der Bescherung gibt es die Schweinswürstel.

»Schicken Sie bitte Florian rüber?«

»Schade, wir dachten, heute kommen Sie gar nicht mehr«, scherzen die Nachbarn, »wir hätten ihn gerne behalten, haben schon unsere kleine Weihnachtsfeier mit ihm gemacht.«

»Ach ja – danke, jetzt aber klingelt gleich bei uns das Christkind.«

Florian stürzt herein, völlig begeistert: »Mama, Mama – die Müllers haben keinen richtigen Christbaum, weil in München *Engpass* war!«, ruft er, sichtlich stolz auf das neue Wort.

»Da haben sie was Tolles gemacht: Sie haben ihren Gummibaum geschmückt! Und das ist eigentlich viel echter, weil da, wo das Christkind geboren ist, im Heiligen Land, da gibt es doch gar keine Tannenbäume, gell, Mama! –

Oma, du hast doch auch einen Gummibaum?«

Fabienne Pakleppa

Mein Weihnachtsmann

Die Größeren reden nur davon und kommen sich wahnsinnig wichtig vor, dabei haben sie keine Ahnung, was sie bei diesem sogenannten Fest der Liebe erwartet. Ich schon. Obwohl ich zu den Kleinen gehöre. Sie glauben felsenfest daran, dass es der Höhepunkt ihres Lebens sein wird! Und sie freuen sich! Diese Idioten, ein paar Tage lang werden sie in voller Pracht in einem überheizten Wohnzimmer herumstehen dürfen, als Ehrengäste und als Leichen, weil man ihnen vorher den Stamm absägt. Dann ab in den Müll! Auf die Ehre kann ich verzichten! Würde ich sehr gern verzichten, aber wie? Wir Christbäume werden für die Kreuzigung gezüchtet, nicht für ein freies Waldleben. Lieber Gott, lass mir doch Beine anstatt Äste wachsen!

Meinen Topf hat die Gärtnerin unter Hunderten ausgesucht und auf ihrem Tisch abgestellt. Nicht, weil ich besonders schön bin und sie mich behalten möchte, oh nein, sondern weil ich krumm und schief bin und mich keiner kaufen wird! Sagt sie. Und sie wollte mich gleich ausmisten, aber sie hat es vergessen. Diese Massenmörderin ist voll beschäftigt, sie muss uns alle rechtzeitig loswerden, sonst wird es bitter, klagt sie am Telefon. Wenn sie ihre Miete nicht bald zahlt, sitzt sie auf der Straße. Geschieht ihr recht. Die Frau hat gar kein Gewissen. Wenn sie nicht jault, dass die Geschäfte schleppend laufen, plappert sie mit ihren Freundinnen über Geschenke, Plätzchen und Festmahl! Hätte ich Hände, könnte ich gleich ein Rezeptbuch schreiben. Oder den Fraß selbst kochen. Dann bräuchte ich noch einen Mund.

Was ich dringender brauche, ist ein Weihnachtsmann. Irgendeiner, muss nicht unbedingt dieser bärtige Greis sein, der mit seinem Rennschlitten durch den Himmel rast und sich in die Schornsteine stürzt. Ich hätte eigentlich lieber einen richtigen Mann, ohne Schlitten und ohne Bart. Er soll sich beeilen, man hat schon angefangen, die Kollegen abzumurksen. Die Großen sind bald alle hin. Aber es wird keiner kommen, um mich zu retten, weil es gar keinen Weihnachtsmann gibt. Ich habe große Angst vorm Sterben, ich harze so sehr, dass ich ganz klebrig werde. Das ist mir peinlich. Fehlt nur noch, dass ich zu nadeln anfange. Lieber Gott, wenn du mir schon keine Beine schenkst, lass mich ohnmächtig werden, bevor die Säge in mich eindringt!

Die Kleinen haben Glück. Sie werden nicht gekillt, sondern samt Topf abtransportiert. Ich dachte schon, ich muss hier als letzter Überlebender bleiben, aber heute hat mich meine Gärtnerin, die doch ein Herz hat, einem der Männer mitgegeben und mir »Gute Reise« nachgerufen. Oder ihm? Egal, Hauptsache, ich sehe etwas von der Welt, bevor ich meine Wurzeln in die ewigen Jagdgründe stecken muss. Leider ist es im Lastwagen zappenduster, aber jede Galgenfrist ist mir recht. Und die paar Sekunden an der frischen Luft habe ich genossen. Sie roch nach Schnee. Und nach Abgasen.

Dann hat man ein paar Dutzend von uns ziemlich unsanft vor einem Supermarkt abgeladen und mit Preisschildern versehen. Einige Kollegen murrten, dass man respektvoller mit uns umgehen könnte, sie halten sich noch für unentbehrlich, die Armen. Dem einen ist ein Ast beim Transport abgebrochen, der Verkäufer hat ihn gleich in die Tonne geworfen. Ich bin guter Dinge. Jeden Tag, ach was, jede Stunde, die mir gegönnt wird, koste ich aus. Es wäre sogar richtig schön ohne die Lautsprecher, aus denen permanent Weihnachtslieder auf uns herabrieseln. Das ist eine Qual. Vor allem ›O Tannenbaum!‹, wenn ich dieses verlogene Stück höre, könnte ich kotzen.

Heilig Abend naht, und ich bin immer noch da. Einer der Letzten. Wie gut, dass ich hässlich bin, niemand mag mich. Man hat mich schon herabgesetzt, auf vier Euro neunundneunzig. Ich genieße es, die Käufer zu beobachten. Wie sie hektisch ihre Supermarktwagen bis zum Auto schieben, wie sie fluchen, weil sie ein Tütchen Lebkuchengewürz oder das

Katzenfutter vergessen haben, wie sich genervte Männer am Handy von ihren genervten Frauen die Einkaufsliste diktieren lassen, wie Mütter ihre misslaunigen Kinder hinter sich herzerren. Bin ich froh, dass ich ein Ausschussbaum und kein Mensch bin.

Doch ein paar scheinen schon nett zu sein. Ein großer Mann, der mit seinem Hund fast jeden Tag an mir vorbeiläuft, ist mir angenehm aufgefallen, weil er mit Weihnachten nichts am Hut zu haben scheint. Kauft kein Einwickelpapier, keine Kekse, keinen Stollen, keine feinen Speisen, keinen Champagner. Nur Rotwein, Fleisch und ein wenig Gemüse. Als sein Hund auf mich zugerannt kam, dachte ich, oh je, der Köter pinkelt mich gleich an. Aber nein. Er, eher sie, weil dieser Dackel eine Hundefrau ist, schnüffelt mich nur an. Ich sie auch. Sie riecht nach Wald, nach feuchter Erde, nach fauligen Blättern. Sie heißt Mona, und ich mag sie.

Heilig Abend setzt man mich und den Rest der Kollegen auf ein Euro neunundneunzig herab. Das wirkt. Für die anderen, nicht für mich. Vermutlich bin ich wirklich potthässlich. Was soll's. Ich bin nicht eitel. Meine Stunde wird gleich schlagen, also rezitiere ich mir vorsichtshalber ein paar Totengebete, man kann nie wissen. Ich kenne nur ganz kurze, à la »Lieber Gott, ich bin bereit, ich kam bisher leider kaum zum Sündigen, nur eins muss ich beichten, meine Nächsten habe ich nicht geliebt, kann ich nicht, verzeih mir und nimm mich auf in dein grünes Paradies, Amen«. Und dann fällt mir ein, dass die Todgeweihten vor der Hinrichtung einen letzten Wunsch haben dürfen. Hier ist er: Ich möchte noch einmal den Wald in Monas Fell riechen.

Das wird mir nicht gegönnt. Der große Mann, der sonst kurz vor Geschäftsschluss kommt, taucht heute nicht auf. Stattdessen ein anderer im vornehmen Anzug, und – kaum zu fassen – er kauft mich! Deponiert mich in einer weißen Plastiktüte auf dem Beifahrersitz seines Mercedes, wenn es so weitergeht, fange ich an, doch an den Weihnachtsmann zu glauben! Unsinn. Bei ihm daheim ist es zwar vornehm und

sieht nach Geld aus, aber kein bisschen nach Freude. Ich muss auf einem kleinen Tisch stehen, werde mit einer silbernen Girlande geschmückt, der Herr hüllt meinen Plastiktopf in Alufolie ein, und drum herum legt er Geschenke. Viele Geschenke. Lauter rechteckige Dinge, die kunstvoll eingepackt sind, bestimmt von einem Ladenfräulein. Ich wette, dass der Typ gerade seine Schuhe allein binden kann und für den Rest eine Putzfrau hat. Ein Festmahl wird es bei ihm nicht geben, es duftet hier nach nichts.

Der Herr schaut auf die Uhr und trinkt Whisky. Schaltet den Fernseher ein, schaut immer wieder auf die Uhr. Er tut mir ein wenig leid. Ich hoffe, wir warten nicht umsonst und es geschieht bald etwas. Es ist stinklangweilig hier, vor dem Supermarkt war mehr los. Wenn ich in einer solchen Wohnung und mit einem solchen Mann leben müsste, würde ich mir irgendwann die Kugel geben. Oder ausziehen. Lieber Gott, könntest du mir vielleicht doch noch Beine schenken? Oder Flügel?

Plötzlich klingelt es. Mein trübsinniger Käufer rennt zur Tür, öffnet sie. Eine Frauenstimme ruft, dass Irena in einer Stunde abgeholt wird. Ein kleines Mädchen, total herausgeputzt und mit Kringellocken, kommt ins Zimmer. In null Komma nichts hat sie all ihre Geschenke ausgepackt, darunter eine Barbiepuppe und jede Menge edle Klamotten, die sie gar nicht interessieren, aber sie sagt artig »danke schön, vielen Dank, Papa«, und dann fragt sie, ob ich auch ein Geschenk bin und ob sie mich mitnehmen darf. Sie möchte mich in ihren Garten pflanzen! Vor Glück vergieße ich einige Harztränen.

Den ersten Feiertag verbringe ich auf dem Balkon einer Villa. Durchs Fenster sehe ich einen toten Kollegen mit blauen Kugeln und blinkenden Lichterketten mitten im Wohnzimmer thronen. Um ihn stehen etliche elegant angezogene Menschen, die sich mit Kristallgläsern zuprosten. Bei denen gibt es erst mal Häppchen, dann singen sie. Klingt schon besser als das Gedudel vom Supermarkt, vor allem leiser. Bei ›O Tannenbaum‹ fängt es zu regnen an. Ich liebe es, draußen zu sein, die frische Luft einzuatmen. Der Regen streichelt meine Äste, später, als es dunkel und kühler wird, legen sich Schneeflocken wie Küsse auf mich. Es ist zum Sterben schön, und ich darf weiterleben, oh, lieber Gott, ich danke dir!

Es war doch nur ein Traum. Ein paar Tage später holt der Vater Irena zum Skifahren ab. Der Mercedes ist kaum verschwunden, als sich die Balkontür öffnet und die Mutter mich der Zugehfrau zeigt: »Und das Ding da, das werfen Sie mir weg, nix Kompost, Container am Ende der Straße«, sagt sie zu ihr. Da stehe ich jetzt ungefähr schon eine Woche, an einer zugigen Ecke zwischen lauter Containern für Kunststoff, Glas, Metall und alte Kleider. Die Zugehfrau hat meine Girlande mitgenommen, bis auf ein paar Glitzerfetzen, die in meinen Nadeln hängengeblieben sind. Schade, hier sehe ich fast nichts. Nur Hunderte von leeren Flaschen, die man mir nach Silvester vor die Füße gelegt hat. Und es kommt leider so gut wie niemand mehr vorbei, weil es angeblich minus fünfzehn Grad kalt ist. Bald frieren mir die Wurzeln ein, dann schlafe ich ein und wache nie mehr auf. Auch nicht verkehrt. Aber zum Eingehen hätte ich mir selbst schon einen anderen Platz ausgesucht. Immerhin bin ich im Freien, und der Kältetod soll recht angenehm sein.

Im Traum erkenne ich Monas Stimme. Sie bellt ziemlich weit weg, dann hört sie auf. Und plötzlich steht sie vor mir, schnuppert an mir, wedelt wie verrückt mit dem Schwanz, bellt und bellt. Sie will ihren großen Mann herbeilocken, ihm zeigen, dass sie mich gefunden hat. Es freut mich, sie zu sehen und vor allem ihren Waldduft zu riechen. Wenn ich einen Mund hätte, würde ich diese Hundelady ablecken, sie duftet zum Anbeißen. So ist mir mein letzter Wunsch doch erfüllt worden, denke ich, als ich spüre, wie ich in den Himmel steige.

Bin ich tot oder nicht? Mir wird jedenfalls ganz anders. Der große Mann hält mich in den Armen und bringt mich nicht ins Paradies, sondern zu sich nach Hause. Er ist ganz aufgeregt, kaum hat er die Tür geöffnet, ruft er: »Du, ich habe einen Weihnachtsbaum gefunden, schau her, ist er nicht schön?« Dann zeigt er mich einer Frau, die in seinem Bett liegt. Er hält mich, als sei ich etwas Kostbares, betrachtet mich ganz verliebt. Kaum zu glauben, wie er strahlt. Seine Augen leuchten nur so vor Glück. Und er macht Zukunftspläne mit mir! Er will mich vorsichtig wässern, mir einen größeren Topf schenken und mich bei sich behalten. Auf seinem Balkon. Die Frau steht splitternackt auf, um mich gebührend zu bewundern, dann geht sie in die Küche, um den Truthahn ins Rohr zu schieben. »Ab heute ist hier immer

Weihnachten«, sagt dieser Mann, von dem ich meinte, er hätte mit dem ganzen Rummel nichts am Hut! So viel zu meinen Menschenkenntnissen!

Ich lebe schon seit Jahren mit ihm und Mona zusammen. Wenn die Frau vorbeikommt, feiern die beiden die ganze Nacht das Fest der Liebe zusammen. Mit Kerzen und schönem Essen dazu. Und am Morgen danach besucht sie mich und schaut, ob es mir auf seinem Balkon wirklich gut geht. Er hat mich am Geländer mit Draht angebunden, er wohnt im vierten Stock, unter mir ist ein Bürgersteig, das war schon gewöhnungsbedürftig am Anfang. Doch auf die Leute herabzublicken, das gefällt mir gut. Und Mona leistet mir dabei Gesellschaft. Langweilig wird es uns nie. Aber ich bin ziemlich gewachsen, und leider wird es langsam eng in dem großen Topf. Ich kann mich nicht mehr frei entfalten. Das spürt mein großer Mann auch. Seit einiger Zeit spricht er davon, mich in den Wald zu pflanzen. Mir macht das Kummer und Freude zugleich. Ich möchte ihn einerseits nicht verlassen, andererseits sehne ich mich nach neuen Gefährten. Nach Bäumen, Büschen und Gräsern, nach Vögeln und Insekten, nach Mardern und Füchsen.

Mein Umzug steht kurz bevor. An einen guten Platz direkt an einem Fluss, sagt er. Mit etwas Glück werde ich auch Fische sehen! Ich kann es kaum erwarten! In der letzten Nacht auf seinem Balkon fällt eine Sternschnuppe vom Himmel. Ich wünsche mir, dass mein Weihnachtsmann mich da draußen oft mit Mona besucht. So wie ich ihn inzwischen kenne, wird er es tun.

Der Festschmaus

HARDY SCHARF

Weihnachten heute

Nordmanntannen vor jedem Haus,
an allen Wänden ein Nikolaus,
Ochs und Esel kaufen noch ein,
Weihnachten soll ein Festtag sein.

Maria und Josef sind ausgezogen,
alle Engel sind weggeflogen,
zurück geblieben ein Lichterkranz,
und in der Krippe liegt die Gans.

ARMIN KRATZERT

Serviervorschlag

Zu allem Unglück muss ich jetzt wirklich noch einmal ins Auto und zu meiner Exfrau in die Vorstadt fahren, denn dort steht dieses alte Kochbuch mit dem Rezept für Arrigo Ciprianis legendären Pastateig, der allein geeignet ist, in meinem Menü Verwendung zu finden, dünne Tagliatelle aus einem sehr trockenen, unendlich lang zu knetenden Mehl-Eier-Olivenöl-Teig, köstliche Nudeln, die mit Butter, Anchovis und Artischocken serviert werden, besonders kleinen Artischocken, die ich schnell zwischendurch auf dem Markt besorgen werde, während die aus Sizilien stammenden Anchovis ein Freund mitbringen will, den ich deswegen später zuhause anrufen soll, ich fahre also hinaus nach G., ein Wahnsinnsgedränge auf den Straßen natürlich, meine Exfrau aber hat schlechte Laune, behauptet, sie fände das Buch nicht, habe es womöglich gar nicht mehr, will mich auch nicht ins Haus lassen, um danach zu fahnden, sie habe Besuch, schließlich sei Weihnachten, was mir überhaupt einfiele, und ich will nicht mit ihr diskutieren, dazu ist heute keine Zeit, nur weg, keine Verzögerungen mehr, man hat ja Pläne, ich eile in die Stadt zurück, um die Stubenküken zu holen, die ich bestellt habe, acht frische, bratfertige kleine Hühnchen, die mit Meersalz gewürzt und mit grob gehackter Petersilie gefüllt werden, ich bekomme sie immer von Obermaier, der zweifelsohne die besten hat, man steht ewig an, selbst für reservierte Ware, doch es lohnt sich, das Fleisch seiner Vögel ist so zart wie saftig, freilaufende Bioqualität, so heißt das wohl, sündteuer, ist ja nichts dran an diesen Küken, und nach einer halben Stunde Warten höre ich, dass Stubenküken leider schon aus seien, eine Lieferung wäre nicht gekommen, kein einziges mehr da, nein, auch keine reservierten, niemand bekäme welche, nun gut, ich nehme vier Enten stattdessen, Enten sind ja auch gut, aber dazu passt der Salat nicht, den ich zu den Hühnchen vorgesehen hatte, ein Salat von lila Kartoffeln aus Frankreich, Orangenfilets und blauen Zwiebeln mit Honigvinaigrette, aber zur Ente irgend etwas mit Orangen, das wäre wirklich zu banal, vielleicht könnte ich noch Mangold besorgen, gedämpfter Mangold mit Nüssen und kandierten Äpfeln, keine Ahnung, ob noch Äpfel da sind, man braucht feste, leicht säuerliche dazu, die kann ich noch holen, wenn ich den Mangold kaufe, auf dem Weg zu Otto, der die Anchovis besorgen wollte, wenn noch Zeit ist, denn jetzt müssen erst die Enten ins Rohr, das bereits heftig vorgeheizt wird, während ich das Geflügel wasche, salze, zusammenbinde und mit ein paar halbierten Schalotten in eine Bratreine lege, schnell das Telefon her, Otto ist immer noch nicht zuhause, nur der Anrufbeantworter, was soll ich ohne die Anchovis machen, langsam könnte auch jemand ans Tischdecken denken, wie viel Leute sind wir eigentlich, bringt der Schwiegervater nun seine neue Frau mit oder nicht, das sollte man eigentlich schon wissen, warum ruft Otto nicht zurück, ich brauche unbedingt noch Butter, ohne Butter geht gar nichts, kalte Butter für die Soße, jede Menge Butter für die Äpfel, ich muss mir das jetzt aufschreiben, Mangold, Butter, sind nun Äpfel da oder nicht, besser noch ein Kilo kaufen, Boskop, sauer und mürb, wenn Otto die Anchovis nicht hat, brauche ich einen anderen Sugo für die Pasta, oder gar keine Pasta, der Teig muss Stunden ruhen, so viel Zeit ist gar nicht mehr, einfach einen Salat machen, einen Blattsalat, mit Kernöl,

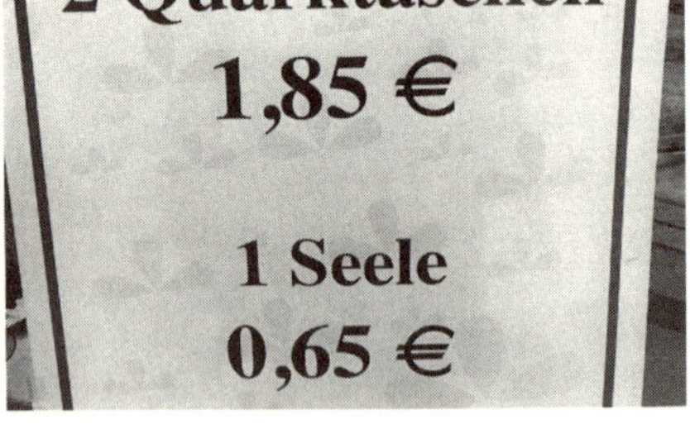

nein, langweilig, Otto war vielleicht gerade im Keller, um die Anchovis heraufzuholen, ich sollte einfach zu ihm fahren, jetzt sofort, den Ofen lasse ich, die Enten können auch allein schmoren, los jetzt, es eilt, gute Güte, was für ein Verkehr um diese Zeit, es ist Heiligabend, haben die Leute denn nichts Besseres zu tun, als Heiligabend kreuz und quer durch die Stadt zu fahren, Otto, jetzt rufst du an, ich bin im Auto, auf dem Weg zu dir, wo steckst du, in Sizilien, über die Feiertage, großartig, du bringst die Anchovis nächste Woche mit, sicher, na, dankes chön, nein, eilt nicht, schönes Fest, ciao, also keine Pasta, oder kurz was anderes kaufen, erst nach Hause, nach den Enten sehen, den Mangold und die Äpfel besorge ich aber zwischendurch noch, das geht, dauert ja nicht lang, am Markt kann ich auch mal kurz in der zweiten Reihe stehen, wie viel Uhr ist es, ich muss zu den Enten, wer kann jetzt ein Pfund Butter holen, ich brauche einen Parkplatz, der Wein steht noch im Keller, wenn es keine Pasta und kein Küken gibt, nehme ich doch gar nicht den Lugana, sondern vielleicht einen Nero d'Avola, dann ist wenigstens etwas aus Sizilien dabei, hier kann man überhaupt nicht stehen bleiben, die zweite Reihe ist schon zu, Abschleppwägen, Aufregung, du lieber Gott, können die Leute ihr Zeug nicht ein bisschen früher einkaufen, jeder hetzt im letzten Moment los, fröhliche Weihnachten, so schaut es aus, also kein Mangold, und auch keine Äpfel, irgendwer muss Butter aus dem Supermarkt holen, wir können Bratkartoffeln zu den Enten essen, feine Sache eigentlich, Ente mit Bratkartoffeln, fertig, aus, dagegen ist doch nichts zu sagen, ein Klassiker, wenn die Ente gut ist und die Kartoffeln knusprig, in Butterschmalz geröstet, was riecht denn hier so komisch, der Nachbar kann einfach immer noch nicht kochen, alles verpestet, nein, das sind die Enten, dieser Qualm, kein Wunder, bei der Hitze, wer hat den Ofen hochgedreht, das ist Sabotage, was sollen wir nun essen, nichts mehr zu machen, die Enten sind schwarz, da müht man sich ab, konzipiert ein Menü, sorgt sich um die Familie, plant ein besinnliches Fest, na gut, Weihnachten mit Stil, ich habe es wenigstens einmal versucht, jetzt müssen andere ran, soll Susi eben schnell für die Kinder Spaghetti mit Ketchup machen.

Janosch D. Pannenbäcker
Gans »blau«

Nach dem Ende des »Glorreichen Dritten Reiches« waren Lebensmittel allenthalben knapp. Der Schwarzhandel blühte und mehr oder weniger wertvolle Dinge aus Haushalt und Familienbesitz wurden gegen Fleisch, Wurst, Kartoffeln oder auch Schnaps und Zigaretten getauscht.

Vorzugsweise die Bauern hatten aus eigener Produktion alles, was man zum Leben brauchte. So fand man neuerdings in ihren Stuben wertvolles Geschirr, Tafelbesteck, Ölgemälde, Perserteppiche, manchmal sogar ein Klavier.

In diesen »schlechten Zeiten« radelte mein Großvater mit seinem geliebten russischen Samowar auf dem Gepäckträger über Land auf der Suche nach einer Gans. Weihnachten stand vor der Tür und so eine Gans wäre doch eine köstliche Bereicherung für das erste Familienfest ohne Wehrmachtsberichte.

Ein Großbauer in der näheren Umgebung ließ sich tatsächlich zum Teetrinker bekehren und übergab meinem Opa eine ganze Gans. Es fehlte nur der Kopf. Nach den langen Entbehrungen und in Erwartung eines fetten Bratens radelte der Großvater voller Stolz mit dem Federvieh heim.

Die Oma und meine Mutter übernahmen das Rupfen und Ausnehmen des Großvogels, wobei dem Tier ein merkwürdiger Geruch entströmte. Eine meiner Tanten argwöhnte, dass das Tier möglicherweise schon vor geraumer Zeit sein Leben gelassen habe und demzufolge und in Ermangelung einer geeigneten Kühlung wohl vergammelt sei. Was nun?

Eine andere Tante, die damals in Marburg Medizin studierte, wusste Rat. Das große Weihnachtsessen musste schließlich gerettet werden. Auf ihren fachmännischen Vorschlag hin tauchten wir die Gans in eine Kaliumpermanganat-Lösung, um dem grässlichen, eiweißzerstörenden Werk der Mikroben ein Ende zu setzen. Nach vierundzwanzig

Stunden hatte sich das Fleisch merkwürdig blau-violett verfärbt. Auch mehrere Kaltwasserduschen konnten das appetitliche Rosa der Gans nicht wiederherstellen. Aber der Geruch war weg.

Der Vogel wurde schließlich trotz seiner merkwürdigen Färbung versuchsweise nach bewährter Art präpariert und in den Ofen geschoben.

Mehr als drei Stunden verbrachte die ganze Familie in angespannter Erwartung und voll gemischter Gefühle. Die Beilagen – böhmische Knödel, Kraut- und Selleriesalat – waren bereits zubereitet, sogar eine Flasche Wein stand schon am weihnachtlich gedeckten Tisch.

Endlich war es so weit. Die Weihnachtsgans kam knusprig blau gebraten auf den Tisch und duftete zu aller Überraschung typisch nach Gans und Apfelfülle.

Großvater zerlegte den Vogel vor der stummen Großfamilie in handliche, durch und durch blau gefärbte Stücke und forderte mit einem »Frohe Weihnachten und guten Appetit!« zum Essen auf. Meine Mediziner-Tante ging sofort scheinbar bedenkenlos mit gutem Beispiel voran und schluckte beherzt den ersten Bissen. Nach und nach wagten sich alle an den denkwürdigen Festtagsbraten. Man blickte einander an: »Gar nicht so schlecht!«

»Fast wie in Friedenszeiten!«

Wenn man beim Kauen die Augen schloss, vergaß man fast auch den leicht schlehenartigen Beigeschmack.

Dass das Gelage weitgehend folgenlos blieb, verdanken wir vermutlich der Tatsache, dass zwölf hungrige Mäuler den köstlichen Braten miteinander teilen mussten.

Barbara Bronnen

Der Planet der Karpfen

Sechs Jahre lang Weihnachten im Planeten der Karpfen … Sechs Jahre lang bemooste Karpfen, die mit dumpfem Gesichtsausdruck in der Badewanne schwammen, und wenn ich endlich eine Dusche hätte nehmen können, reisten wir ab. Sechsmal Besuche bei Freunden, in Leipzig, in Altenburg, in Erfurt, und jedesmal eingeschüchtertes Pieseln und scheuer Blicktausch mit diesem trutzigen Partisanen, überall in der DDR in abgestoßenen Emaille-Badewannen gestrandet, und selbst im muffigen, dunklen Kino von Altenburg, wo wir uns den uralten Film namens ›Mordsache dünner Mann‹ zu Gemüte führten, schwamm im Waschbecken der Toilette ein aufgedunsener Geselle, so bedrohlich, dass es mir den Drang verschlug. Als der Film zu Ende war, verließ ich das Kino rasch und eilte im Regen, es war dunkel, in den nahe gelegenen Park.

Mein damaliger Mann war mit einem Pappköfferchen zu mir gekommen, in dem sich ein zerfledderter Gorki-Band, Dostojewski, ein geklauter Schlafanzug, fünf Langspielplatten, Katschaturjan, Prokofieff, Janácek, russische Wiegenlieder, Zahnbürste, eine Flasche Wodka und eine zweite Unterhose befanden, diese Besitztümer begleiteten auch seine Reise in die DDR.

Ich hatte mir vorher nie groß den Kopf darüber zerbrochen, wie Westler in der DDR gesehen wurden, bis ich dorthin kam und von mir ein bestimmtes Aussehen und Verhalten erwartet wurden. Meine Schwiegermutter meinte, dass ich ungeschminkt viel schöner aussehen würde und dass ich so dünn war, konnte nur heißen, dass ich zu wenig aß. Dünn zu sein war ein Stigma, das sie mit allen Mitteln von mir abzuwenden suchte.

Um der Dauerfütterung zu entgehen, bei der das Frühstück nahtlos ins Mittagessen, dies in Kaffee mit Kuchen und jener ins Abendessen überging, besuchten wir Freunde in Leipzig. In Auerbachs Keller, wo unsere Freunde schon seit Wochen für uns einen Tisch vorbestellt hatten, roch es nach Karbol, der Geruch ging tagelang nicht aus den Kleidern, aber das Essen, Bratwurst mit Rotkohl, war gut. Ich war überrascht über die Intensität der politischen Gespräche, bei denen ich nicht mithalten konnte. Die Ansichten näherten sich nicht an, und der Zorn über westdeutsche Missachtung hatte seinen Grund. Ich dachte, annähern können wir uns auch nicht, solange die Lebensumstände so verschieden sind. Nur in einem waren wir uns einig: dass es traurig war, dass eine stolze Idee in den sozialistischen Ländern derart zugrunde gerichtet wurde.

Zurück nach Altenburg. Geschirrklappern, Bratenzischen, Untermieterärger, Anstehen beim Einkaufen, Vorbereitungen fürs Weihnachtsfest. Dieses Jahr gibt es schönen Kohl, sagte die Schwiegermutter, nachmittags bewegen wir uns zwei Kilometer und holen ihn frisch aus dem Schrebergarten. Muttel schlägt dem Karpfen den Kopf tot, weil Vattel nicht einmal dazu noch gut ist. Der Weihnachtsbaum mit viel Lametta und silbernen Kugeln ist aus dem Wald. Vattel hat ihn heimlich im Morgengrauen gefällt. Der Schwiegervater, den die Schwiegermutter vom Schlosser zum Betriebsmonteur hat machen lassen, sagt auch an Weihnachten kein einziges Wort.

Am Silvesterabend gibt es Klöße, Rotkohl und Karpfen, vor dem mir graust. Iss, so dünn wie du bist, sagt die Schwiegermutter, und haut mir fette Sauce auf den Teller, iss, damit aus dir was wird. Doch ich kriege nur einen Bissen vom fetten Karpfen über die Lippen, stopfe ihn in die Backentasche und eile aufs Klo, wo ich ihn in die Muschel spucke. Muttel ist beleidigt und kratzt jammernd meine Reste zusammen. Mein Mann trägt schuldbewusst die Teller in die Küche. Mir ist schlecht, ich gehe nochmals aufs Klo. Da höre ich meine Schwiegermutter sagen, sieh ein, Mannel, dass du einen Fehler gemacht hast, dass du dich mit so einer einlässt. Du bist ja in einem Alter, wo der Mann nicht auf die Frau verzichten kann, aber du rennst auch mit verbundenen Augen von einem Unglück ins andere. Wir sind schlichte, einfache Leute und allesamt Kommunisten, sie aber ist nicht deinesgleichen.

Ich schleiche durch den Flur ins Zimmer zurück. Dann gibt es Fernsehen, dazu Salzgebäck und Obstwein. Es wird gemütlich, und was der Schnitzler sagt, stimmt: Er hat gesagt, dass der Kapitalismus eines Tages sich selbst ad absurdum führt. Doch das habe ich damals nicht geglaubt.

VERENA KREBS

Der Weihnachtsbesuch

Weihnachten ist ein Familienfest. Da man die Familie aber im Allgemeinen am liebsten hat, wenn sie sich mindestens in der übernächsten Stadt aufhält, beschloss ich, den 24. Dezember dieses Jahr vor dem Fernseher in meiner eigenen Stadt zu verbringen, ›Stirb langsam 1–3‹ anzusehen, leicht angegraute Weihnachtsplätzchen aus dem letzten Jahr zu essen, garantiert nicht deprimiert zu sein und nur mit den allerbesten Erinnerungen an meine Familie zu denken, die in der übernächsten Stadt unter dem Christbaum saß und mich wegen dieser Entfernung nicht ärgern konnte mit Weihnachtsliedgutabsingen und Weihnachtsbaumgeraderücken und -drücken, bis der Vorhang schließlich Feuer fing. Da ich allerdings leider ausnehmend viele Freunde habe, deren Eltern in der übernächsten Stadt wohnen und die sonst auch nicht viel mit sich anzufangen wissen, waren Bruce Willis und ich nicht allzu lang allein.

Kurz nach dem ersten toten Terroristen – John Mc Clane mähte ihn gerade nonchalant vor dem Weihnachtsbaum um – klingelte es an meiner Tür. Ich vermutete einen Dienstleister auf einer letzten verzweifelten Trinkgeldtour, den Heizungsableser vielleicht oder die Scientology-Tanten oder einen besoffenen Weihnachtsmann. Es war jedoch mein neuer bester Freund und ehemaliger Freund. Bevor ich ihm einen Gänseschenkel über den Kopf ziehen konnte, hatte er sich schon niedergelassen bei Bruce und mir und dem toten Terroristen auf meinem Bett. »Setz dich gefälligst auf die Couch. Das Bett ist für feurige Liebhaber reserviert«, befahl ich, musste aber sein Gegenargument einsehen, dass ich ja leider gar keine Couch besaß. Ich konnte es nicht leiden, wenn er recht hatte und sich dabei noch die Nasenspitze rieb, was an Selbstgefälligkeit nicht zu überbieten war. Aber der arme Mann war ganz allein und es war schließlich Weihnachten und ich wollte verhindern, dass er seinen Abend betrunken bei seinen Fußballfreunden im Kleiderschrank

beenden würde. Also rückte ich meinem neuen besten Freund und ehemaligen Freund ein Kissen unter dem Popo zurecht und schob die Gans in den Ofen, die ich ganz zufällig im Tiefkühlfach und ganz sicher nicht für Weihnachten gekauft hatte. Ebenso wenig wie die Knödelmasse und das Blaukraut. So etwas sollte man immer auf Lager haben. Bruce meuchelte, dass es eine Freude war, und rettete die westliche zivilisierte Welt. Ich schob verschämt die Weihnachtskrippe mit den über die Jahre hinweg ziemlich in Mitleidenschaft gezogenen Figuren aus Wachs, die meine Großmutter aus der überüberübernächsten Stadt in ihrer entbehrungsreichen Jugend selbst angefertigt hatte, unter mein Bett. Man hat ja schließlich einen Ruf zu verlieren als urbaner Single und Weihnachtsverächter. Mein Exfreund brachte als Weihnachtsgeschenk Glühwein von der Tanke mit. Wir tranken einen und dann noch einen und zählten tote Terroristen. Zur Bescherungszeit, um Viertel nach acht, klingelte es erneut an der Tür. Wir waren gerade in einen äußerst unweihnachtlichen Post-Beziehungs-Koitus involviert. Mein Exfreund sprang ritterlich in seine Unterhose, um mich vor wollüstigen Männern in roten Mänteln und mit weißen Bärten zu retten. Vor der Tür stand jedoch immer noch nicht der Weihnachtsmann. Es war noch schlimmer. Tobias, genannt aus naheliegenden Gründen Schlucki, ein Fußballfreund, und eine Blonde mit schweren Knochen, die sich als Tracy vorstellte und aussah wie eine Sieglinde, lachten mir freundlich entgegen. »Wir haben euch was mitgebracht«, röhrte Schlucki und hielt mir eine Palette Dosenbier hin. Damit schien der Höflichkeit Genüge getan. Die beiden schoben mich zur Seite und ich fragte mich, warum ich mit meinem Exfreund nicht auch seine Freunde losgeworden war. Ich zog mich an, denn bis jetzt war ich aus dem genannten Grund noch recht luftig unterwegs. Hinten stöhnte Bruce waidwund auf und ich wünschte mir ein Uzi-Maschinengewehr. Mein Ehemaliger hieb allen, einschließlich mir, freudestrahlend auf die Schulter und versprach großherzig ein Festessen für alle.

»Meine Gans gehört mir«, grollte ich und rettete mein winziges Weihnachtsbäumchen, das unter Sieglindes Pranken gerade matt seufzend seinen Geist aufgab. »Solche kitschigen Kugeln hatten wir daheim auch«, tröstete sie mich und zerdrückte zwei mit liebevoller Inbrunst in ihren Händen. »Wie nett«, sagte ich, weil anscheinend ein Kommentar von mir erwartet wurde. Ob sie ihre Exfreunde auch so zerquetschte, zwei auf einmal in der linken Hand? Sieglinde kippte eine Dose Bier und zerquetschte sie in ihren Pranken.

Um es kurz zu machen: Die Fenster der Nachbarn waren friedlich erleuchtet von Kerzenschein und Liebe, während es bei mir vier Mal klingelte. Ich bin der einzige urbane Single mit einer Wohnschlafeinraummultifunktionswohnung über dreißig Quadratmeter und genug Ikea-Klappstühlen in meinem Freundeskreis. Da wohl alle beschlossen hatten, sich dieses Jahr endgültig von daheim abzunabeln, fanden sich alle bei mir ein. Michael, Karl und Bernhard zogen ein wie die drei Könige, allerdings nicht mit den in der Bibel bezeugten Geschenken, sondern mit angeranztem Kartoffelsalat, einer 1,99-Euro-Flasche Sekt und einer Stange Zigaretten. Maike und Jolanda brachten einen selbst gebackenen Kuchen und zwei schwer angetrunkene russische Austauschstudenten mit. Die beiden studierten Neue Deutsche Literatur und eiferten Tolstoi in seiner Trinkfestigkeit nach. Oliver kam allein, was niemanden verwunderte. Er brachte auch nichts mit, weil er lieber seine Telefonrechnung bezahlen wollte, bevor er mich beschenkte.

Sieglinde hatte sich in der Zwischenzeit mit der Gans ins Badezimmer zurückgezogen. Hin und wieder drangen Geräusche hinter der geschlossenen Tür hervor, die an liebestolle Nilpferde erinnerten. Ich bin ein toleranter Mensch, aber diese sexuelle Spielart ging mir definitiv zu weit. »Alles in Ordnung«, beruhigte mich Schlucki und öffnete das dritte Bier, »sie versucht nur, sie zu tranchieren.« Ganz sicher war er sich nicht. »Wer von beiden versucht den anderen zu tranchieren?«, fragte mein Exfreund ohne jeden ironischen

Unterton. Unsere gemeinsame Verzweiflung einte uns, und wir zogen uns auf den winzigen Balkon zurück, um herumzuknutschen. Drinnen wurde fröhlich und einstimmig beim Bayern-Eins-Weihnachtsmelodienmedley mitgegrölt und jede zerbrochene Christbaumkugel sowie das geköpfte Wachsjesuskind mit einem Jubel begrüßt, als hätte die Hand Gottes gerade einen Elfmeter beim WM-Endspiel geschossen.

Die Nachbarn sahen meinem Exfreund und mir mit feierlicher Miene aus den gegenüberliegenden Fenstern zu. Ich musste an meine mich liebende Familie in der übernächsten Stadt denken und weinte ein bisschen in den weißen Bart, den mir einer der Russen zur Feier des Tages umgebunden hatte, nachdem sie meinen guten und einzigen Portwein geleert hatten. Mein Exfreund umarmte mich und schlug mir eine baldige Heirat vor. Ich hatte jedoch keine Lust auf Unterhaltspflicht für arbeitslose Finnugristen und zog mich in die Wohnung und in die Niederungen des menschlichen Daseins zurück. Im Bad wollte ich mir mit kaltem Wasser das Gesicht waschen, da mir allmählich schwarz vor Augen wurde. Ein Russe lag selig schlummernd in meiner Badewanne und umarmte zärtlich einen Gänseschenkel.

»Es klingelt«, juchzte es aus dem Wohnzimmer und ich bekam einen Heulkrampf. Mein Exfreund stützte mich edelmütig, und gemeinsam wankten wir zur Tür. Auf dem Weg dahin kam mir der zweite Russe mit einigen meiner Slips in der Hand entgegen, die weiß und geräumig waren und nicht für die Öffentlichkeit gedacht. »Spasiva«, sagte er höflich und verschwand ebenfalls ins Badezimmer, als wäre es das Normalste in der Welt, sich mit meiner Unterwäsche im Bad einzuschließen. »Was geht hier vor?«, brüllte ich. »Muss aufwischen ein Spektakel von Mann in Badewanne«, antwortete der Erasmus-Student höflich von innen. Sieglinde drückte Arm mit Oliver, Michael, Karl und Bernhard gleichzeitig und ich sorgte mich, der dünne Mann mit der unbezahlten Telefonrechnung könnte sich einen Ellenbogenbruch zuziehen. Jolanda nagte am Pürzel meiner liebevoll gehüteten Gans.

Wie konnte so eine dünne kleine Germanistikstudentin eine ganze Weihnachtsgans auf einmal schlucken? Sie musste die gleichen Fähigkeiten haben wie eine Boa Constrictor. Ich wünschte meiner Kommilitonin einen qualvollen Erstickungstod. Ein quer gestelltes Gansbein in einer schmalen Germanistenkehle – ein schönes Bild. Mein Exfreund und ich kämpften uns den Weg weiter frei. Als ich die Tür öffnete, wollte er schnell an den zwei Menschen draußen im Gang vorbei entwischen, etwas wie »meine Eltern vermissen mich sicher sehr« murmelnd. »An Heiligabend gehen keine Züge mehr«, sagte ich und packte ihn am Kragen. Aus dem Wohnzimmer grölte es »O Tannenbaum« wie aus einer Kehle.

»Ich kann nichts dafür, das sind nicht meine Freunde. Ich kenne die Menschen in meiner Wohnung nicht. Sie sind eingedrungen und haben mich überwältigt«, log ich denen, die vor der Tür standen, vor, da ich annahm, es handle sich um ein Komitee der beschwerdeführenden Nachbarn. Es waren ein Mann und eine Frau, beide mit Fellmänteln und unordentlichen Hippiezotteln auf dem Kopf. »Nein, nein. Der Lärm stört uns nicht. Wir wohnen auch nicht in diesem Haus. Wir wollten nur fragen, ob …«, sagte die Frau und lächelte. Ich öffnete die Tür. »Ja, ja. Ich weiß. Ihr seid nicht bei euren Eltern, weil die so weit weg wohnen und ihr ja auch schon erwachsen seid. Jetzt fühlt ihr euch aber doch einsam und seid außerdem Freunde von Schlucki. Kommt rein. Aber wenn ich einen von euch mit meiner Unterhose auf dem Kopf erwische …!«, drohte ich. »Was?« Der Mann wich einen Schritt zurück. »Keine Angst, wir haben unsere eigene Unterwäsche, die wir bei Bedarf über dem Kopf tragen können«, beruhigte mich die Frau und schob ihren Freund durch meine Tür. Er trug einen Rucksack auf dem Rücken, der nach Himalaya-Expedition aussah. Sie schienen länger bleiben zu wollen. Die Frau lächelte noch mehr. Sie sah sympathisch aus. »Wir kommen gern rein. Vielen Dank. Draußen ist es ganz schön kalt geworden, und es hat sogar angefangen zu schneien. Wann schneit es schon mal an Weihnachten?« Sie war eine blasse

Schöne mit Schneewittchengesicht. Ihr Alter konnte ich nicht abschätzen. Zwanzig? Siebenundzwanzig? Dreiunddreißig? Sie sah noch sehr jung aus, aber sie kannte das Leben wohl bereits. Als sie ihren Lammfellmantel auszog, bemerkte ich, dass sie hochschwanger war. Mein Exfreund ächzte leise und sah sich schon als Geburtshelfer am Rand meiner Badewanne. Die Frau stemmte eine Hand in ihren Rücken und richtete sich gerade auf. Sie hatte Rückenschmerzen. Ich jagte Jolanda und ihre Russen von meinem Bett, schüttelte mein Kopfkissen auf und stopfte es der Frau hinter den Rücken. Mein Exfreund legte dem werdenden Vater die Hand tröstend auf den Arm. Die Rollen waren klar verteilt. »Wollt ihr was trinken?«, fragte Schlucki hilfsbereit von schräg unten. Er hatte es sich unter dem Sofatisch bequem gemacht. »Willst du das Kind umbringen?«, giftete ich und schlug ihm die Dose aus der Hand. »Och, na ja, so schlimm wird's ja nicht sein«, sagte der werdende Vater und nahm einen Schluck. Das Bier tropfte auf seinen Bart, der wie seine Dreadlocks rot war. Er sah ein wenig aus wie ein Frettchen. Aber eigentlich ganz nett. Die Russen zählten rückwärts und fielen allen um den Hals. Sie hatten wohl etwas missverstanden und dachten, es wäre schon Silvester. Maike fiel Michael um den Hals, der sie aber nicht beachtete, weil er sich mit Karl über die pädagogische Gefahr eines gewalttätigen Fernsehprogramms zum Fest der Liebe unterhielt. Oliver umarmte sich selbst und machte laute Kussgeräusche. Bernhard übergab sich in die Badewanne.

Schneewittchen kratzte etwas von ihrer Schuhsohle ab. Es war das Jesuskind, oder besser gesagt eine geschmolzene amorphe Wachsmasse mit zwei kleinen, traurigen Ärmchen, die links und rechts herausstanden, und einem gelben Heiligenschein, der nicht geschmolzen war, weil er aus Pappe war. »Was ist das?«, fragte sie angeekelt. »Jesus«, bekannte ich wahrheitsgemäß. Die Frau legte den Klumpen wieder auf den Boden, als hätte sie nichts anderes erwartet. Meinem Exfreund kann man viel nachsagen, aber einen Mangel an Feingefühl wahrlich nicht. Er beförderte Jesus mit einem angedeuteten Fallrückzieher zu den Staubknäueln unter meinem Bett und versuchte sich in Small Talk: »Und was machst du so? Du hast ja bald zwei zu versorgen.« Der Mann blickte etwas unglücklich aus seinem Fusselbart hervor. »Och«, machte es aus dem Fusselbart, und mein Herz wurde ganz warm, »so schlimm wird's ja nicht sein. Ich bin Handwerker. Was gerade so anfällt. Dies und das. Mit Holz und so.« – »Ach«, jetzt wusste mein Exfreund nicht mehr weiter. »Freust du dich auf das Kind?« Die Frau lächelte. Sie nestelte an ihren schmutzigen Freundschaftsarmbändern, von denen sie mindestens ein Dutzend an den Armen trug. Ihre Handgelenke waren grobknochig und wundgescheuert, als hätte sie sie mit Kernseife geschrubbt. Der Mann legte ihr den Arm um die Schulter. »Das Kind ist nicht von mir.« Mein Exfreund versuchte weltmännisch zu reagieren, als wäre das sowieso klar gewesen, aber er ist vom Dorf, aus dem überüberübernächsten, und deswegen kippte er hintenüber. Die beiden Hippies auf meinem Bett küssten sich. Mir wurde das alles zu bunt, und wer der Vater ihres Kindes war, war mir so was von egal, selbst wenn es der Heilige Geist sein sollte. Auf einmal hatte ich ein Déjà-vu-Gefühl.

»Was macht ihr hier eigentlich? Ihr kennt doch in Wirklichkeit gar niemanden, oder? Ihr seid keine Freunde von Schlucki«, fragte ich investigativ. Ich mochte ihre Handgelenke und seinen Frettchenbart, aber trotzdem hätte ich die beiden gern rausgeschmissen. Sie machten mir Angst. Schlucki schnarchte zustimmend unter dem Tisch. Unser Besuch erhob sich. Der Mann hielt die Frau schützend im Arm, fest an seine Brust gedrückt, als hätte er Angst, wir könnten ihr etwas antun. »Wir wussten nicht, wo wir sonst hätten hingehen sollen«, entschuldigte sich seine Freundin bei mir. Sie sah keineswegs verlegen aus, sondern lächelte, als hätte sie alles Recht der Welt, ausgerechnet in meiner Einzimmerwohnung Zuflucht zu suchen. Ich wurde verlegen. »Ihr habt doch sicher Eltern in der übernächsten Stadt. Und so kalt ist es auch wieder nicht draußen. Es schneit ja auch fast gar nicht.« Wir sahen alle zur halb geöffneten Balkontür hinüber. Dicke Flocken fielen sanft vom Himmel. Vom Balkon kam ein seltsames Geräusch, ein schweineähnliches Quieken, welches die zart aufkeimende Weihnachtsstimmung zum Teufel jagte. Diejenigen von uns, die sich noch fortbewegen konnten auf den eigenen Beinen, stürzten nach draußen. Wir erwarteten einen axtschwingenden Mörder über seinem Opfer, es waren aber nur die zwei Russen und Maike, die das mit der Nächstenliebe zu wörtlich nahmen. Diskret wandte ich mich ab, aber mein Exfreund patschte mir auf den Bauch. »Schau mal, da!« Wir schauten alle, und über den Hochhäusern in unserem Viertel zog ein Komet seine Bahn. »Der Weihnachtsstern«, japste Bernhard, der den ganzen Abend ein hochexplosives Punsch-Wodka-Gemisch zu sich genommen hatte und jetzt richtig ergriffen war. Wir machten »Ah« und »Oh«, und es wurde ganz feierlich und still und jeder wünschte sich etwas und ich wünschte mir, dass dieses Weihnachten bald vorbei sein und das nächste erst in frühestens einem Jahr stattfinden möge.

Der Komet verschwand hinter dem Aldi auf der anderen Straßenseite. Wir machten noch ein bisschen »Ah« und »Oh«, bis es uns zu langweilig wurde, und dann gingen wir wieder hinein. Maike und die Russen blieben draußen einsam zurück. Ich wandte mich an das Pärchen, das gerade die Wohnung verlassen wollte. Der Stern hatte sie nicht interessiert. Aber mir konnten sie nichts mehr vormachen. Irgendwie roch es hier nach Myrrhe. Vielleicht war das aber auch nur der Joint von Jolanda. »Sagt mal«, begann ich und riss der Wachsmuttergottes, die ich in den Händen knetete, ihre Nase ab, »ihr seid nicht zufällig auf der Suche nach einem warmen Platz für euer Kind? Die Geburt findet noch heute Nacht statt, oder? Die Hotels waren alle voll und ihr habt überall geklingelt, aber keiner wollte euch helfen? Meine Bude ist wohl schäbig genug, um einen Stall zu ersetzen?« Beide sahen mich erschrocken an. Der Mann stellte sich schützend vor seine Frau. Er war überzeugt, dass er es mit Irren zu tun hatte. Ich konnte ihm nur recht geben. Die Frau lächelte mir zu. Sie suchte ihren Mantel an der vollbehängten Garderobe. »Seid ihr unterwegs zu einer Volkszählung? Und du bist Handwerker? Was mit Holz und so? Vielleicht Zimmermann? Und von wem ist das Kind wirklich? Wie heißt ihr eigentlich? Maria und Josef?« Ich war sehr stolz auf meine profunden Bibelkenntnisse. Sieglinde trat dazwischen und breitete ihre Fleischereifachverkäuferin-Oberarme aus. »Fürchtet euch nicht!«, röhrte sie. Der Ruf blieb unerhört, allein Oliver verliebte sich unsterblich. Der Mann öffnete die Tür und schob seine lächelnde Frau, die sich den Bauch hielt, hinaus. Erst als er sie in Sicherheit im Hausgang wusste, drehte er sich um. »Du Knalltüte! Wir suchen keinen Stall und wollen uns sicher nicht volkszählen lassen. Wir haben uns nur ausgesperrt. Wir wohnen im übernächsten Haus. Ich bin kein Zimmermann, sondern Schwarzarbeiter. Und das Kind ist von ihrem besten Freund, und der ist sicher nicht der Heilige Geist. Wir heißen Uschi und Jürgen. Unsere Namen werden in der Bibel sicher nicht erwähnt! Ihr schlaft

jetzt besser euren Rausch aus, bevor ihr noch weitere religiöse Erweckungserlebnisse habt. Und wir warten lieber draußen auf den Schlüsseldienst. Guten Abend!« Der Mann warf die Tür hinter sich ins Schloss. Draußen hörte ich die Frau lachen. Ich drehte mich zu meinem Exfreund: »Und ich glaube doch, dass sie es waren …« Er musterte mich mit besorgtem Blick. »Schatz, du bist weihnachtsgeschädigt. Wir schmeißen jetzt alle raus und gehen ins Bett.«

Ich schmiss sie alle raus, und meinen Exfreund zuerst, behielt dafür aber einen der Russen. Ich blickte versonnen auf mein verwüstetes Wohnzimmer und die gemeuchelte Familie Christi und dachte nach über Zimmermänner und Schwarzarbeiter und Kometen und lächelnde Schneewittchenfrauen. Irgendwann bin ich in den Armen eines glücklich vor sich hin schnarchenden Russen eingeschlafen. »Schatz«, hatte er noch gemurmelt. »Keine Angst. Ist erst am 7. Januar Weihnachten bei uns. Schön. Da können wir zwei noch mal feiern.« Ich ächzte leise vor mich hin und rubbelte mir das Wachs von den Fingern. Bruce schoss einsam in die sternenklare Nacht und draußen schien der Weihnachtsstern still über dem übernächsten Haus.

Maria von Wedemeyer
an Dietrich Bonhoeffer

Als ich gestern mit meinem Bäumchen durch den Abend ging … lag glitzernder Schnee und der tiefe Himmel mit den unzähligen Freudensternen spannte sich darüber. Alles Weihnachten beginnt im Himmel.

Schöne Bescherung

Anja Tuckermann

Weihnachtseinkauf

übers Glatteis
6 Flaschen Malzbier
1 Flasche Feigling
5 Flaschen Selters
2 Flaschen Apfelsaft, naturreinen
2 Flaschen Wein
6 Flaschen Bier
1 Flasche Korn

mit Schnupfen
was zum Essen
Kerzen
einen Baum
einen Wasserhahn fürs Bad
eine Videokassette
Nasenspray
Lieder

Alles da?
Frohes Fest

Robert Hültner

Sammeln Sie die Herzen?

oder: Dubai kannst du knicken

Also gut. Wenn's unbedingt sein muss, erzähl ich euch, was an meinem letzten Arbeitstag passiert ist. Und wie alles gekommen ist. Aber es fällt mir schwer. Ja, manchmal ist mir gar, als wär ich gar nicht ich selber gewesen, an diesem Samstag, dem letzten vor Heiligabend. Denn eigentlich bin ich ein friedlicher Mensch und einer, den so leicht nichts umschmeißt.

Angefangen hat alles ja schon ein paar Tage zuvor. Dienstag Früh haben sich bereits die Centa und der Berti, unser Lehrling, krank melden müssen, Kreislauf mit Herzrasen die Centa, Grippe und Bronchitis der Berti, na gut, was muss er auch rauchen wie eine Testmaus. Drei Tage später dann, es war bereits Freitag, ist uns auch noch die Fanni ausgefallen. Hat sich irgendwas von ihrem Kleinen eingefangen, eine Infektion mit Kotzen, Fieber auf über vierzig und Bauchweh. Sie hat sich in der Früh zwar noch reingeschleppt, aber da war sie schon grün und gelb im Gesicht und die Augen glasig, dass uns ganz angst und bang um sie geworden ist.

Samstag früh dann, vor der Tür stehen schon die Leute, ruft uns der Chef zusammen. Mal herhören, Leute, wir müssen heute Notplan fahren, ja? Jetzt hat's auch noch die Zeynep erwischt, eben hat sie angerufen, mit einer Stimme wie der Louis Armstrong nach 'ner Kehlkopf-OP.

Wir schauen uns ungläubig an. Mit weniger als der Hälfte der Belegschaft sollen wir die Filiale schmeißen, und das am letzten Samstag vor Heiligabend? Was ist mit einer Aushilfe, frag ich ihn. Ich soll nicht so blöd fragen, schnauft er zurück, ich seh schon, es ist ihm alles zu viel, auf seiner Stirn steht der Schweiß, fast tut er mir leid. Als ob er das nicht schon seit Tagen versuchen würd, sagt er, aber so kurzfristig kriegt er keinen mehr, die Zentrale steht auch schon Kopf, weil es in allen unseren Filialen momentan drunter und drüber geht. Er strafft sich: Wir müssen da heut einfach durch, Leute! Ihr schafft das, okay?

Ach, denk ich mir noch, freundlich kann der auch mal sein? Na, und dann haben wir halt losgelegt, was hätten wir auch sonst tun sollen. Vormittags haben wir alles noch gut hingekriegt, jeder von uns hat eben einen Zahn zulegen müssen, und kleine Pausen zum Durchschnaufen und Kreuz-Durchdrücken waren nicht mehr drin, klar. Ein paar Nörgler haben gemotzt, weil es an meiner Kasse ein paar Minuten länger gedauert hat, aber die meisten Kunden haben Verständnis gehabt, wenn man's ihnen erklärt hat.

Wir waren jedenfalls zuversichtlich, den Tag zu überstehen. Dann aber, so gegen vier herum, ist die Maria hinter der Fleischtheke auf einmal käsweis geworden und ist – patsch! hat's getan – umgefallen. Zwar hat sie sich im Lager hinten wieder halbwegs gefangen, aber an ein Weiterarbeiten war nicht mehr zu denken, Fleisch und Käse hat die Dragica übernehmen müssen, und damit bin ich allein an der Kasse gewesen.

Ich muss noch sagen, dass ich selber in den vergangenen Wochen auch nicht mehr die Fitteste gewesen bin und an diesem Tag auch nicht besonders gut drauf. Privat läuft's bei mir seit einiger Zeit eh nicht grad berauschend, und irgendwo muss ich mir auch einen Zug geholt haben, heiß und kalt ist mir öfters geworden, im Nacken hab ich immer wieder so 'nen scharfen, heißen Schmerz gespürt, jedes Mal stärker. Aber, hab ich mir gedacht, die paar Tage bis Weihnachten, die hältst noch durch, das kannst du den Kollegen nicht antun, dass du jetzt auch noch krank wirst. Ich bin bei so was ja eher eine gute Haut.

Ab Schlag halb sechs ist es dann losgegangen. Die Leute haben auf einmal reingedrückt – ich sag's euch, so, als wären für morgen Weltuntergang und Sintflut gleichzeitig angesagt. Die Schlange an der Kasse ist immer länger geworden, ich bin ins Schwitzen gekommen, meine Hände sind geflogen, mein Puls ist schneller und schneller gegangen, der Schmerz im Nacken ist raufgewandert, unter die Schädeldecke bis hinter die Augen, und bald kommt es nur noch wie aus einem Sprechautomat über meine Lippen: »'n Abend« – »Kundenkarte? Sammeln Sie die Herzen?« – »Hier unterschreiben, bitte!« – »Danke, schön' Abend!« Manchmal schaffe ich noch einen Blick und ein Lächeln, bis es vom Ende der Schlange wieder tönt, von Mal zu Mal ärgerlicher: »Zweite Kasse, bitte!«

Ein paarmal noch erklär ich den Schreiern, dass wir heut nur mit einem Drittel der Belegschaft arbeiten müssen, worauf für einige Minuten wieder Ruhe ist. Als dann aber wieder einer zu krakeelen anfängt, schalte ich nur noch auf Durchzug.

Jetzt füllt ein älterer Mann mit schütterem Grauhaar und nikotinbraunen Fingern seinen Einkauf in einen Jutesack, schichtet umständlich um, als sich herausstellt, dass dieser zu klein ist. Nachdem er die Prozedur hinter sich gebracht hat, greift er endlich zu seinem Portemonnaie, kramt, dabei murmelnd mitzählend, einen zerknitterten Schein und einige Münzen hervor, um dann aber doch festzustellen, dass es nicht reicht, und gibt mir seine Karte.

»Leergut ist voll!«, bellt es vom Eingang.

»Leergut ist voll!«, rufe ich in mein Mikro, obwohl ich weiß, dass von den Kollegen jetzt keiner mehr Zeit hat, sich darum zu kümmern.

»Kundenkarte? Sammeln Sie die Herzen?«

»Bitte was?«

»Sammeln-Sie-die-Herzen!«

»Nee, danke. Ist eh bloß Reklamequatsch.«

Während ich die Karte durch den Prüfschlitz ziehe und auf den Ausdruck des Kassenzettels warte, lösen sich aus dem Gemurmel die Stimmen zweier junger Leute. Aus den Augenwinkeln sehe ich sie: beide Anfang zwanzig, der Junge hübsch, groß und sportlich, das Mädchen schlank und zwei Köpfe kleiner. Trendige Frisuren, soweit ich es beurtei-

len kann, nicht eben billig angezogen, das Mädchen teuer geschminkt, ich weiß, was das Zeug kostet, hab schließlich selber zwei Mädels daheim. Sie sind kein Paar, wahrscheinlich Studienkollegen – Jura? Betriebswirtschaft? Irgendwas mit Medien? –, doch unübersehbar ist, dass sie ihn anhimmelt. Die beiden sprechen laut genug, dass man das Gesagte hören kann, gleichzeitig aber doch so leise, dass man sich nicht direkt angesprochen fühlen kann.

»Und?«, höre ich die herablassende Stimme des jungen Kerls. »Wo seid ihr dieses Weihnachten? Wieder Moritz? Nee, nich'? Ist doch öde.«

»Klar. Haben auch schon überlegt: Dubai. Aber –«

»Dubai? Macht doch jeder.«

»Thorsten sagt, ist gar nicht so übel.«

»Nee. Dubai kannste knicken.«

»Nee, doch. Ist nicht so übel, sagt Thorsten.«

»Na ja. Was Thorsten sagt … Musste mal Quirin hören. War letztes Jahr mit seinen Eltern da.«

»Außerdem kann ich das in diesem Jahr nicht bringen, echt nicht. Paps hat letztes Jahr schon 'nen Terz gemacht, weil Ansgar und ich nicht gekommen sind. Wenn wir diesmal wieder nicht da sind, meint er, dann verkauft er das Chalet.«

»Das Chalet in Moritz verkaufen? Jetzt? Hat dein Alter 'nen Schuss?«

»Ist nicht so gut drauf zurzeit, Paps. Nach der Scheidung und so. Und dann noch seine Magengeschichte.«

»Haste erzählt. Wie steht's übrigens damit?«

»Kriegt jetzt Chemo.«

»Chemo ist krass.«

Endlich unterzeichnet der Kunde. Ich verabschiede ihn. Dann tapert die Frau Kiermayer heran. Sie grüßt mich freundlich, ihr schönes, altes Gesicht lächelt mich an. Ich mag sie, sie erinnert mich an eine alte Tante, die ich als Kind sehr lieb gehabt habe. Meistens ratschen wir ein wenig, doch jetzt ist keine Zeit für eine Unterhaltung. Rasch habe ich ihren Einkauf über den Scanner gezogen, viel ist es nicht, sie hat wenig Rente.

»Leergut ist voll!!«, kreischt mir eine erboste Stimme ins Kreuz. »Wir haben momentan niemand zum Ausleeren!«, schreie ich zurück. Wie oft habe ich das heute schon getan?

»Wie? Was? Soll ich etwa alles wieder nach Hause nehmen? Das ist doch die Höhe!«

Die altersfleckigen Finger der Rentnerin stopfen die Ware bedächtig in den Korb. Dann wühlt sie in der welken Handtasche nach ihrer Geldbörse. Ich reiße den Kassenzettel ab, reiche ihn ihr und nenne den Betrag. Sie erschrickt, kneift die Augen hinter ihren dicken Brillengläsern zusammen und mustert murmelnd die Rechnung. »Immer dasselbe in diesem Saftladen«, höre ich jetzt die blasierte Stimme des jungen Mannes wieder, nun etwas lauter. Das Mädchen sekundiert ihm: »Ja. Die raffen das einfach nicht.«

»Und dann noch dieses unmögliche Publikum. Wie bei Penny.«

»Wie. Du gehst zu Penny?«

»War ich mal. Einmal. Aber hat mir gereicht. Nur Prolls, da.«

»Ja. Prolls und Penner. Unmöglich.«

»Ist hier auch nicht viel besser.«

»Nee. Hartz-IV lässt grüßen. Also, ich komm eigentlich nur her wegen Wasser und Katzenfutter. Aber heut ging's nicht anders.«

»Und dann setzen sie auch noch so 'n tranigen Mops hin. Kuck doch mal. Ist doch echt überfordert.«

»Ja. Kriegt gar nichts gebacken. Unmöglich.«

Ich spüre, wie mir das Blut ins Gesicht schießt. Dass ich mit meinen sechsundvierzig und drei Kindern nicht mehr die Figur von 'nem Fotomodell im Hungerstreik hab, weiß ich, und dass ich nicht mehr ausschau wie so 'n Filmstar, auch, aber früher war's mal anders. Ich war zum Herzeigen, früher, das dürft ihr mir ruhig glauben.

Ein Seufzer der Alten holt mich aus meinen Gedanken. Noch immer wandern ihre Äuglein ungläubig über den Kassenzettel. Die Stirn zerknittert, sieht sie bestürzt auf. Ihr Stimmchen zittert, als sie sagt: »Hab gmeint, des wär weniger.«

Ich nehme ihr den Zettel ab, überprüfe die Summe, gebe ihn ihr wieder zurück.

»Doch, stimmt alles, Frau Kiermayer.«

Das Ende der Kassenschlange ist längst nicht mehr zu sehen, die Wartenden stören vermutlich schon die Kunden an der Käsetheke. Das empörte Gemurmel wächst an.

»Zwe-ite!! Kass-se!!«, ruft einer. Die Stimme ist hart und befehlend. Rutsch mir doch den Buckel runter, denke ich.

»Des is aber teuer …«, klagt die Alte.

Ich zucke bedauernd die Schultern. In meinen Schläfen pocht es.

»Ich mach die Preise net, Frau Kiermayer.«

»Jaja … freilich … Sie können ja nix dafür, Fräulein, gell … aber was is'n des, was teuriger worden is? Is der Kaffee teuriger worden? Oder die Milli?«

Ich zwinge mich zur Ruhe. »Ich weiß es net, Frau Kiermayer.«

Der Blick der Alten wandert von ihrem geöffneten Geldbeutel zu mir und wieder zurück.

»Ich ... ich hab jetzt gar net so viel dabei, Fräulein. Mei, Sie ... des ist mir jetzt direkt peinlich ... Könnt ich's net aufschreiben lassen?«

»Dürfen wir nicht machen, Frau Kiermayer«, sag ich. Ich kann hören, dass meine Stimme schon ein wenig zittert.

»Tja, dann ... dann muss ich halt den Kaffee dalassen ...«

»Storno!«, schreie ich in das Mikrofon. Minuten später zerteilt der Chef mit fliegenden Mantelschößen die unruhige Menge.

»Warum geht es denn nicht vorwärts, verdammt noch mal?!«, brüllt es von hinten. »Das gibt eine satte Beschwerde, ja? Könn'se Gift drauf nehmen!«

»Jaa!! Wir tun doch, was wir können!«, japst der Chef, das Gesicht hochrot. Hastig entriegelt er die Kasse, storniert den Filterkaffee und verdünnisiert sich sofort wieder. Die Finger der alten Frau zittern, als sie mir einen Fünfer reicht. Ich gebe raus. Ohne mein »Wiedersehn, schönes Wochenende!« zu erwidern, schlurft die Alte verdrossen davon. Sie hat keinen Kaffee zu Weihnachten, denk ich mir noch, da schaufelt schon der nächste Kunde, es ist ein eckiger Angestellter, einen Warenberg auf das Band, als gälte es, einen Blockade-Winter zu überstehen. Verkniffen verfolgt er meine Bewegungen. Immer wieder streikt der Scanner, aus der Warteschlange keift eine weibliche Stimme unter lautstarker Zustimmung, dass sie hier nicht übernachten möchte.

Die Summe auf dem Kassenzettel scheint ihn zu schocken. Argwöhnisch wie ein Betriebsprüfer kontrolliert er die Einträge, bevor er mir mit vorwurfsvollem Blick seine Bankkarte reicht. Das Ende der Schlange ist nun bereits an der Obsttheke angekommen. Die Empörung nimmt zu. »Saftladen!« – »Eine Unverschämtheit ist das!« – »Haben wir unsere Zeit gestohlen?!« Die tausendste Wiederholung von ›Jingle Bells‹ und ›O Tannenbaum‹ sägt sich in mein Gehirn, irgendwo zerplatzt eine Getränkeflasche, zwei Kunden scheinen miteinander in Streit geraten zu sein. Endlich zeichnet der Mann ab. Sorgfältig tütet er seinen Einkauf ein, er hat System, lässt sich nicht aus der Ruhe bringen.

Der Einkaufswagen der nächsten Kundin, eine keuchende Dicke in den Fünfzigern, ist ebenfalls berghoch gefüllt, dazu schiebt sie drei Pack Mineralwasser und einen Kasten Bier vor sich her. Das empörte Gemurmel in ihrem Rücken schwillt an, Handys klingeln, meine Hände flattern, mein Herz schlägt mir bis zum Hals, ich arbeite wie eine Maschine, vor meinen Augen beginnt es zu flirren. Ich fühle, dass ich nicht mehr lange durchhalte.

Endlich ist die Dicke durch, ich nenne den Preis, frage nach Kundenkarte und Herzen, kassiere, gebe raus, verabschiede sie, greife wie ein Automat nach der nächsten Ware und ziehe sie über den Scanner. Als ich den Kopf hebe, sehe ich in ein junges, glattes Gesicht, das voller Herablassung auf mich herunterblickt. Er ist es. Der Dubai knickt, firm im St. Moritzer Immobiliengeschäft ist, nur einmal bei Penny war und mich einen tranigen Mops geheißen hat. Ich will es nicht, aber mein Puls beschleunigt sich. Hinter meiner Stirn weitet sich ein Schmerz, mein Herz hämmert, meine Augenwinkel werden feucht. Das Rauschen in meinen Ohren wird lauter, wie von fern höre ich, was er jetzt sagt. »Was? So viel? Ist das so richtig? Die Avocados sind doch heruntergesetzt!«

»Die, die-die-die Sie genommen haben, nicht.«

Es macht mich wütend, dass ich bei ihm ins Stottern gekommen bin.

»Soll das 'n Witz sein, oder was?«

Mit Schnöseln habe ich normalerweise nie Probleme, das dürft ihr mir glauben. Ich hab sie immer auflaufen lassen können, richtig genüsslich, eine kurze, spitze Bemerkung, und sie wissen sofort, was Sache ist, und halten ihre Klappe. Aber jetzt habe ich keine Kraft mehr dazu.

»Steht doch drüber«, flüstere ich.

»Zweite Kasse«, brüllt es von hinten, »Leergut ist voll!« vom Eingang. Ich höre nichts mehr, nur noch das:

»Nöö! Also das – Nee! Das seh ich wirklich nicht ein! Das ist doch Abzocke! Reine Abzocke!«

Tja, und dann soll es eben passiert sein. Was genau geschehen ist, daran kann ich mich, wie ich euch ja schon gesagt hab, wirklich nicht mehr erinnern. In der Anzeige hab ich dann jedenfalls gelesen, ich sei hochgeschossen, über die Warentheke gesprungen, wie eine Furie auf ihn losgegangen, hätte ihm rechts und links eine gelangt und ihn, als er vor mir fliehen wollte, durch den ganzen Laden gejagt, ihn dabei mit allem bombardiert, was mir grad in die Finger kam, hätte ihm Koteletts nachgepfeffert und Mehl und Nudeln, Tomatensaft, Chipstüten, Lebkuchen, Weihnachtsstollen, Salat, Gurken, Mandarinen und Milchtüten um die Ohren gepatscht und zwischendrin den Chef, der mich aufzuhalten versuchte, rückwärts in die Salattheke gestoßen, die daraufhin eingekracht sei. Zum Schluss soll ich dem jungen Kerl, nachdem er im Matsch einer geplatzten Spaghetti-Sauce ausgerutscht und unter mir zu liegen gekommen sei, eine ganze Palette Sahnebecher drübergekippt haben.

Tja, so wird's wohl gewesen sein, alles wird man sich dann doch nicht aus den Fingern gesogen haben. Obwohl ich's immer noch nicht glauben kann, weil ich ja sonst ein eher friedlicher Mensch bin.

Aber ich hab's euch ja schon gesagt: An diesem Tag bin ich einfach nicht besonders gut drauf gewesen. Und grad um Weihnachten herum, da bin ich halt auch immer ein bissl nervös.

Asta Scheib

Heiligabend am Comer See

Am Morgen des Heiligabend rief Frau Gänseklein ihre Schwester an. »Ich wollte dir frohe Weihnachten –«

»Du – ich kann gerade nicht, ich habe Besuch«, flüsterte die Schwester.

»Ich geh davon aus, dass es ein Mann ist. Gratuliere!« Frau Gänseklein hoffte, dass ihre geschiedene Schwester endlich wieder einen Freund hätte. Einen Lover. Einen Mann. »Also, Schwesterherz – wer ist es denn?«

»Nicht, was du denkst – verdammt – mir tut doch alles weh, Rücken, Beine, Schultern – alles! Ich kann mich kaum bewegen!«

»Dann nimm ein heißes Bad. Mit Latschenkiefer. Oder Salz vom Toten Meer!«

»Und wie soll ich aus der Wanne wieder rauskommen? Hast du eine Ahnung!«

»Dann lass dir doch von dem Herrn heraushelfen.«

»Was du schon wieder denkst! Wolltest du mir nicht frohe Weihnachten wünschen?«

»Du hast mich ja nicht ausreden lassen.«

»Ach so, ja, weil er – hm –«

»Also dann – frohe Weihnachten! Wir fahren gleich los nach Bamberg. Du weißt schon. Und mach um Himmels willen nicht noch mal die Adventskerzen an –«

»Musst du schon wieder davon anfangen –«

»Na ja – immerhin ist letztes Jahr deine Wohnung –«

»Frohe Weihnachten!«

Frau Gänsekleins Schwester legte auf. Klar, dass sie das nicht hören wollte. Die neue Wohnung, mit dem Zugewinn aus der Scheidung großzügig eingerichtet – alles perdu. Ein Raub der Flammen. Über den Balkon hatte die Feuerwehr ihre Schwester gerade noch herausgeholt. Was soll man da viel erzählen?

Die Gänsekleins hatten die Abgebrannte bei sich aufgenommen. Sie war auch mitgefahren nach Bamberg, zum jährlichen Familientreffen. Es war, als wäre ihre Schwester nach einem Schiffbruch auf einer Klippe gelandet. Sie hielt sich an jedem fest und berichtete aus dem Nähkästchen. Darunter litt Frau Gänseklein heute noch.

Gut, dass die Zeit niemals stehen bleibt und dass jedes Jahr wieder Weihnachten wird. Bei ihrer Schwester war die Situation völlig klar gewesen. Sie hatte am Heiligabend die Adventskerzen auf dem Kranz nochmals angezündet. Alle vier. Zum Abschied vom Advent sozusagen. Dann war sie ins Bad und danach ins Bett gegangen und erst wieder erwacht, als die Feuerwehr in ihr Zimmer stürmte und sie mitsamt einem Feuerwehrmann von ihrem Balkon abgeseilt wurde. So wie sie war, im dünnen Negligé.

Frau Gänseklein war dankbar, dass es in ihrer Familie noch keine derartige Katastrophe gegeben hatte. Es wäre ohnehin kein Schuldiger auszumachen gewesen. Wenn dicker Straßendreck im Treppenhaus lag oder das schnurlose Telefon irreparabel im Klo – keiner der Gänsekleins wusste, wie das gekommen war. Seufzend deckte Frau Gänseklein den Frühstückstisch. Sie sah, dass die teuren lila Kerzen am Adventskranz noch kaum niedergebrannt waren. Eigentlich schade. Eine Verschwendung. Es hatte zu wenig beschauliche Adventsstunden gegeben. Frau Gänseklein zündete die Kerzen an und rief die Familie zum Frühstück. Vergeblich. Man hörte von oben einen Fön, die Klospülung und die Dusche rauschten. Gemeinsames Heiligabendfrühstück? Wieder einmal Fehlanzeige. Na, dann eben nicht. Frau Gänseklein köpfte das Ei, nahm nicht zu knapp vom teuren Bündner Fleisch. Selber schuld, wenn keiner kommt. Es ging ihr allmählich an die Nieren, dass alle unabkömmlich waren, wenn sie zum Frühstück rief.

Sie sah sich um im Esszimmer. Ans Fenster zum Garten hatte sie einen goldenen Stern gehängt. Ans Fenster zur

Straße auch einen. Wo sonst noch Platz war, hing ein Engel. Wenn Frau Gänseklein ihren Christbaum ansah, heuer ganz in pink, seufzte sie erneut. Einmal am Heiligen Abend daheim bleiben. Gans in Orangensauce. Bescherung unterm pinkfarbenen Baum. Das alles vermisste Frau Gänseklein in Bamberg. Nur, weil der Vater von Herrn Gänseklein am Heiligen Abend zur Welt gekommen war. Manchmal wünschte sich Frau Gänseklein, wild, gefährlich und ein kleines bisschen autoritär zu sein. Auch an Weihnachten. Gerade an Weihnachten. Doch sie fand sich alle Jahre wieder unter dem Weihnachtsbaum in Bamberg. Feige statt ein kleines bisschen autoritär, sentimental statt gefährlich. Um wenigstens einen Hauch von wild zu sein, aß Frau Gänseklein die letzten beiden Scheiben Bündner Fleisch auch noch auf.

So. Wenigstens war sie jetzt schön satt. Frau Gänseklein wischte sich den Mund sorgfältig an der Serviette ab und ging ins Bad. Im Treppenhaus begegnete ihr die Tochter. In der Nacht spät gestrandet. Das Haar noch nass, die Laune, na ja. Zwei frische Pickel am Morgen. Die Dornenkrone der Pubertät. Herr Gänseklein, erst halb bekleidet, schloss wie absichtslos die Schlafzimmertür, das Handy am Ohr. Frau Gänseklein schaute gefasst auf die geschlossene Tür. Was ich nicht weiß – das hatte schon ihre Großmama immer gesagt. Die Katze lässt das Mausen nicht. Das hatte sie auch gesagt.

Der Sohn spielt noch rasch ein kleines Schlagzeugsolo. Weil er in Bamberg kein Schlagzeug hat. Er wirft der Mutter einen Luftkuss hin. Im Badezimmerspiegel sieht Frau Gänseklein trotzdem eine tiefe Falte über der Nasenwurzel und überlegt, dass sie künftig beim Verplanen ihres Haushaltsetats an den plastischen Chirurgen denken sollte. Botox statt Bündner Fleisch.

Und dann ging alles sehr schnell. Herr Gänseklein schoss mit roten Ohren durchs Treppenhaus. Dalli, dalli, wir sollten schon vor der Bescherung in Bamberg sein. Zum Kaffeetrinken, das wisst ihr doch! Im Bad hörte es Frau Gänseklein. Es läuft wohl nicht mehr so gut, dachte sie. Zwischen Frau

Gänseklein und Herrn Gänseklein hatte sich das Schweigen eingeschlichen, die Fremdheit. Frau Gänseklein kannte diese Geschichte aus den Romanen, die sie las. Alte Geschichten – doch bleiben sie immer neu. Und wem sie just passieren, dem bricht das Herz entzwei. Doch Frau Gänseklein fuhr alle Weihnachten mit nach Bamberg.

Ob sie gefrühstückt hätten, fragte sie die Tochter, den Sohn, den Mann. Die Tochter hatte keinen Hunger gehabt, der Sohn wollte ohnehin abnehmen und Herr Gänseklein gab an, auf die einzigartigen Weihnachtskrapfen seiner Mutter warten zu wollen. Frau Gänseklein hörte es mit Gleichmut. Sie wählte schon seit längerem den Rücksitz des Familienautos, während der Sohn den Beifahrersitz innehatte. Frau Gänseklein war mit dieser Lösung mehr als zufrieden. Die Tochter neben ihr lauschte mit geschlossenen Augen ihrer Lieblingsgruppe The Kooks auf ihrem iPod. So konnte Frau Gänseklein ungehemmt von einem Weihnachten am Comer See träumen. George Clooney würde sie dort vor seiner prächtigen Villa erwarten. Er hätte den Espresso schon eigenhändig für sie bereitet und nähme ihr liebevoll die Reisetasche von Louis Vuitton ab, in der ein Beautycase steckte und das himmlische Nichts von Nina Ricci, ein Abendkleid, das ihr das Herz von George Clooney öffnen würde. Schon die Bluse, die Frau Gänseklein trug, stammte von Dolce & Gabbana, war rot, weich und durchsichtig wie die Sünde. Sie würde schon einmal vorglühen, sobald George Clooney ihr den Mantel abgenommen hatte. Den hatte Frau Gänseklein bei Bogner gekauft, denn sie wusste, dass George Clooney es nach außen hin klassisch und dezent liebte. Das Herz ist ein einsamer Jäger, George. Das würde Frau Gänseklein zu George Clooney sagen, und mehr bedürfte es nicht.

Bei Großvater Gänseklein war es wieder wie alle Jahre. Der Männerchor Bamberg trat auf und sang O du fröhliche, o du selige. Der Weihnachtsbaum war angezündet und Frau Gänseklein dachte flüchtig an ihre Schwester, ob sie auch nur ja nicht wieder ihren Adventskranz – nein, das würde ihr nicht noch einmal passieren. Herr Gänseklein zerbröselte den ersehnten Weihnachtskrapfen auf dem Teller und seine Mutter fragte Junge, schmeckt es dir denn nicht. Warum isst er nichts, fragte Frau Gänseklein senior Frau Gänseklein junior, doch die hütete sich, schließlich konnte sie nicht sagen, bei deinem Sohn läuft es nicht.

Gegen Mitternacht, stille Nacht, heilige Nacht, parkte Herr Gänseklein das Auto vor dem Haus. Was soll man da viel erzählen? Mindestens das Erdgeschoss des Reihenhauses war perdu. Die Fenster nur dunkle Höhlen ohne Glas. Die Brandstelle war gesichert, so dass niemand ins Haus hineinkonnte.

Der Nachbar zur Rechten, das Ekelpaket der Straße, steckte seinen Kopf aus dem Fenster wie der Kuckuck aus der Kuckucksuhr. Er rief Frohe Weihnachten! und schloss sein Fenster mit einem Knall. Niemand von den Gänsekleins stieg aus dem Wagen. Keiner fragte den anderen, wer denn als Letzter das Esszimmer mit dem brennenden Adventskranz verlassen habe. Das führte zu nichts bei der Familie Gänseklein.

Franz Kotteder

Ich war der Kaufhaus-Nikolaus

Ich war jung und ich brauchte das Geld.

Klar, das ist ein Satz von gutaussehenden Schauspielerinnen, wenn alte Nacktfotos wieder aus der Versenkung auftauchen. Mich wollte niemand nackt sehen, geschweige denn fotografieren. Ich war pleite. Ich war so am Ende, dass selbst die Stubenfliegen in meinem Appartement Depressionen bekamen und sich freiwillig im Spinnennetz an der Zimmer-

decke erhängten. Alle meine Freunde gingen mir aus dem Weg, weil sie wussten, ich würde sie eh nur anpumpen, und meine Freundin war getürmt, nachdem sie kapiert hatte, dass sie für mich irgendwann nur noch ein formschöner Bankautomat war. Na gut, und dann hatte ich ja auch noch diese Jüngere kennengelernt …

Egal. Ende November stand ich vor der Wahl, jeden, aber auch wirklich jeden Job anzunehmen, wollte ich nicht aus der Wohnung fliegen. Ich war schon mit zwei Monatsmieten im Rückstand. Herr Irbmeyer, mein Vermieter, hatte bereits zwei Mal mit der Räumungsklage gedroht, und ein drittes Mal würde es nicht mehr geben. Wenn jemand also gänzlich am Hund war, dann war ich es. Das Dumme an der Sache war zudem, dass ich nicht gerade ein ausgeprägtes Talent für die Arbeit habe. Jeder, der einen noch so miesen Job zu vergeben hatte, sah mir auf den ersten Blick an, dass das, was man bei anderen Arbeitseifer nannte, bei mir nichts als die plumpe Vorspiegelung falscher Tatsachen sein konnte.

Dennoch: Als ich dann Augusts Schwester in dieser Kneipe traf, dachte ich erst an ein Geschenk des Himmels. Nicht nur, dass sie mein Bier zahlte: Sie wusste auch noch einen Job für mich. Ich hatte ihr von meiner Malaise erzählt, und ohne angeben zu wollen: Bei den Mädels kann ich das einigermaßen charmant rüberbringen. Viele haben ja was übrig für Pechvögel, die nichts auf die Reihe kriegen. Weckt vielleicht mütterliche Instinkte in ihnen, was weiß ich.

»Da hab ich was für dich«, sagte Augusts Schwester, »ich jobb jetzt die nächsten vierzehn Tage als Engel.«

Beinahe hätte ich gelacht. Gewiss, Augusts Schwester war dafür bestens geeignet, mit ihren blonden Locken.

»Kann ich mir sehr gut vorstellen«, schmeichelte ich, »aber ich geb, glaub ich, keinen guten Engel ab.«

»Quatsch! Du bewirbst dich als Nikolaus! Da musst du zwar was reden, aber das fällt dir doch nicht schwer. Ich kann dich da vermitteln, die kennen mich gut, ich mach das jetzt schon ein paar Jahre, und es gibt gutes Geld.«

Ja, so war die Sache ins Rollen gekommen. Augusts Schwester jobbte also als Weihnachtsengel im Kaufhaus, und dort würden noch Nikoläuse gesucht, sagte sie. Mit meiner tiefen, sonoren Stimme hätte ich da beste Chancen, alles Weitere sei eh bloß perfekte Verkleidung und ein gewisses Geschick im Umgang mit Kindern. Da hatte ich nun zwar überhaupt keine Erfahrung, aber das verschwieg ich lieber.

Jedenfalls stand ich drei Tage später um neun Uhr, verdammt früh für meine Verhältnisse, im dritten Stock des Kaufhauses, flankiert von zwei niedlichen Blondinen mit albernen goldenen Engelsflügeln. Ich hätte mich in Grund und Boden geschämt, wäre ich nicht völlig unkenntlich gewesen durch diesen riesigen roten Plüschmantel und den gewaltigen weißen Rauschebart. In diesem Aufzug hätte mich meine eigene Mutter nicht von den anderen drei Nikoläusen hier im Haus unterscheiden können, die am Eingang und im ersten und fünften Stock postiert waren. Die Aufgabe der bezahlten Himmelsboten bestand darin, die lieben Kleinen ein bisschen zu bauchpinseln und ihnen kleine Geschenke und nebenbei auch noch ein paar Hinweise zu geben, was sie sich in diesem Kaufhaus noch anschauen könnten, damit sie ihre Eltern anschließend so lange bequengelten, bis die den Geldbeutel zückten.

Ich muss sagen: Mit den Kleineren gab es kaum Probleme. Die starrten mich mit riesigen Augen ehrfurchtsvoll an, und das tat mir natürlich gut. Wertschätzung war ja sonst nicht gerade mein täglich Brot. Aber das war nur die eine Seite. Die älteren, so ab zehn Jahren und dann die in der Pubertät – die waren die Pest. Ich musste mich mehrmals »Wichser« nennen lassen und dazu ein gütiges Gesicht machen. Wäre ich unbeobachtet gewesen, ich hätte den Kerlen aber so eine mit dem Bischofsstab übergezogen … Am dritten Tag verknüpfte einer dieser Lauser einen Zipfel meines Mantels mit einem Postkartenständer, und als ich mich einen Schritt bewegte, flog die ganze Geschichte unter lautem Getöse um, worauf ich kurzzeitig die Fassung verlor. Ein anderer zündete meinen Nikolausmantel an; es gelang mir gerade noch, das Feuer mit dem Sack voller Äpfel und Nüsse zu ersticken – was hätte alles passieren können, in dem vollen Kaufhaus!

So hatte ich die Schnauze bald gestrichen voll, aber die Aussicht auf das Geld ließ mich weitermachen. Man kann sagen: Ich blieb tapfer bei der Stange, und nicht viele meiner Freunde und Bekannten hätten mir dieses Durchhaltevermögen zugetraut. Am fünften Tag aber packte mich der Frust. Es war gerade nicht viel los, der nächste große Andrang war erst kurz vor Ladenschluss zu erwarten.

»Ich geh mal eine rauchen«, sagte ich, und die Englein nickten gelangweilt.

Rauchen ist nicht einfach für Nikoläuse. Man kann sich schlecht mit einer Kippe vor den Eingang stellen. Die Kinder hätte das wahrscheinlich nicht gestört, ganz gewiss aber ihre durchgeknallten Eltern, die es einfach nicht ertragen, dass ein Autoritätsdarsteller halt auch mal seine schwachen Seiten hat.

Rauchen konnte man in diesem Kaufhaus nur im fünften Stock, auf der Freiterrasse des Restaurants. Dort war im Winter natürlich nicht aufgestuhlt, weil sich kein Mensch in den Schnee hinaussetzte. Aber die Geschäftsführung hatte eine Tür unversperrt gelassen, um Rauchern die Chance zu geben, ihrer Sucht zu frönen, ohne das Kaufhaus zu verlassen.

Draußen stand schon jemand. Eine junge, hübsche Frau, die in den Abendhimmel starrte und rauchte. Sie schrak auf, als ich auf die Terrasse trat.

»Nicht erschrecken«, sagte ich, »ich bin's bloß, der Nikolaus. Und wie heißt du?«

Sie zögerte ein wenig. »Franziska«, sagte sie dann und lächelte ein wirklich bezauberndes Lächeln. Ich lächelte zurück. Da unten hingen eine ganze Menge falscher Engel herum, und hier oben auf der Terrasse stand ein richtiger ...

Wir rauchten und plauderten eine Weile, und schließlich schlug ich ihr vor, nachher noch zusammen auf den Christkindlmarkt zu gehen.

»Nee, tut mir leid«, sie schüttelte den Kopf. »Ich flieg noch heute Abend für ein halbes Jahr nach Indien. Bin nur auf der Durchreise hier. Musste bloß noch ein paar Sachen besorgen.«

Ich nickte. »Tja. Schade!« Sie lächelte bedeutungsvoll und drückte ihre Zigarette aus.

»Auf Wiedersehen!« Und weg war sie.

Als ich zurückkam in den dritten Stock, ging alles furchtbar schnell. Ich hatte mich kaum wieder zwischen meinen Engeln postiert, als mir jemand von hinten den Arm auf den Rücken drehte, und schon lag ich auf dem Boden. Um mich herum Schreie des Entsetzens, meine Rippen schmerzten, und irgendjemand lag auf mir und schrie mir ins Ohr: »Keine

Bewegung!«, was lächerlich war, denn ich konnte mich ohnehin nicht rühren. Ich hörte ein Klicken und spürte kaltes Metall an meinen Gelenken: Handschellen. »Wo ist die Kohle? Wo ist die Knarre?«, brüllte mich der Typ an, der auf mir gelegen war, aber ich brachte kein Wort heraus.

Ich saß tief in der Patsche. Ein als Nikolaus verkleideter Räuber hatte die Hauptkasse im vierten Stock überfallen und an die dreihunderttausend Euro erbeutet – offenbar genau zu jener Zeit, als ich meine Rauchpause machte. Mein Pech war:

Alle anderen Nikoläuse waren zu dieser Zeit auf ihrem Posten. Ich war der Einzige, der es getan haben konnte – wollte man nicht von einem Fremden ausgehen.

Nach einer Nacht in der Arrestzelle des Polizeipräsidiums bekam ich einen Anwalt zu sehen, einen Pflichtverteidiger, für einen Rechtsvertreter meiner Wahl hatte ich ja kein Geld. Er hörte sich meine Geschichte an, auch die von der einzigen Frau, die mich in der fraglichen Zeit gesehen und mit mir gesprochen hatte, Franziska. Der Anwalt schaute mehr als skeptisch drein: »Irgendeine Franziska irgendwo in Indien suchen – da werden die Ermittler nicht sehr hartnäkkig sein, das kann ich Ihnen gleich sagen.«

Natürlich hatte er recht. Sie glaubten mir kein Wort. Ich war der geborene Täter: mittellos, verzweifelt und verlassen. Ein anderer Verdächtiger war weit und breit nicht in Sicht. Aber auch von der Tatwaffe und der Beute fehlte jede Spur. Zwar stand in den Zeitungen etwas von einer mysteriösen Frau, die dem Verdächtigen ein Alibi geben könnte. Aber natürlich meldete sie sich nicht, sie war ja in Indien.

So saß ich in meiner Zelle und wartete auf den Prozess. Wochenlang. Ich hatte keine Chance, und dass ich zum Verbleib der Beute nichts zu sagen hatte, wurde mir als besondere Kaltblütigkeit ausgelegt.

Ich hatte bereits resigniert, als sich eines Tages im März mein Pflichtverteidiger ankündigte. Ganz aufgeregt war er, als er in den Besucherraum des Gefängnisses trat.

»Franziska!«, sagte er stammelnd, »sie hat sich gemeldet! Sie hat in Mumbai zufällig durch die Internetausgabe einer deutschen Zeitung von Ihrer Geschichte erfahren und sofort begriffen, dass sie selbst die mysteriöse Zeugin war. Irgendwie hat sie dann auch meine E-Mail-Adresse rausgekriegt und mir geschrieben. Das ist die entscheidende Wende!«

Das war die Wende, ja. Es folgte das übliche Procedere. Neue Beweisaufnahme bei der Staatsanwaltschaft, Einvernahme der Zeugin nebst bezahltem Hin- und Rückflug für sie, Gegenüberstellung und so weiter. Mein Alibi war eindeutig. Am Ende musste selbst die Polizei zugeben, dass sie wohl von Anfang an die falsche Spur verfolgt hatte. »Indischer Engel rettet Nikolaus!«, titelten die Boulevardzeitungen, und: »Unschuldiger monatelang zu Unrecht hinter Gittern!«

Nach der Haftentlassung war meine Wohnung endgültig weg, und so trieb ich mich eine Zeit lang in Obdachlosenunterkünften herum. Immerhin bekam ich ein paar Kröten als Haftentschädigung, und mein Anwalt erreichte auch die Auszahlung des Lohnes, den ich mir als Kaufhaus-Nikolaus immerhin fünf Tage lang ordentlich verdient hatte.

Insgesamt reichte das Geld gerade für ein Last-Minute-Ticket nach Neu-Delhi. Die Luft war schon ziemlich heiß und stickig um diese Jahreszeit; ich nahm einen klimatisierten Reisebus, der mich in fünf Stunden nach Agra und zum Taj Mahal brachte. Es waren wohl an die tausend Touristen, die sich hier tummelten. Aber ich erkannte sie schon von Weitem. Sie hatte ja, wie vereinbart, die Plastiktüte des Kaufhauses bei sich. Es war dieselbe, die ich ihr damals auf der Terrasse unauffällig übergeben hatte. Die mit den dreihunderttausend Euro und der Smith & Wesson. Franziska lächelte, und ich küsste sie. Es hatte alles geklappt. Von dem Geld können wir hier sehr, sehr lange gut leben. Bis ich einen gigantischen Rauschebart bekomme. Aber diesmal einen echten.

Das Fest der Liebe

ELSE LASKER-SCHÜLER
Nur die Liebe ...

»Nur die Liebe vermag den Wandel vom
Dunkelsein zur Lichtwerdung zu vollbringen.
Die Liebe will immer Weihnachten feiern,
will anzünden und angezündet werden,
beschenken und behangen werden
mit bunterlei Sternen.
Störe die Weihnacht nicht – über
sie leuchtet der Engel der Liebe . . .
Trenne Liebende
nicht – über sie
leuchtet der
Stern der
Weihnacht.«

TANJA KINKEL

Gestern und heute

Eine Weihnachtsgeschichte für Eva Kinkel

Der Anruf kam nur einen Monat vorher. Man informierte sie, dass die Gefangene M. Anglinger statt, wie in der Presse angekündigt, im März des nächsten Jahres nun schon am 19. Dezember diesen Jahres aus der Haft entlassen würde. »Danke«, sagte Annika, und legte auf. Danach schaltete sie den Anrufbeantworter an.

Das Telefon zu ignorieren, ließ sich nicht lange durchhalten, nicht bei einem Mann, der Arzt war, und zwei Kindern. Sie hatte Alpträume, in denen ihr Sohn im Kindergarten von der Schaukel stürzte oder ihre Tochter vom Schulbus überfahren wurde, ohne dass man sie erreichen konnte. Also dauerte es nicht lange und der Anstaltsgeistliche war am Apparat. »Frau Schmidt«, sagte er, »es handelt sich doch um Ihre Mutter.«

»Sie war meine Mutter, als ich sieben Jahre alt war«, sagte Annika, weil erneutes Auflegen nichts gebracht hätte. »Damals hörte sie auf, meine Briefe zu beantworten, und ließ sie mir zurückschicken. Annahme verweigert. Jetzt ist sie eine Fremde, die aus dem Gefängnis entlassen wird, weil der Staat Unterhaltskosten sparen will.«

»Sie ist Ihre Mutter«, sagte der Pastor beharrlich. »Sie haben doch selbst mittlerweile Kinder, ein solches Band …« Er hörte nicht auf zu reden, bis eine Nachbarin klingelte und ihr eine gute, echte Entschuldigung gab, um aufzulegen. In dieser Nacht träumte sie von Sylt, von den Wattwanderungen und den Geschichten über das Kaninchen, das den Wolf überlistete, die ihre Mutter ihr damals erzählt hatte, den Liedern, die sie gemeinsam gesungen hatten. Zwei Wochen ehe Annika zu ihrer Großmutter gebracht worden war, weil ihre Mutter begonnen hatte, im Namen des »bewaffneten Städtekampfes« Bomben zu legen und Menschen umzubringen.

Als der Gefängnisgeistliche sie das nächste Mal anrief, fragte sie ihn: »Wissen Sie, wer Gernot Bäumle ist?«

»Ja«, sagte er nach einer kleinen Pause.

»Und Karin Schwarzenbacher?«

»Ich kenne die Namen aller Opfer, Frau Schmidt.«

»Das sind die Namen ihrer Kinder«, sagte Annika. »Die meisten sind älter als ich, aber diese zwei sind in meinem Alter. Vor ein paar Jahren gab es eine grässliche Fernsehsendung, bei der man uns gemeinsam vor die Kamera zerren wollte. Kinder der Täter, Kinder der Opfer. Wir weigerten uns alle. Ich habe nie mit ihnen Kontakt gehabt. Ich frage mich nur, was würden Sie zu ihnen sagen, Herr Pastor, um ihnen zu erklären, warum meine Mutter einen Anspruch darauf hat, Weihnachten in Freiheit bei einer Familie zu erleben, wenn ihre Väter immer noch tot sind?«

»Ich würde ihnen sagen«, entgegnete er leise, aber bestimmt, »dass es nicht um Anspruch geht. Niemand hat ein Recht auf Liebe oder Gnade. Sie kann nur freiwillig gegeben werden, niemals beansprucht. Ich würde ihnen sagen, dass der Tod unwiderruflich ist und Mechthild Anglinger in erster Linie entlassen wird, weil sie krebskrank ist. Ich würde sagen, dass Frau Anglinger so viel Wunden geschlagen hat, dass die knappe Zeit, in der sie vielleicht in der Lage ist zu heilen, etwas sehr Kostbares sein könnte.«

Die Finger, mit denen Annika den Hörer ihres Telefons hielt, wurden weiß. In der Stille, die den Worten des Pastors folgte, konnte sie ihren eigenen Atem hören.

»Hat sie das gesagt?«, fragte sie endlich. »Dass sie Wunden heilen will?«

»Was auch immer Ihre Mutter Ihnen zu sagen hat«, entgegnete er, »wird sie Ihnen nur selbst sagen können.«

Es war keine Antwort auf ihre Frage.

Als ihr Mann an diesem Abend nach Hause kam, trug er wie immer noch den Geruch der Praxis mit sich; antiseptische Desinfektionsmittel und das Cologne, das er benutzte, um sie zu übertönen. Bisher hatte sie ihm weder von den Anrufen noch von der vorzeitigen Entlassung ihrer Mutter erzählt. Vielleicht, weil sie sich die Freiheit nehmen wollte, so zu tun, als sei keines von beiden wirklich, oder etwas, das sie betraf, Annika Schmidt, Zahnarztgattin, Mutter von zwei Kindern, eine Frau, die ganz und gar in ihre sichere Welt gehörte, wo Nachrichten über Opfer und Mörder, über Terroristen und Gefängnisse nicht persönlicher als andere Zeitungsnachrichten waren. Annika Anglinger war es, die von dem allen betroffen war, ein Mädchen, das im öffentlichen Gedächtnis, wenn überhaupt, in einer Aufnahme als Kleinkind existierte, neben ihrer noch nicht kriminellen Mutter. Ein Mädchen, das schon vor langer Zeit verschwunden war und nicht wiederkommen sollte.

»Weißt du, dass ich nach einer Figur aus ›Pippi Langstrumpf‹ benannt bin?«, platzte sie heraus, weil sie nicht wusste, wie sie anfangen sollte.

Michael, der gerade dabei war, sich Tee einzugießen, setzte seine Kanne ab und warf ihr einen verwunderten Blick zu. »Ich glaube, du hast es einmal erwähnt«, sagte er vorsichtig.

»Das glaube ich nicht«, sagte sie heftiger, als sie es beabsichtigt hatte. »Ich erwähne es nie. Es ist mir peinlich.«

»Aber Liebes, dazu besteht doch kein Grund. ›Pippi Langstrumpf‹ ist ein Klassiker.« – »Als Nächstes kommt dann immer die Frage nach meinen Eltern.«

»Ah«, sagte er und schwieg. Er wusste, dass ihr Vater vor ihrer Geburt gestorben war; er wusste, wen sie mit »meine Eltern« wirklich meinte. Sie hatten das Gespräch über ihre Mutter während ihrer Verlobung gehabt, und danach nie wieder. Zu ihrer Großmutter war er immer sehr zuvorkommend gewesen, viel zu rücksichtsvoll, um nach ihrer Mutter zu fragen, doch ihre Großmutter war bereits kurz nach Annikas Hochzeit gestorben. Es war für sie beide leichter gewesen, so zu tun, als ob es keine weiteren Verwandten gäbe.

»Es wird keine Presse geben, nächstes Jahr«, sagte er schließlich beruhigend, offenbar zu dem Schluss gekommen, er wüsste, was sie so beunruhigte. »Deine – sie wird ignoriert werden, wie die Mohnhaupt. Die Kinder werden nichts erfahren, das verspreche ich dir.«

»Sie wird bereits vor Weihnachten entlassen werden, nicht nächstes Jahr.«

Damit war es heraus. Der Tee wurde kalt, während er erklärte, dass Mörderinnen in Gegenwart seiner Kinder nichts zu suchen hatten. Was sie daran am meisten traf, war, dass er wie selbstverständlich davon ausging, dass sie selbst ihre Mutter sehen wollte, und erst davon abgebracht werden musste. Gleichzeitig machte sie die plötzliche Verwendung des Ausdrucks *meine Kinder* zornig. Natürlich hatte sie damit gerechnet, dass er gegen einen weihnachtlichen Besuch ihrer Mutter sein würde. Um ehrlich zu sein, hatte sie darauf gehofft. Sie hatte sich darauf eingestellt, dem Pastor bei seinem nächsten Anruf sagen zu können, dass ihr Gatte die Feiertage nicht mit ihrer Mutter verbringen wolle, und da ließe sich nun einmal nichts machen. Eine Entschuldigung, um selbst keine Entscheidung treffen zu müssen und trotzdem die widersprüchlichen Gefühle in sich zum Schweigen zu bringen. Aber nun, da Michael genau das tat, worauf sie gehofft hatte, fühlte sie sich behandelt wie das Kind, das sie einmal gewesen war, und sie stellte fest, dass sie ihm jedes entschlossene, diktierende Wort übel nahm.

»Sie hat nicht nur Menschen umgebracht in ihrem Leben«, sagte sie, als er zwischendurch Luft holte, und schloss sofort ihren Mund wieder. Es war das erste Mal, dass sie ihre Mutter verteidigte, seit die Briefe aufgehört hatten und sie begriffen hatte, wirklich begriffen hatte, warum ihre Mutter überhaupt im Gefängnis war.

»Oh, dass sie dir ›Pippi Langstrumpf‹ vorgelesen und ein paar Artikel über Missstände in der Dritten Welt geschrieben hat, das macht die Toten natürlich wieder wett«, entgegnete er sarkastisch. Annika stand vom Esstisch auf, nahm sich ihre Handtasche und verließ das Haus. Er rief ihr hinterher, dass es ihm leid tue, aber sie blieb nicht stehen. Stattdessen nahm

sie sich das Auto und fuhr los, ohne ein bestimmtes Ziel zu haben. Ihr Hals fühlte sich sehr trocken an, und in ihrem Mund war Galle.

Nach einer Weile beschloss sie, zum Stadtarchiv zu fahren. Die Berichterstattung in Zeitungen und Fernsehen über ein paar Jahre in den frühen Achtzigern auf die Daten, die sie nur zu gut im Kopf hatte, zu überprüfen, war nicht allzu schwer. Annika hatte studiert, doch ihr Studium nicht abgeschlossen. Stattdessen hatte sie geheiratet und den Gedanken an einen eigenen Beruf aufgegeben, um sich ganz den Kindern widmen zu können, die sie haben wollte. Es war eine Existenz, die in jedem Punkt den Idealen ihrer Mutter widersprach, selbst denen, die keinen Blutzoll gefordert hatten. Während sie auf alte Aufnahmen starrte, die Bäumles Witwe und ihren Sohn Gernot bei der Beerdigung zeigten, fragte sie sich, ob sie damit ihrer Mutter nicht mehr Macht über ihr Leben eingeräumt hatte, als es der Fall gewesen wäre, wenn sie mit ihr aufgewachsen wäre.

Die grobkörnigen Bilder machten aus dem Schmerz in den Gesichtern der Bäumles eine holzschnittartige, starre

Anklage. Ein neuerer Artikel vermerkte, dass keiner der überlebenden beteiligten Terroristen, weder Jürgen Weiters noch Mechthild Anglinger noch Hugo Kleines, je Reue bekundet habe. Absage an Gewalt ja, aber keine Reue. Sie stellte sich ihre eigenen Kinder vor, falls jemand sie umbrächte. Es fiel ihr nicht schwer.

Innerhalb der Leseräume des Archivs durfte Annika ihr Handy nicht benutzen, also fand sie sich auf dem Innenhof wieder, in dem sich die Raucher trafen, während sie wählte. Die kühle Winterluft, durchsetzt mit Tabakschwaden, erinnerte sie an ihre Kindheit in den Siebzigern, als jeder Erwachsene geraucht hatte. »Hat sie wirklich Krebs?«, fragte sie unvermittelt, als der Pastor ihr Gespräch entgegennahm.

»So etwas kann man nicht vortäuschen, Frau Schmidt. Ich kann Ihnen gerne die Nummer des zuständigen Arztes geben. Brustkrebs; die Operation war vor einem Jahr, und bisher hat es keinen neuen Tumor gegeben, doch Sie wissen ja, da gibt es keine Garantien.«

»Aber sie ist noch am Leben. Sie ist schon sechsundzwanzig Jahre länger am Leben als die Menschen, die sie getötet hat. Und sie hat niemals gesagt, dass ihr das leid tut, oder etwa doch?«

Der Mann am anderen Ende der Leitung zögerte. Sie wurde sich bewusst, dass sie keine Ahnung hatte, wie er aussah; ob er alt oder jung war, groß oder klein, dick oder dünn. Eine Vaterfigur oder ein junger Idealist.

»Wenn sie in den letzten sechsundzwanzig Jahren ihre Reue bekundet hätte«, sagte er schließlich, »hätte man ihr geglaubt oder gedacht, dass sie nur bereut, gefangen worden zu sein, und aus dem Gefängnis freikommen möchte? Mehr noch, hätte sie empfinden können, ohne sich etwas zu erhoffen? Ich glaube an Reue, Frau Schmidt, aber ich glaube auch, dass sie ehrlich empfunden werden sollte. Ich glaube vor allem, dass es nie zu spät dafür ist.«

Mein Gatte möchte nicht, dass sie uns zu Weihnachten besucht. Es war ein so einfacher Satz und schon lange überfällig. Vielleicht auch der ehrlichere: Ich möchte sie nicht wiedersehen. Ich habe gelernt, ohne sie zu leben, und ich will mich nicht schuldig an ihren Taten fühlen. Ich will sie nicht sehen. »Ich –«, begann Annika und stockte. »Ich glaube nicht, dass ich sie überhaupt noch erkennen würde.«

Es war eine Lüge. Sie hatte die alten Pressefotos nicht gebraucht, um sich zu erinnern. Sie wusste sogar noch die Farbe des Reifs, der die Haare ihrer Mutter zurückgehalten hatte, während Annika am Strand auf sie zurannte.

»Wahrscheinlich nicht«, sagte der Pastor. »Sie ist eine Frau um die sechzig, die heute sehr viel mehr vom Korbflechten und Wäschewaschen versteht als von der Politik und wahrscheinlich nicht einmal einen derzeitigen Kabinettsminister nennen könnte. Aber vielleicht würde sie Sie an Ihre Großmutter erinnern.«

»Meine Großmutter hat in ihrem Leben keinen gewalttätigen Gedanken gehabt. Es hat ihr das Herz gebrochen, als …« Ihre Stimme versickerte.

»Frau Schmidt«, antwortete der Pastor, »das glaube ich Ihnen. Aber nun frage ich Sie – wenn Ihre Großmutter heute noch am Leben wäre, was würde sie tun?«

Michael wartete auf sie, als sie zurückkehrte, obwohl er wieder in der Praxis sein sollte. »Es tut mir leid«, sagte er ernst. »Natürlich kann es dir nicht leichtfallen. Sie ist deine Mutter.«

»Sie wird Weihnachten nicht zu uns kommen«, sagte Annika. Ihrem Gatten fiel es schwer, seine Erleichterung zu verbergen. »Willst du, dass ich es ihr sage? Oder der Gefängnisleitung. Wer auch immer zuständig ist. Du brauchst das nicht zu tun, Liebling.«

»Sie wird nicht zu uns kommen«, sagte Annika, »weil ich zu ihr kommen werde. Es gibt immer Mangel an freiwilligen Betreuern in Hospizen über die Feiertage, und meine Mutter braucht ohnehin eine neue Beschäftigung. Also habe ich ihr eine verschafft. Sie wird sich um sterbende Kinder kümmern. Und an Weihnachten werde ich das auch.«

»Du – und unsere Kinder?« Annika sah ihn an. »Ich werde es ihnen erklären. Ein Tag aus meinem Leben. Ich glaube – ich hoffe –, sie werden mich verstehen.«

SARAH HAKENBERG

Der Koffer

Heute ist der 23. Dezember und ich habe immer noch kein Weihnachtsgeschenk für meinen Vater. Mist.

Die Interessen meines Vaters beschränken sich auf Zeitunglesen und Chips essen. Meine Mutter hat mir und meinen Geschwistern inzwischen verboten, ihm weitere Zeitungsabos zu schenken, seit sich das Bocholter Borkener Volksblatt, der Reutlinger Generalanzeiger und die Heilbronner Stimme in der Badewanne stapeln. Party-Chips-Tonnen lässt meine Mutter nun auch nicht mehr durchgehen, da mein Vater aufgrund des hohen Cholesterinspiegels einen dicken Hals bekommen hat und seinen Kopf nicht mehr nach links bewegen kann.

In einem kurzen Anflug von Originalität beschließe ich, etwas für ihn zu basteln. Das fand er doch früher auch immer so schön. In meinem Sekretär finde ich ein Foto von meinem Vater in Badehose am Strand. Ich schneide ihn aus dem Sand heraus, male ihm mit Tipp-Ex einen weißen Bart, klebe mit rotem Tonpapier einen Mantel um ihn herum und eine Mütze auf seinen Kopf. Mann, denke ich, der Weihnachtsmann-Papa ist aber schön geworden. Da wird er sich freuen. Auf die Rückseite schreibe ich: »Frohe Ostern, Papa!« Unglaublich, wie witzig ich manchmal sein kann.

Ich gehe ein bisschen spazieren und komme zufällig an einem kleinen Flohmarkt vorbei. Zwischen Geschirr und CDs entdecke ich ein Buch über den Münchner Oberbürgermeister Christian Ude. Unwillkürlich muss ich an die

Geschichte mit dem Foto denken. Mein Vater war damals stolz mit der Zeitung in der Hand auf mich zugelaufen.

»Hier, guck mal, guck mal, ich bin in der Zeitung!«

Auf dem Bild befand sich der Münchner Oberbürgermeister, lächelnd bei einer Kantinen-Einweihung.

»Papa«, hatte ich damals vorsichtig gesagt, »das bist nicht du. Das ist Christian Ude.«

»Doch nicht das!«, rief er. »Hier!«, und deutete mit seinem Finger an Udes linkes Ohr. Und tatsächlich, hinter dem Ohr des Oberbürgermeisters kam beim genauen Hinsehen mein halber Vater zum Vorschein. Ich kaufe das Buch für fünfzig Cent und beschließe, auf den Abbildungen einen kleinen Papa hinter jedes Ude-Ohr zu malen.

Am nächsten Stand finde ich eine Stehlampe. Auf dem goldenen Ständer prangt ein etwas verstaubter, rosafarbener Schirm mit einem kleinen Loch. Eine Lampe ist ein tolles Geschenk, denke ich, die kann mein Vater dann neben seinen Sessel stellen, und wenn er sie anmacht, hat er abends mehr Licht zum Zeitunglesen. Neben seinem Sessel steht zwar schon eine Lampe, aber zwei Lampen sind besser, falls eine mal ganz unerwartet kaputtgeht. Und wenn meinen Vater das Bocholter Borkener Volksblatt langweilt, kann er durch das kleine Loch in der Lampe durchgucken, wenn sich zum Beispiel eine Fliege im Lampenschirm verfangen hat, um sie zu beobachten. Das ist enorm praktisch, so ein Loch. Ansonsten kann er den Lampenschirm als Verkleidung an Fasching benutzen, falls er sich mal als Lampe verkleiden will. Ich kaufe die Lampe für drei Euro und freue mich.

Leider fällt der Lampenschirm beim Tragen ab und geht kaputt. Ein bisschen frustriert stelle ich die kaputte Lampe neben den nächsten Müllkorb und schlendere weiter an den Ständen entlang.

Ich entdecke einen schönen alten Koffer. Eigentlich ist ein Koffer ein noch tolleres Geschenk für meinen Vater. Er verreist zwar nicht, aber vielleicht liegt das nur daran, dass er keinen Koffer hat. Wenn ich ihm jetzt einen Koffer schenke, wird er bestimmt verreisen. Dann würde sich auch meine Mutter freuen, die bis jetzt immer allein verreisen musste. So hätte ich mal wieder alle froh und glücklich gemacht. Ich kaufe den Koffer für einen Euro. Er hat zwar einen kleinen braunen Fleck, aber schlau stelle ich fest, dass man den Koffer nur umdrehen muss, und schon sieht man den Fleck gar nicht mehr.

Weil ich meinen gebastelten Weihnachtsmann-Papa in meiner kleinen Tasche mit mir herumtrage und sich sein Tonpapier-Mantel schon halb gelöst hat, lege ich ihn in den Koffer und gehe beschwingt weiter. Aber was ist das denn? Ich bekomme Herzklopfen und muss mich kurzzeitig auf den Boden setzen, weil mir schwindelig wird vor Freude. Hurra, hurra, ich befinde mich wohl in meiner absoluten Glücksphase: An einem unauffälligen Eckstand entdecke ich einen schicken Totenkopf-Aufkleber, den ich für nur zwanzig Cent ersteigere und auf den Fleck auf dem Koffer klebe. Stolz und glücklich zugleich trete ich meinen Heimweg an.

Als ich den Viktualienmarkt überquere, macht der Koffer plötzlich ein komisches Krachgeräusch und stößt brutal gegen mein Bein. Au!, denke ich. Schon rein gedanklich neige ich grundsätzlich zur Dramatik.

Der Tragegriff ist abgerissen. Einen Koffer ohne Tragegriff kann man natürlich unmöglich zum Reisen benutzen. Frustriert lasse ich den Koffer auf dem Marktplatz stehen, gehe nach Hause und weine ein bisschen.

Zu Hause fällt mir ein, dass ich völlig vergessen habe, den Weihnachtsmann-Papa aus dem Koffer zu nehmen. Auch das noch. Schnaufend renne ich zurück zum Viktualienmarkt. Dort scheint wohl gerade ein schlimmer Verbrecher gefangen worden zu sein, denn ich komme an einer Menge Polizisten und Schaulustiger vorbei. Auf der Mitte des Marktplatzes entdecke ich eine kreisförmige Absperrung aus Metallgittern, um die sich Hunderte von Menschen versammelt haben.

»Was ist denn da los?«, frage ich einen lustigen Schauer.

»Vermutlich ein Bombenattentat.«

Ich quetsche mich durch die Massen hindurch und entdekke den Oberbürgermeister, der auf einer Holzkiste steht und verzweifelt versucht, die aufgebrachte Menschenmenge zu beruhigen. In der Mitte der Absperrungen steht ganz unverkennbar das Weihnachtsgeschenk für meinen Vater: der Koffer!

Ich schleiche mich davon und freue mich auf den nächsten Tag. Und tatsächlich: Gleich auf der ersten Seite der Zeitung prangt über einem großen Artikel die Überschrift »Weihnachtsmann verübt Schein-Attentat«. Ein Foto zeigt den Koffer, nach dessen Inhaber nun wegen fahrlässigen Verhaltens gefahndet wird. Als großes Foto daneben: Mein Vater, unerkannt versteckt hinter weißem Tipp-Ex-Bart und roter Tonpapier-Mütze. Der gebastelte Mantel scheint die Aktion allerdings nicht überlebt zu haben, denn mein Weihnachtsmann-Papa trägt nur eine Badehose.

Aber was soll's: Endlich in der Zeitung, und dann auch noch ein so großes und schönes Bild!

Wie wird sich mein Vater über dieses Geschenk freuen.

ANATOL REGNIER

Barbaras Geschenk

Hilde Weigand, neunundfünfzig Jahre alt, hatte lange mit dem Auszug ihrer Tochter gehadert und auch die Vorwürfe, die von ihr gekommen waren, nicht recht verstanden. Denn eigentlich hatte sie sich bemüht, eine gute Mutter zu sein, bei allen Schwächen, die Menschen nun einmal haben (auch die Tochter war, nüchtern betrachtet, kein Engel!), und Verletzungen waren in keinem Leben auszuschließen. Aber Carla, so der Name der Tochter, hatte auf keinen Annäherungsversuch reagiert und Briefe ihrer Mutter, in denen diese ihr Verhalten nicht beschönigt und manche Schuld auf sich genommen hatte, unbeantwortet gelassen. Mittlerweile hatte Frau Weigand, in einem bewussten Akt der Abnabelung, die Trennung akzeptiert. Sie versuchte, ihrer Tochter weniger häufig, dafür aber freundlicher zu gedenken, und war gewissermaßen stolz darauf, das Zimmer im ersten Stock, das noch genau so eingerichtet war, wie Carla es verlassen hatte, aber nun seit scheinbar undenklichen Zeiten keinen Zweck mehr erfüllte, fast ohne Bauchgrimmen betreten zu können. Die Rente ihres Mannes, den ein Herzinfarkt aus Stellung und Leben gerissen hatte, erlaubte ihr eine sorgenfreie Existenz, und da ihre Tochter so radikal mit ihr gebrochen hatte, sah sich Frau Weigand auch nicht veranlasst, ihr finanziell unter die Arme zu greifen. Stattdessen nahm sie das kulturelle Angebot wahr, das ihre Stadt zu bieten hatte, und leistete sich hier und da eine Reise. Mit robuster Gesundheit gesegnet, war sie froh über ihre Unabhängigkeit. Lebte nicht die Mehrzahl ihrer Bekannten allein? Frauenschicksal, dachte Frau Weigand. Das Alleinsein hat auch Vorteile, und Frauen kommen besser damit zurecht als Männer.

Aus diesen Gründen hatte Frau Weigand erst nein gesagt, als ein Vertreter des örtlichen Studentenwerks vor der Tür ihres Hauses gestanden und für ein Projekt geworben hatte, das Studierende zu günstigen Konditionen in Privathäusern unterzubringen suchte, die als Gegenleistung im Haushalt helfen und, wenn gewünscht, ihren Vermietern auch ein wenig Gesellschaft leisten würden. Dann hatte sie – unter Betonung des Umstands, keine Hilfe zu benötigen und sich selbst zu genügen – den jungen Mann doch ins Wohnzimmer gebeten, sich Einzelheiten des Projekts und Klagen über studentische Wohnungsnot angehört und schließlich zugestimmt, eine siebenundzwanzigjährige Studentin der Politologie probeweise bei sich wohnen zu lassen. Wenige Tage später, zu Beginn des Wintersemesters, zog Barbara Ostheim in das zuletzt von Frau Weigands Tochter Carla bewohnte Zimmer.

Frau Weigand bereute ihren Entschluss nicht. Barbara hatte ein hübsches Gesicht mit vielen Sommersprossen, eine etwas untersetzte und leicht pummelige Figur und ein anscheinend stets fröhliches und unkompliziertes Wesen. Staubsauger, Besen und Putzmittel, deren Verwahrungsort Frau Weigand ihr gezeigt hatte, benutzte sie selbstständig und unauffällig, ohne Liebedienerei und übertriebenen Ehrgeiz. Dass sie dabei auch Frau Weigands Schlafzimmer und das private kleine Bad betreten musste, das ihr Mann hatte einbauen lassen, störte Frau Weigand nicht, denn Frau Weigand mochte Barbara und genoss das Zusammensein mit ihr beim Frühstück an Sonntagen oder an Abenden bei einem Glas Wein. Dabei hatte sie in Erfahrung bringen können, dass Barbaras Vater früh gestorben war, an einem Herzinfarkt wie ihr Mann, und dass sie, weil ihre Mutter eigene Wege ging, mit ihrer jüngeren Schwester zum Teil in einem Internat und zum Teil bei einer Tante aufgewachsen war. Die Tante war gestorben, die Mutter schwer erreichbar, die Schwester lebte in Amerika, wo Barbara sie schon mehrmals besucht hatte und vielleicht selbst irgendwann hinziehen würde. Auf jeden Fall wollte sie ins Ausland, vielleicht auch nach Afrika. Bei solchen Worten kam sich Frau Weigand alt, schwach und engstirnig vor, seit Urzeiten in der kleinen Universitätsstadt, einem vermeintlichen Pläsier lebend, das recht besehen so pläsurabel nicht war. In wenigen Wochen hatte sich Frau Weigand so an Barbaras Anwesenheit gewöhnt, dass ihr der Gedanke an ein Dasein ohne sie gar nicht gefiel. Ein gewisses Abhängigkeitsverhältnis, Frau Weigand sah es klar, war nicht mehr zu leugnen.

Gott sei Dank (das war eine ihrer vielen guten Seiten) interessierte sich Barbara offenbar auch für Frau Weigands Lebensumstände und fragte eines Abends nach der früheren Bewohnerin jenes geräumigen Balkonzimmers, das dank Frau Weigands Entgegenkommen jetzt das ihre war. Aus einer bereits zu drei Vierteln leeren Flasche Rotwein nachschenkend (und um Nachschub in der Kammer wissend, obgleich sie mit Sicherheit keine Alkoholikerin war), erzählte Frau Weigand von Carla, dem behüteten Einzelkind, ihrer Hoffnung und Freude, die sich irgendwann ohne erkennbaren Grund abgewandt hatte und seither für Frau Weigand sozusagen nicht mehr existierte, obwohl es sie noch gab, in Wirklichkeit und natürlich in Frau Weigands Herzen. »Vielleicht hat es etwas mit dem Tod meines Mannes zu tun«, meinte Frau Weigand, »alle Vorwürfe, die auch ihm gegolten haben mochten, trafen nun mich allein, und alle Beteuerungen, mein Bestes versucht zu haben, konnten ihre Haltung nicht erweichen.« Und da sie gerade dabei war, erzählte Frau Weigand auch vom Ende des Herrn Weigand, mit Mitte fünfzig, auf der Bettkante, wo er gerade sein Hemd anziehen wollte und mit den Worten: »Mir ist schlecht!« umgekippt war, vor nunmehr zwölf Jahren. Und Barbara erzählte von ihrem Vater, den es an seinem Architektentisch erwischt hatte, allein, während sie und ihre Schwester, fünf und sechs Jahre alt, mit dem Kindermädchen spazieren waren. Als Frau Weigand an diesem Abend in ihrem Bett lag, war sie glücklich, ja erhoben durch die Nähe zu Barbara, aber auch ein wenig niedergedrückt beim Gedanken an die Zukunft. Denn Barbara, das spürte sie, war bei aller Nettigkeit auch ein wildes Fohlen, das Zäune einfach überspringen würde. Und was konnte eine alte Frau wie sie schon für Barbara sein?

Hatte Barbara einen Freund? Diese Frage beschäftigte Frau Weigand, wie sie zugeben musste, über Gebühr. Sie beobachtete sich selbst beim Beobachten Barbaras. Aber die kam und ging, wie sie wollte, und wich Frau Weigands Fragen in perfekter Freundlichkeit aus. Als sie wieder einmal fort war – Frau Weigand hätte sich ohrfeigen mögen –, kramte sie in Barbaras Zimmer herum, ohne eigentliches Ziel, denn in den Tiefen der Schubladen nach Briefen oder Tagebüchern zu suchen, traute sie sich nicht, und den Laptop auf Barbaras Schreibtisch zu bedienen, fehlte ihr die Kenntnis. Immerhin öffnete sie den Kleiderschrank, dessen Inhalt eine Barbaras Naturell entsprechende liebenswerte Unordnung aufwies, und fand, als sie ihre Hand in ein Fach mit scheinbar achtlos hineingeworfener Unterwäsche steckte, einen Vibrator, der, als sie an der entsprechenden Schraube drehte, tatsächlich zu surren und zu vibrieren begann. Frau Weigand legte ihn schnell zurück und dachte an ein ähnliches Teil in ihrem Besitz, das sie in neutraler Verpackung einst bestellt und eine Weile auch benutzt hatte, das aber jetzt mit ausgelaufenen Batterien ein permanentes und seiner Bestimmung unangemessenes Schattendasein führte. Die Frage nach Barbaras persönlichem Umgang hatte die Exkursion nicht erhellt, wohlgefühlt hatte sie sich dabei auch nicht, weshalb sie beschloss (sofern es sie nicht doch wieder übermannen sollte), von Wiederholungen Abstand zu nehmen.

Dann war es Barbara selbst, die Licht ins Dunkel brachte, indem sie eines Abends in aller Selbstverständlichkeit fragte, ob ein Bekannter, der momentan keine Bleibe habe, über Weihnachten bei ihr wohnen dürfe. »Sie fahren nicht nach Hause?«, fragte Frau Weigand. »Zu Ihrer Mutter, zum Beispiel?« »Wir haben wenig Kontakt, das wissen Sie doch«, sagte Barbara, »und ich bleibe natürlich nur, wenn es Ihnen recht ist.« Es war Frau Weigand recht, natürlich, aber es machte ihr auch Angst. Wen würde Barbara anschleppen? Würde ein Mann den Frauenhaushalt nicht sprengen? Würde er von ihr Notiz nehmen, oder wäre sie das fünfte Rad am Wagen? »Drei taugt nicht«, hatte ihr Vater gesagt, als ein junger Mann ihre Schwester zum Tanz geladen hatte und sie unbedingt mitwollte. Aber Kneifen galt nicht. »Sie können das Gästezimmer im Dachgeschoss mitbenutzen«, sagte sie, »dann haben Sie etwas mehr Platz.«

Am Spätnachmittag des 19. Dezember trat, in Begleitung Barbaras und eines gewaltigen Rucksacks, *Ingo* durch Frau Weigands Haustür, die solche Wucht, wenn überhaupt, lange nicht erlebt hatte. Alles an Ingo war groß: Hände, Füße, Arme, Beine und Torso, dazu eine eindrucksvolle Nase und weit auseinanderstehende, hellbraune Augen. Ingos Haarpracht war weich und schon ein wenig schütter, aber sein

Lächeln überdimensional wie der Rest seiner Gestalt und sein Händedruck fest und herzlich. »Hallo, Frau Weigand«, sagte er, als kennte man sich seit Jahren. »Ich möchte nicht, dass Sie mit uns Arbeit haben.«

Kurze Zeit später und nach einer von der verdutzten Frau Weigand erteilten Erlaubnis stand Ingo in der Küche und zauberte aus ihren Vorräten ein Essen, das sich sehen lassen konnte: Butterspaghetti mit Lauchzwiebeln und ein wenig Knoblauch, einen Salat aus Chicoree und Fenchel, danach Pudding aus der Tüte und heiße Himbeeren aus der Dose. Den Rotwein hatten er und Barbara mitgebracht. Drei taugte anscheinend doch – Frau Weigand konnte sich nicht erinnern, besser, gemütlicher und in netterer Gesellschaft gegessen zu haben. Ingo redete wie ein Buch, aber dozierte nicht, und war ein Meister in der Kunst des Fragens, so dass Frau Weigand sich erblüht und aufgewertet fühlte und wünschte, dass der Abend nie enden möge. Aber er tat es: Gegen elf Uhr sahen Ingo und Barbara sich an und verabschiedeten sich mit Wünschen für eine gute Nacht und Dank für die Gastfreundschaft. »Ich habe zu danken«, sagte Frau Weigand und dann, in einer plötzlichen Wallung: »Ich spüle, das ist das Mindeste, was ich tun kann.« Als sie, nach getaner Arbeit und einem letzten Blick über die Essecke, die dunkle Treppe zu ihrem Schlafzimmer hinaufstieg, lauschte sie, aber hörte nichts, und als sie im Bett lag und das Licht gelöscht hatte, waren ihr eigener Atem und das leise Summen des Elektroweckers das einzige Geräusch.

Am nächsten Morgen – besser gesagt am nächsten Mittag, denn während Frau Weigand frühstückte und die Zeitung las, hatte sich oben gar nichts gerührt – verkündeten Barbara und Ingo, eine dreitägige Wanderung machen zu wollen, mit leichtem Gepäck und Unterkunft in Dorfgasthöfen. Ehe Frau Weigand es recht begriffen hatte, stapften sie die Straße zur Stadt hinunter und waren fort. Frau Weigand war, ehrlich gesagt, ein wenig beleidigt: Ein Schuss mehr Miteinbeziehen hätte nichts geschadet. Schlimmer war die Scham über sich selbst: Warum hatte sie sich nicht zu fragen getraut, wie man es mit dem Heiligen Abend halten wolle? Ihn allein verbringen, das wusste sie, wollte Frau Weigand auf keinen Fall – und müsste sie es, wäre die Schuld zuvorderst bei ihrer Dummheit und Schüchternheit zu suchen.

Selten waren Frau Weigand drei Tage länger vorgekommen. Der verdammte Heiligabend blickte ihr aus jeder Ecke entgegen. Eine Stimme in ihr riet zum Nichtstun – wer so unklar in seinen Angaben ist, muss sich nicht wundern, vor einem leeren Tisch zu stehen –, dann lockte die Vision von Licht, Wärme und Kerzenschimmer. Frau Weigand schlich im Haus umher, matt, dumpf und antriebslos. Im Gästezimmer lehnte Ingos Rucksack am Bett – ob sein Besitzer hier oder anderswo geschlafen hatte, ließ sich nicht ausmachen. Am liebsten wäre Frau Weigand selbst verreist.

Dann entschloss sie sich zum Handeln. Sie holte ihr kleines Auto aus der Garage und fuhr in die Stadt. Kaufte Lachs und Garnelen, Oliven, Weißbrot und Sekt, Obst, Pralinen, Salat und Gemüse und, weil das nach üppigem Essen guttut, eine Flasche Birnenschnaps. Stand ab dem Mittag des Heiligen Abends in der Küche, putzte und schnitt, arrangierte und dekorierte, ließ das Radio laufen, sah es draußen dunkler werden und fühlte sich dabei wie eine Forscherin auf unsicherem Neuland: Wer sich anbietet, muss auf Zurückweisung gefasst sein. Um neunzehn Uhr war alles fertig. Frau Weigand saß und wartete. Nutzte die Zeit, um sich umzuziehen. Saß und wartete wieder. Naschte Oliven und Garnelen, aber wollte sich den Appetit nicht verderben. Hörte die Zwanzig-Uhr-Nachrichten und weihnachtliche Musik, trat aus der Haustür, sah die stille Straße und Lichterschein aus Fenstern und saß noch einmal in ihrer Küche. Morgen werfe ich das Essen in den Müll, beschloss sie.

Kurz vor zehn Uhr polterten Barbara und Ingo durch den Eingangsbereich und stießen die Tür auf, zwei Eindringlinge aus der Kälte, mit roten Nasen und roten Händen, ein wenig verlegen, wie es Frau Weigand schien, und unsicher, wie der gedeckte Tisch zu deuten war. Frau Weigands Herz tat einen kleinen Sprung und zog sich zusammen – vielleicht hatten die beiden längst anderswo gegessen. »Entschuldigen Sie, dass wir so hineinplatzen«, sagte Barbara, »wir haben uns verlaufen und dann noch einen Zug verpasst, sonst wären wir früher hier gewesen. Erwarten Sie Gäste ...?« Wie sag ich's meinem Kind, dachte Frau Weigand – Gäste um zehn Uhr abends? Aber eine Antwort musste kommen. »Nein«, sagte sie schließlich, »ich erwarte keine Gäste, schon gar nicht zu dieser Stunde. Ich habe mir einfach gedacht, dass ihr nach eurer Wanderung hungrig sein könntet und eine Kleinigkeit essen wollt.« »Das ist ja wunderbar«, schaltete sich Ingo ein, »hungriger als wir kann man kaum sein – dürfen wir uns tatsächlich hier niederlassen?« – »Ihr dürft«, sagte Frau Weigand.

Der Abend war womöglich noch schöner als der erste. Alles wurde aufgegessen, nach dem Sekt gab es Rotwein, und auch der Birnenschnaps fand Abnehmer, unter ihnen Frau Weigand selbst, die sonst keine Freundin harter Getränke war. Um Mitternacht klangen Glocken von der Stadt herauf, nach zwei Uhr trennte man sich. »Abgewaschen wird nicht«, sagte Frau Weigand, »das machen wir morgen zusammen ...« Barbara und Ingo gingen nach oben, das Fest war vorbei.

Aber noch nicht ganz. Denn beim Hinaufgehen hörte Frau Weigand Kichern aus dem Badezimmer und hatte auf einmal überhaupt keine Lust mehr, schlafen zu gehen. Aber was sollte sie sonst tun? Lesen, fernsehen, weitertrinken? Frau Weigand schüttelte den Kopf – es gab, sie musste es sich eingestehen, außer Bettruhe NICHTS, das sie sinnvollerweise hätte tun können. Und weil dem so war, lag sie nach ihrem im eigenen Bad absolvierten Wasch- und Zahnputzritual im eigenen Bett und lauschte in die Dunkelheit. Und schlief ein. Denn natürlich war ihr Körper nach einem Tag wie diesem müde.

Frau Weigand schreckte auf. Wie lange hatte sie geschlafen? Höchstens eine halbe Stunde – der Leuchtwecker auf dem Nachttisch zeigte zehn vor drei. Ohne zu überlegen, stand sie auf, tastete sich zur Tür, öffnete sie leise, ging auf dem Flur dem Licht der Straßenlaterne entgegen, das von draußen hereinschien, hebelte die Balkontür hoch, zog sie auf und fühlte Sekunden später den kalten Balkonboden unter ihren nackten Fußsohlen. Barbaras Fensterscheiben waren erleuchtet. Mit einem Herzen, das so laut klopfte, dass man es sicher bis auf die Straße hören konnte, trat Frau Weigand näher und blickte durch die nachlässig zugezogenen Gardinen in das Zimmer. Schicksal, dachte Frau Weigand.

Auf dem Bett, in dem einst ihre Tochter geschlafen hatte, lag Ingo auf dem Rücken, über ihm kniete Barbara. Ingo hielt die Arme ausgebreitet wie ein hünenhafter Christus, Barbaras Brüste schaukelten sanft. Frau Weigand griff sich zwischen die Beine und mit der anderen Hand an ihre Pobacke, die sich unter dem dünnen Nachthemdstoff rund und weich anfühlte. Ihr war, als ob sich ein leeres Gefäß füllte und ganz wurde. Sie tat einen Schritt zur Seite und stieß dabei gegen den zusammengeklappt an der Wand lehnenden Liegestuhl, der gegen ihr Schienbein rutschte und mit schepperndem Krach zum Liegen kam. Frau Weigand wollte weg, aber das durcheinandergeratene Möbel war im Weg, und ehe sie es überklettern konnte, war die Balkontür von Barbaras Zimmer geöffnet worden. Im Lichtkegel stand Ingo, nackt, ein Kopfkissen vor seiner Blöße. »Frau Weigand! Was machen Sie hier?«, rief er. Frau Weigand zitterte. Flucht und Vertuschung waren zwecklos. »Ich habe Ihnen zugeschaut. Es war sehr schön«, flüsterte sie. Und plötzlich, das war das eigentlich Schöne, fielen Scham und Verlegenheit von ihr ab. Nun kommen Sie erst mal rein, sagte Ingo.

Sie erwachte in ihrem eigenen Bett. Wie sie dorthin gelangt war, wusste sie nicht. Ingo und Barbara waren fort, auch Barbaras Sachen waren verschwunden. Auf dem Schreibtisch lag ein Zettel: Tausend Dank für alles! Wir lieben dich. Barbara und Ingo.

Frau Weigand stand mit geschlossenen Augen. Ging in dem Zimmer auf und ab, das Stunden vorher Stätte ihres

Glücks gewesen war. Saß zusammengesunken auf der Bettkante, auf der sie neben Ingo gesessen hatte. Legte sich hin und vergrub ihr Gesicht im Stoff der vermutlich von Barbara ausgebreiteten Tagesdecke. Alles gewonnen und alles verloren. Und dennoch: Welch wunderbare Fügung! Welch wunderbares Leben!

Ein paar Tage später schrieb sie ihrer Tochter, zum ersten Mal seit Jahren, und bekam sofort Antwort. Im Februar unternahm sie eine Kreuzfahrt durch norwegische Fjorde und lernte dabei Robert kennen, vierundsechzig Jahre alt, der gern lachte, gut roch und kräftige, gute Hände hatte. In seiner Kabine (und ein oder zwei Mal auch in ihrer) hatte sie ähnliche Erlebnisse wie am Heiligen Abend im Zimmer ihrer Tochter, nur zu zweit, zugegebenermaßen, aber dafür bodenständiger und länger andauernd. Und jeden Morgen – sie konnte es kaum glauben – war Robert immer noch da und lud sie zum gemeinsamen Frühstück.

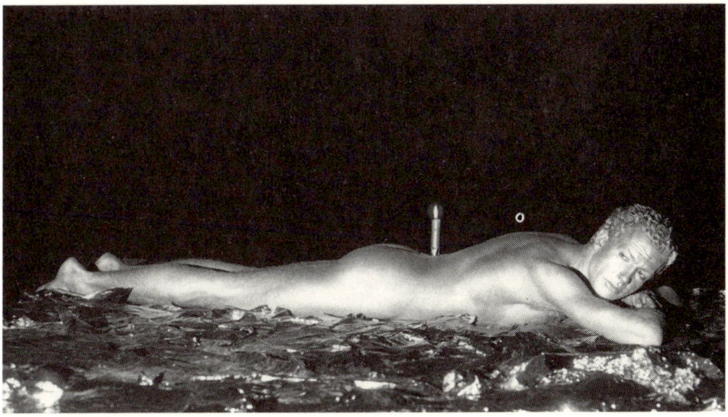

Jaromir Konecny
Die Buchbalz

Schon mit vier war ich ein Dauergast in der Bibliothek – in der Bücherei unseres nordmährischen Städtchens. Während meine Mutter und die junge Bibliothekarin hinter einem Bücherregal türkischen Kaffee schlürften, spielte ich auf den knarrenden Holzdielen. So hatten mich die Frauen ständig unter Kontrolle und konnten gemütlich über die neuen Krimis palavern – Mord und Totschlag – oder auch über meine Erziehung – damit mir selbst der Galgen erspart bliebe! Klar zogen mich die Bücherregale magisch an. Durch die Lücke zwischen den Büchern konnte ich die nackten Beine der Bibliothekarin beglotzen – Buch- und Beinblick –, als könnten mir die langen Frauenbeine – aus den grauen sozialistischen Röcken ragend – den Weg in die Zukunft weisen! Doch ich wollte noch nicht in die Zukunft blicken, ich wollte hinauf zu den Sternen fliegen – nach oben ins Regal, zu diesem wunderschönen Buchdeckel, von wo mich vor dem Hintergrund eines Nachthimmels ein schrecklicher Alien anstarrte. Aber immer wenn ich ganz oben war – kurz vor dem Ziel – und nach dem grandiosen Buch meine Hand streckte, sprangen die langen Beine der Bibliothekarin von ihrem Stuhl auf, liefen um die Regale herum, mächtige Hände schnappten mich und zerrten mich wieder nach unten. »Das ist ein Buch für Erwachsene, Kleiner!«, sagte sie. So wurde für mich jede Frau mit Buch zu einer »höheren Gewalt«, die dich immer wieder von deiner Wanderung zu den Sternen runterholen und ganz kleinmachen kann. Übergöttin!

Magda aus unserer Straße war auch so eine. Sogar als der Nikolaus den Schnee nach Nordmähren brachte und wir Kinder hinter seinem Pferdeschlitten liefen, lief Magda mit einem Buch in der Hand mit. Der Nikolaus fuhr von Haus zu Haus Nüsse und Orangen aus – von einem Engel und zwei brutalen, mit Besen bewaffneten Teufeln begleitet, die sich sofort auf uns Kinder stürzten, wenn der große Schlitten anhielt. Nach ein paar Hausbesuchen waren die Teufel zum Glück schon so besoffen, dass wir ihnen mühelos entwischten. Einmal schmiss es beim Ausstieg aus dem Schlitten sogar den Nikolaus auf den vereisten Boden hin, er versuchte sich am Engel festzuhalten, der Engel an den Teufeln – gemäß der göttlichen Hierarchie –, und schon wälzte sich das ganze himmlischteuflische Quartett einträchtig besoffen auf einem Haufen. Die Kinder brüllten vor Lachen, Magda und ich auch, na klar, wir lachten miteinander, doch sie anzusprechen wagte ich nicht. Sie war für mich nun mal eine Frau mit Buch! Angst einflößend!

Das wurde mit fünfzehn noch schlimmer: wenn Magda durch unsere verschneite Straße nach Hause trippelte, ihre schwarzen Haarsträhnen auf der Schulter mit Schneeflocken geschmückt, ein Buch in der Hand ... so schön winterlich in ihrer bunten Strickmütze mit Bommel!

Am frühen Nachmittag vor dem Heiligen Abend schwärmten wir Kinder und Jugendliche einträchtig auf die Straße hinaus. Unsere Mütter schickten sich an, die Karpfen zu morden, die in den letzten Tagen unsere Badewannen okkupiert hatten. Die Blut scheuenden Väter stapelten die Geschenke unter die Tanne. Bald konnte das Festessen beginnen! Trotz der sozialistischen Mangelwirtschaft hatte meine Mutter alles Notwendige für den Heiligen Abend aufgetrieben: Karpfen, Erbsen für die Suppe, das ganze Gemüse für den böhmischen Kartoffelsalat, Eierlikör ... – meine Mutter kannte jede und jeden, mit meiner Mutter gingst du im Sozialismus nicht zu Grunde, meine Mutter lief ständig durch die Stadt, bequatschte alle und hielt die sozialistische Vetternwirtschaft in Gang. So konnte ich sorglos – noch kurz vor der Bescherung – in das Schneeschön nach draußen jagen. Wir schoben also die Schlitten unsere Straße hinauf, bis ganz nach oben zu der St.-Johann-Kapelle. Dort bauten wir den Schlittenzug: ein Schlitten nach dem anderen, zehn

Schlitten hintereinander, durch die Hände der stärksten Jungs verbunden. Und schon fuhr der Schlittenzug los, schon raste er unsere Straße hinunter. Die sozialistische Winterwirtschaft praktizierte notgedrungen den Umweltschutz und streute nicht, vor Autos mussten wir keine Angst haben. In unserer Straße hat es sowieso nur ein Auto gegeben, einen Volvo, und der fuhr momentan nicht, weil der Nachbar wegen der notwendigen Ersatzteile nach Schweden hätte fahren müssen, was ohne Genehmigung recht schwierig war. Die einzige Gefahr für den Schlittenzug stellte die scharfe Kurve vor unserem Haus dar. Wenn einer von den neun Jungs, die die zehn Schlitten zusammenhielten, die Steuerung vermasselte, flogen wir in die Schneewehen am Rande der Straße. Und gerade an diesem Tag – zwei Monate nach meinem fünfzehnten Geburtstag – fuhr Magda direkt vor mir. Zum ersten Mal im Leben durfte ich ihren Schlitten halten und steuern. Mein Gesicht fast in ihren Pelzmantel verbohrt. Und plötzlich ... plötzlich lehnte sich Magda weit nach hinten und legte ihren Kopf auf meine rechte Schulter. Und das gerade in der Todeskurve! Boah! Vor lauter Schreck riss ich ihren Schlitten herum, und schnurstracks schoss der ganze Schlittenzug aus der Bahn. Wir flogen! Mann! Flogen wir! Wie Engel! Magda und ich flogen zusammen und fielen auch zusammen – in die Schneewehen am Zaun des Nachbarn –, ihr Gesicht ganz nah an meinem. Ein Weilchen lagen wir dort, lachten und schwiegen, die anderen lachten und fluchten, wir guckten uns in die Augen ... sie trug Schnee im Gesicht, an den Wimpern, an der Nase ... von den Lippen leckte sie sich den Schnee ab und sagte: »Hast du zufällig den ›Fänger im Roggen‹ von Salinger zu Hause?«

»Leider nicht!«, sagte ich. »Das Buch war gleich nach Erscheinen ausverkauft. Nicht mal meine Mutter hat eins bekommen. Dabei ist sie mit der Buchhändlerin befreundet.« Mann! War ich stolz auf mich, dass ich von Angesicht zu Angesicht mit Magda drei vernünftige Sätze hingekriegt hatte. »Schade!«, sagte sie. »Meine Mutter wollte mir das Buch zu

Weihnachten schenken. Ist stundenlang vor der Buchhandlung Schlange gestanden … und hat auch nichts bekommen.«

»Weiterfahren!« Leider krallte sich mein Freund Venca das Ende von Magdas Schlitten, und vorbei war's mit Magda und mir. Verdammt! Warum hatte nicht einmal meine Mutter den blöden ›Fänger im Roggen‹ aufgetrieben? Wenn ich's hätte, könnte ich jetzt mit dem Fänger 'nen ganz großen Fang machen! Eine Buchgöttin fangen!

Der Duft panierter Karpfen trieb uns zurück in die Häuser. Schade, schade! So 'ne große Chance bei Magda – vorbei! Nicht einmal die Aussicht auf Geschenke hob mir die Laune. Worauf sollte ich mich schon freuen als Fünfzehnjähriger? Ich brauchte keine Luftpistole mehr, keinen Fußball … Socken wird's sicher geben. Im Überfluss! Etwas zum Lesen wohl auch. Leider konnte ich meiner Mutter irgendwie nicht klarmachen, dass ich jetzt mit fünfzehn nicht mehr so auf Astrid Lindgren stand. Noch vor einem Jahr hatte ich mir 'nen Chemiebaukasten gewünscht. Jetzt spukte mir nur Magda im Kopf herum! Lustlos schickte ich mich an, die ›Kinder aus Bullerbü‹ auszupacken – oder was für ein Buch es auch heute sein würde. Vielleicht schlüpfte ›Das gefrorene Schiff des Kapitän Flint‹ von Arthur Ransome aus dem Paket? Oder gar ›Der fünfzehnjährige Kapitän‹ von Jules Verne? Mir egal! Ich war auch fünfzehn, Mann! Doch ich wollte kein Kapitän mehr sein! Ich wollte Magda! Mit ihr über Bücher ratschen, sie an der Hand halten … Ich riss das Geschenkpapier auf. He? Was ist das? Ich guckte zur Mutter, die verschmitzt lachte, und dann wieder zu dem gerade ausgepackten Buch! Mamma mia! Von dem weinrot gemusterten Buchumschlag lachte mich der genialste Titel der Welt an: ›Der Fänger im Roggen‹ von J. D. Salinger. Mann, oh, Mann! Mutter! Du alte Trickserin! Du hast das Buch doch bekommen?

Die halbe Nacht habe ich wachgeträumt über die Zukunft, statt zu schlafen. Am Vormittag packte ich den ›Fänger im Roggen‹ und ging Magda besuchen.

Tja. Sicher habt ihr auch mal solch wunderbare Weihnachten erlebt. Und wenn doch nicht, dann ist jetzt höchste Zeit dafür: schöne Bescherung!

Bettina Goldner

Der Anteil des Engels

Eine Familiengeschichte

Es war schon gegen 17 Uhr am 24. Dezember, als Frank bemerkte, dass der Whisky fehlte. »Alex, geh mal schnell zur Tankstelle!«, wollte er gerade rufen, aber da fiel ihm ein, dass sein sechzehnjähriger Sohn nichts Hochprozentiges bekommen würde. Seufzend überließ Frank den Christbaum, dem noch die schönsten Schmuckstücke fehlten, sich selbst und stiefelte hinaus in den Schnee.

Als er zurückkam, hatte die Tanne sich *nicht* selbst geschmückt, war in der Küche die Milch übergegangen, was man roch, und aus Irenes Zimmer dröhnte wenig weihnachtlicher Punk.

»Kannst du dir nicht wenigstens *heute* mal etwas Friedliches reinziehen?«, brummte Frank zu dem Bett hin, auf dem seine Tochter lümmelte. Die Vierzehnjährige sah ihren Vater herausfordernd an. Statt eine Antwort zu geben, stellte sie, auf die Flasche in seiner Hand anspielend, die Gegenfrage: »Warum *muss* Opa an Weihnachten immer Whisky haben? Kann er nicht einfach mal Punsch trinken wie jeder normale Mensch?«

»Lass ihn doch«, gab Frank zurück, nicht ohne sich insgeheim darüber zu freuen, dass Irene gutbürgerliches weihnachtliches Punschtrinken offenbar als gegeben hinnahm.

Das Erscheinen von Opa Karl, eine halbe Stunde später, wirkte wieder einmal wie ein plötzlicher Luftdruckwechsel oder das fünfte Aspirin bei Migräne: Alex und Irene drehten ohne zu murren ihre jeweilige Beschallung ab; Alex platzierte die letzten Sterne im Dickicht des Christbaums, Irene übernahm die Herstellung der Vanillesauce und Mama zog sich in Ruhe um. Schließlich ging man sogar gemeinsam in die Kirche.

Nach dem Abendessen packte die Familie beim Schein der Christbaumkerzen die Geschenke aus. Mama brachte den dampfenden Punsch auf den Tisch und Frank schenkte seinem Schwiegervater mit der Geste eines erfahrenen Oberkellners den frisch erstandenen Whisky ein.

Irene besann sich auf ihre Frage. »Opa, warum trinkst du immer Whisky an Weihnachten?«, formulierte sie – nun allerdings etwas umgänglicher. »Das ganze Jahr magst du keinen, so viel ich weiß, aber an Weihnachten …«

Opa blickte in die bernsteinfarben schimmernde Flüssigkeit, schwenkte das Glas, ließ mit leicht mahlender Kieferbewegung das Getränk in die Kehle rinnen und schluckte bedächtig. »Mmmh, ein teurer Tropfen«, sagte er anerkennend, rieb sich die Lippen und stellte das Glas zurück auf den Tisch.

»Das ist eine längere Geschichte«, antwortete er schließlich. »Und außerdem ist das auch schon sehr lange her. Veronika, ich meine eure Mutter, war da gerade mal sechs Jahre alt. Ich weiß das so genau, weil sie damals, Ende November, ein Geschwisterchen bekam. Eine kleine Schwester.« Opas Stimme klang belegt. Er nahm einen weiteren Schluck und räusperte sich. »Sie hieß Monika«, ergänzte er, »das hätte sich schön auf Veronika gereimt. Aber sie lebte nur zwei Tage.«

Irene ließ das Band eines Geschenks fallen, das sie gerade öffnen wollte, und Alex kaute nachdenklich auf einem Zimtstern. Alle kannten die Geschichte, aber man hatte lange nicht mehr an sie gedacht.

»Warum habe ich das jetzt erzählt?«, fragte Opa sich selbst. »Ja. Damit ihr wisst, wie lange das alles her ist. Und damit ihr versteht, dass ich in jenem Jahr an Weihnachten nicht sehr glücklich war. Eure Oma war sogar völlig verzweifelt. Aber wir mussten Weihnachten feiern, eurer Mama zuliebe. Sie war ja noch ein kleines Kind und hätte nicht verstanden, wenn das Christkind ausgeblieben wäre.«

Veronika, die ihrem Vater gegenübersaß, hatte ihm aufmerksam zugehört und biss sich auf die Lippen. Nun stand sie auf und schenkte den Punsch nach.

»Also, an jenem Weihnachtsabend vor vielen Jahren zog ich mich warm an, denn es war ein ausgesprochen kalter Tag, viel kälter noch als heute«, nahm Opa den Faden wieder auf. »Ich wollte mit Max, unserem irischen Setter, noch eine Runde drehen und dann sollte das Christkind kommen. Es war schon ziemlich dunkel inzwischen. Auf dem Rückweg durch den Park, keine fünfzig Meter von unserer Haustür, sah ich einen Mann auf einer Bank liegen. Neben ihm stand eine beinahe leere Flasche schottischer Whisky. Der Mann war noch keine dreißig. Die Sachen, die er trug, waren ordentlich, aber für die Witterung viel zu dünn. Er schlief fest; der Whisky hatte ihm offensichtlich zugesetzt.«

Opa nahm sich ein Schokoladenplätzchen. Alex und Irene warfen sich fragende Blicke zu. Ob der alte Mann nun endlich zum Punkt kommen würde?

»Wenn der Betrunkene auf der Bank liegen bliebe«, fuhr Opa fort, »würde er sich eine Lungenentzündung holen oder womöglich erfrieren, überlegte ich. Man musste wohl die Polizei verständigen. Als ich die Straße zu unserem Haus überqueren wollte, fuhr gerade ein Notarztwagen vorbei. Ohne Blaulicht, mit mäßigem Tempo. Wie das Leben so spielt. Ich winkte wild mit den Armen, zwei Männer in weißen Kitteln stiegen aus, ich führte sie zu dem Betrunkenen. Kurz darauf transportierten sie den Mann ins Krankenhaus.«

»Und seither trinkst du immer Whisky zu Weihnachten?«, fragte Alex ungläubig.

Opa lächelte nachsichtig. »Damals noch nicht«, sagte er. »Die Geschichte geht aber noch weiter. Der junge Mann, er hieß übrigens Mathias, erkundigte sich einige Tage später, wer ihn auf der Bank gefunden habe. Er rief bei uns an und gestand uns, dass er sich am Heiligen Abend sehr unglücklich gefühlt hatte. Er war aber froh, dass er am Leben geblieben war, und es ging ihm auch wieder viel besser. Eure Oma und ich luden ihn in den folgenden Monaten mehrmals zu uns ein. Mathias machte Andeutungen über eine unglückliche Liebe und erzählte von seiner verkrachten Schulkarriere. Aber dann besuchte er eine Abendschule und begann eine Ausbildung zum Elektriker.

Als es wieder auf Weihnachten zuging, brachte er eine Flasche Whisky mit und sagte, er sei gekommen, um sich zu verabschieden, weil er nun für ein Jahr nach Amerika gehen werde. Wir wollten mit ihm auf seine Zukunft anstoßen, aber er sagte, er trinke keinen Tropfen Alkohol mehr. Wir haben noch ein paarmal von ihm gehört, dann ist der Kontakt abgerissen. Er ist wohl in den Staaten geblieben.«

Die meisten Kerzen am Christbaum waren inzwischen heruntergebrannt und Frank schaltete die Stehlampe an.

»Und seither trinkst du jedes Weihnachtsfest Whisky.« Dieses Mal war es eine abschließende Feststellung und sie kam von Irene, die sich wieder ihrem Geschenk zuwandte.

Unerwartet hob Opa aber noch einmal an: »Ja, richtig. Seitdem genehmige ich mir immer ein Gläschen Whisky zu Weihnachten. Mal amerikanischen, mal schottischen. Lieber schottischen. Als eure Oma noch lebte, trank sie immer einen Schluck mit. Allerdings …«

Er zögerte und die anderen blickten auf.

»Und? Gibt es noch was?«, forschte sein Schwiegersohn.

»Ein einziger Punkt ist irgendwie komisch«, bemerkte Opa Karl.

»Und zwar?«, fragte Alex.

»Nun«, fuhr der alte Mann fast widerwillig fort, »wie ich schon sagte, war auf der Bank neben dem jungen Mann eine weitgehend geleerte Flasche schottischer Whisky gestanden. Komischerweise handelte es sich dabei um dieselbe Sorte wie die, die wir im Keller hatten. Es war ein hervorragender Tropfen, den uns ein schottisches Au-pair-Mädchen mitgebracht hatte.«

»Na und?«, entfuhr es Irene.

»Tja, als ich die Flasche, die noch fast voll gewesen war, einige Tage später für einen Besuch aus dem Keller holen wollte, war sie nicht mehr da.«

Alex setzte sich auf: »Du meinst also, dass … dass dieser Mathias bei euch den Whisky … dass er also bei euch eingebrochen hatte und den Whisky …?«

Opa lächelte. »Schaust du immer noch so viele Krimis?«, fragte er seinen Enkel mit leisem Spott. Dann aber sagte er mit Nachdruck: »Ich glaube nicht, dass er ihn bei uns gestohlen hat. Ich halte das sogar schlichtweg für unmöglich. Aber die Sache war trotzdem eigenartig. Eure Oma und ich beschlossen, nicht mehr davon zu sprechen, weil es einfach keine Erklärung gab.«

Mit den Worten »So, jetzt habe ich die Angelegenheit doch einmal erzählt«, genehmigte Opa Karl sich noch einen Schluck aus seinem nahezu leeren Glas.

Die letzten Kerzen am Christbaum flackerten und verloschten. Irene gähnte und Papa rieb sich die Augen.

Mama blickte vor sich auf die Tischdecke. »Wahrscheinlich könnte ich erklären, wie unser Whisky damals zu der Parkbank gekommen ist«, sagte sie langsam.

Vier Augenpaare blickten sie ungläubig an. »Du wirst doch nicht behaupten …?«, fragte Papa verwundert und Alex bemerkte, dass spektakuläre Fälle heute mittels Genanalyse noch nach Jahrzehnten sicher aufgeklärt werden könnten.

Aber Mama begann schon: »An das schottische Au-pair-Mädchen, das den Whisky mitgebracht hat, erinnere ich mich noch gut, obwohl ich damals erst fünf gewesen sein kann. Sie hieß Gwendolyn und war fröhlich und sommersprossig und rotblond. Sie brachte mir ›Humpty Dumpty sat on a wall‹ und andere Kinderreime bei. Sie kam aus einem Ort, in dem ein berühmter Whisky gebrannt wurde, und sie erzählte, dass bei dieser Prozedur immer ein Teil für die Engel übrig gelassen wird. Jedenfalls habe ich es als Kind so verstanden.«

»Das ist vollkommen korrekt, Veronika!«, rief Opa überrascht. »Während der Whisky in den alten Eichenfässern reift, verdunstet ein kleiner Teil. Die Schotten nennen ihn *angel's share*, den Anteil für den Engel.«

»Die Geschichte hatte sich mir jedenfalls eingeprägt«, fuhr Mama fort. »Einige Zeit später, Gwendolyn muss schon wieder zurück in Schottland gewesen sein, starb Monika.« Mama sah ihren Vater an. »Vielleicht habt ihr es nicht so gemerkt: Aber auch ich war enttäuscht und unglücklich, als mein Schwesterchen, auf das ich mich so gefreut hatte, kurz nach der Geburt starb. Man sagte mir zum Trost, dass es nun als kleiner Engel Monika im Himmel wohne. Diesen kleinen Engel habe ich im Traum oft gesehen, und selbst wenn ich wach war, ist er manchmal an mir vorbeigeflattert.«

Mama strich ein Geschenkpapier glatt und faltete es sorgfältig zusammen. Ein Lächeln flog über ihr Gesicht, als sie sagte: »Gelegentlich machte ich Monika kleine Geschenke.

Ich legte ihr ein Bonbon aufs Fensterbrett oder setzte ein kleines Püppchen auf die Bank vors Haus. Manche Geschenke verschwanden, manche nicht.«

Mama machte eine Pause und dachte nach. Plötzlich schüttelte sie den Kopf und lachte. »Ja, ich seh's wieder ganz deutlich vor mir: Zu Weihnachten wollte ich dem kleinen Engel eine besondere Freude machen. Gwendolyns Geschichte war mir immer gegenwärtig. Ich holte Papas Whisky aus dem Keller und stellte die Flasche in den Vorgarten. Als sie am nächsten Morgen verschwunden war, freute ich mich, dass mein kleines Geschwister-Engelchen sein Geschenk abgeholt hatte.«

Eine Pause trat ein, in der alle durchatmeten.

»In Wirklichkeit hat sich der liebeskranke Mathias den Inhalt reingezogen«, konstatierte Irene schließlich.

»Und wäre daran fast gestorben«, fügte Papa nachdenklich hinzu.

»Das ist doch unglaublich«, sagte Opa bloß und schüttelte den Kopf. »Das ist ja fast unglaublich.«

Später am Abend las man noch die Weihnachtspost. Unter den vielen bunten Karten war auch eine an Opa: aus Portland, Oregon, von einem Mathew Neubauer. Dreißig Jahre sei er nun glücklich verheiratet, schrieb der Mann, und das wolle er zum Anlass nehmen, endlich einmal wieder ein Lebenszeichen zu senden. Er hoffe, es gehe der lieben Familie in Deutschland gut. Er selbst habe drei Kinder und zwei Enkel und alle kämen über Weihnachten nach Hause zu ihm und seiner Frau und sie würden ein bisschen so feiern wie im alten Deutschland, denn das mochten seine Angehörigen auch.

Opa tupfte sich mit dem Taschentuch die Augen und steckte die Karte zurück ins Kuvert.

»Wahrscheinlich«, flüsterte Irene ihrer Mama beim Gute-Nacht-Kuss ins Ohr, »hat irgend so ein Engel doch von dem

Whisky etwas abbekommen und sich dafür erkenntlich gezeigt.«

»Ja«, sagte Mama, »den Eindruck habe ich auch. Nur muss man den Engeln anscheinend Zeit lassen.«

CHRISTINE GRÄN

Oh Maria

»Jesus«, sagt Maria, als sie von dem Kind hört.

Das »Ungeborene« in der Sprache der Ärztin. Schwanger im zweiten Monat: Maria hat es wohl geahnt, gefürchtet, doch mit stoischem Optimismus verdrängt. Gebetet hat sie, doch Gott hat nicht zugehört, verständlich im theologischen Sinn, doch trotzdem grausam. *Schwanger*. Das Wort hat eine Wucht, die sie sprachlos macht.

»Das Kind hat doch wohl einen Vater?«, fragt die Ärztin in Marias entgleistes Gesicht. In Altötting ist das eine politisch korrekte Frage. Bayerische Provinz, katholisch und ledigen Müttern eher abgeneigt.

»Zwei«, antwortet Maria spontan und wahrheitsgemäß. Natürlich kann nur einer von beiden der Vater sein, aber WER, das ist die Frage der Stunde. Joseph, das ist ihr Mann, wäre die bessere Lösung. Die ehrbare. Andererseits ist viel wahrscheinlicher, dass das Kind von Goodfried Ephrahim Kensabundo ist. Marias Liebhaber. Der Mann mit dem komplizierten Namen und dem wunderschönen Körper. Er kommt aus Zimbabwe und fährt Taxi in Altötting. Anerkannter Asylant, zumindest auf Zeit. Maria nennt ihn »Good«, weil in dieser Liebschaft zum Reden wenig Zeit ist.

»Zwei Väter sind einer zu viel«, sagt die Ärztin, und ihre Stimme klingt ein wenig streng. »Ich sag Ihnen besser gleich, dass ich für eine Schwangerschaftsunterbrechung nicht zur Verfügung stehe.«

So weit hat Maria noch gar nicht gedacht, und sie hätte bestimmt nicht zu fragen gewagt. Sie dreht an ihrem Ehering und denkt, dass Joseph sich wahrscheinlich freuen wird über die Nachricht. Zumindest bis zum Zeitpunkt der Geburt. Weil das Kind ja nicht unbedingt hellhäutig sein muss, rothaarig und sommersprossig wie die Mutter – oder weizenblond wie Joseph. Ein milchschokoladenfarbenes Kind? Oder so dunkel wie Good?

»Die Geburt wäre so um Weihnachten«, erklärt die Ärztin und denkt, dass manche Frauen für die Mutterschaft einfach nicht reif sind. Diese hier beginnt jetzt hysterisch zu lachen, kann gar nicht mehr aufhören und endet in einem grandiosen Schluckauf. »Ein Christkind, hicks, das hat mir gerade noch gefehlt.«

»Jede Geburt ist ein Wunder«, sagt die Ärztin, das sagt sie immer, und Maria nickt demütig, während sie die Luft anhält und denkt, dass sie jetzt einfach nie mehr Luft holen sollte, dann wären all ihre Probleme auf einen Schlag gelöst.

Doch so leicht stirbt es sich nicht, auch wenn sie mit dem Fahrrad wie ein Kamikaze-Pilot unterwegs ist. Die Altöttinger Wagenlenker wissen darum und weichen weiträumig aus, wenn sie auf den Straßen auftaucht. Eine lässliche Sünde, aber was werden sie sagen, wenn Josephs Frau mit einem kleinen Afrikaner aufwartet? Wie ein Lauffeuer wird sich die Botschaft verbreiten, und der Klatsch wird das Kind aufs Kreuz nageln.

Maria weint ein bisschen über die gesegneten Umstände, und der Fahrtwind trocknet ihre Tränen.

Sie fährt »Zum »Stall«, so heißt die Gastwirtschaft, die sie und Joseph seit einem Jahr betreiben. Er kocht, und sie bedient die Gäste, und sie könnten vom Geschäft leben, wenn nicht die Schulden wären von früher, als sie noch den kleinen Bauernhof besaßen und sich in Bio-Landwirtschaft versuchten, was mit dem Bankrott endete, einem Berg von Schulden, größer als der Misthaufen hinter dem Haus. Jedesmal, wenn Maria an der Bank vorbeifährt, kriegt sie einen höllischen

Zorn. Auf sich und Joseph und den Bankdirektor, den sie im Gasthof auch noch freundlich bedienen muss.

»Wenn wir uns noch zwei Jahre ranhalten, sind wir aus dem Gröbsten raus«, sagt Joseph immer – und Maria denkt immer, dass sie schon seit sieben Jahren schuftet wie ein Tier, erst auf dem Hof und jetzt im »Stall«, der jeden Abend voll ist und an Wochenenden überfüllt. Weil Joseph begnadet kocht, darauf hätte er früher kommen können, und sie hätten sich die Bio-Pleite erspart. Als Bauer war er eine Katastrophe, zwei linke Hände und der Geschäftssinn einer Wühlmaus. Maria führt den Laden, kauft ein, kalkuliert und bedient, denn Personal können sie sich auf absehbare Zeit nicht leisten.

Ein Kind eigentlich auch nicht, denkt Maria, und dass das Leben eine Geisterbahnfahrt der schicksalhaften Art ist. Schulden und schwanger, das wäre schon eine unheilige Allianz, wenn nicht noch die Vaterschaftsfrage hinzukäme. Mein Gott, sie wollte ja nur ein bisschen Spaß haben. Immer nur arbeiten und Leute bedienen, und wenn sie um Mitternacht zusperren, ist Joseph zu müde für alles. Sex findet immer nur montags statt, da ist Ruhetag. Da muss sie die Wohnung putzen, waschen, bügeln und sich ehelich hinlegen. Spannend ist das nicht, eher wie aufgewärmter Sonntagsbraten, schnell aus der Mikrowelle serviert. Mit Good ist es ganz anders, feuriges Gulasch im Vergleich, ein Gericht, das Joseph nur auf dem Herd zaubern kann.

Zwei linke Hände hat er, der Joseph, doch er ist ein lieber Mann, gütig und rücksichtsvoll, und Maria wünscht sich keinen anderen. Good ist halt einfach passiert, einmal, zweimal … und noch ein paar Male. Sie schleicht sich manchmal aus dem Haus, nachts, wenn Joseph schläft, seinen gerechten, tiefen Schlaf, und sie fahren mit dem Taxi in den Wald und haben einfach nur herrlichen, heimlichen Sex. Das bringt Aufregung in Marias Leben, lässt ihre Augen leuchten und ihre Wangen strahlen. Zur Kirche geht sie nicht mehr, wegen der Schuldgefühle. Doch Gott lässt sich nicht so leicht betrügen wie der Ehemann. Nur weil sie einmal die Pille vergessen hat, beschert er ihr den gesegneten Leib. Von oben betrachtet, mag das eine milde Strafe sein, doch im Irdischen ist es eine ziemliche Katastrophe.

Man hat immer die Wahl. Für oder gegen das Kind, für oder gegen die Wahrheit, weil die Sache mit der unbefleckten Empfängnis selbst in Altötting nicht zweimal geglaubt wird. Maria denkt eine Weile darüber nach und entscheidet sich für ... die halbe Wahrheit – oder die doppelte in ihrem Fall.

Sie erzählt Joseph von dem Baby, Good später auch, und beide glauben an ihre Vaterschaft, die Freuden und finanziellen Leiden, die damit einhergehen, doch sie stellen Marias Entschluss, das Kind auszutragen, nicht in Frage. Gute Männer sind es, jeder auf seine Art. Marias Bauch wächst mit ihren Träumen, jedem das Seine zu geben und damit durchzukommen.

Der Sommer zieht ins Land und geht in den Herbst über, ihr Körper rundet sich, und die Ärztin teilt ihr mit, dass es ein Junge wird. Auf dem Ultraschall-Bild kann Maria das sehen, aber das Bild ist schwarz-weiß und beantwortet ihre zweite, drängende Frage nicht. Ich müsste es fühlen, denkt Maria, doch der Bauch ist farbenblind, und wenn sie das Ungeborene fragt, tritt es nur mit den Füßen. Böse Mütter kommen in die Hölle, und wenn Maria dem Pfarrer seinen Schweinsbraten serviert, schlägt sie die Augen schamvoll nieder. Seine Scherze über eine Geburt am Heiligen Abend kann sie auch nicht mehr hören. Maria, Joseph und der Stall, das mag ja alles sehr lustig sein, aber wer außer Good ahnt, dass diese Geschichte noch einen kleinen Haken hat?

Marias Beine werden schwerer, sie kann nicht mehr so schnell laufen zwischen Küche und Gastraum, und es ist Good, der den Vorschlag macht, dass er zusätzlich zum Taxifahren im »Stall« aushelfen könnte, um die Schwangere zu entlasten. Weil seine Lohnforderungen bescheiden sind, ist Joseph hocherfreut, und so hat Maria ihre beiden Männer, die Väter, sechs Tage die Woche um sich, kann sich ab und an ausruhen und findet diesen Zustand beinahe paradiesisch. Sie verstehen sich gut, und wenn Joseph ahnungslos ist, so fehlt Good jede Eifersucht. Für ihn ist das Leben ein Spaß und er weigert sich, über den Tag hinaus zu denken.

Doch die Blätter fallen, die Nächte werden kürzer und ihr Bauch immer dicker. Der Augenblick der Wahrheit kommt mit dem ersten Schnee. Maria hat Weihnachten immer geliebt, den Duft nach Zimt und Nelken, die hellen Lichter in

weißer Landschaft, das Schmücken des Baums, die Familienessen und den Besuch der Mitternachtsmesse.

Doch dieses Mal wird alles anders sein. Sie werden den »Stall« schließen an den Feiertagen, Maria wird sich ins Krankenhaus begeben, unter Schmerzen gebären und ... dem Schicksal ins Auge sehen. Dann wird sie es wissen – und alle anderen in Altötting, weil sich skandalöse Nachrichten hier schneller verbreiten als im Internet.

Dass die Wehen am frühen Abend des 24. Dezember einsetzen, hat sie beinahe erwartet. Jede Geburt ist ein Wunder. Maria glaubt daran. Und dass sie ihr Kind lieben wird, ganz egal, wie es aussieht und was die anderen sagen. Joseph packt ihre Sachen, und Maria nimmt die Schmerzen an als Strafe für ihre Sünden. Jetzt wäre eine gute Gelegenheit, Joseph zu beichten, doch sie bringt es nicht fertig, weil er ohnehin vor Aufregung zittert.

Good fährt das Taxi zum Krankenhaus. Er pfeift ein Weihnachtslied, o du Fröhliche, für ihn ist alles nur der Augenblick, ein Lidschlag des Glücks, und dass Frauen unter Schmerzen gebären, ist so normal wie der Sonnenaufgang, Hitze und Regen, während der Schnee eine deutsche Anomalität ist, die seine Fahrkunst erheblich beeinträchtigt.

Joseph hält Maria fest, während der Wagen über die glatte Straße schlittert. Sie ist fast menschenleer, weil sie alle schon in ihren Häusern sind, bei ihren Familien, hinter geschlossenen Fenstern, die mit bunten Lichterketten geschmückt sind. Es schneit nasse, dicke Flocken, und Good fährt zu schnell. Die Abstände zwischen den Wehen verkürzen sich.

»Bist narrisch«, schreit Joseph, und Maria sieht in ein helles Licht. Keine Weihnachtsdekoration, sondern die Scheinwerfer eines Wagens, der auf sie zukommt. Ganz automatisch legt sie ihre Hände schützend über den Bauch, und sie spürt Josephs Hände, die über ihre greifen ... dann hört sie den Knall, ein furchtbar lautes Geräusch ... und dann nichts mehr ...

Als Maria aufwacht, hört sie die Glocken, die zur Mitternachtsmesse rufen. Sie hängt am Tropf, doch sie lebt noch, das ist ein Wunder. Und als sie die Augen aufschlägt, sagt ein Mann im weißen Kittel: »Frohe Weihnachten, Sie Glückskind!«

Der Unfall! Das Baby! Maria sieht den Arzt an und flüstert: »Lebt es? Ich nehme alles, ganz egal, welche Farbe.«

Die Schwester legt ihr ein Bündel in die Arme. Das Wesen ist … rot. Eher rotbraun, mit schwarzen, gekräuselten Haaren. »Ich liebe dich«, flüstert Maria zu ihrem Sündenfall, und jetzt tauchen Joseph und Good auf, der eine mit verbundenem Arm, der andere mit Kopfverband. Sie strahlen beide, und, den Arzt dazu gerechnet, könnten es die Heiligen Drei Könige sein. Denkt Maria, die auf ihr wunderschönes Kind schaut und dann auf Joseph, der ganz eindeutig nicht der Vater ist.

Er hat es die ganze Zeit über gewusst, das weiß sie jetzt, und dass sein Herz noch viel größer ist, als sie dachte. Sie schämt sich schon, doch die Freude breitet sich aus wie die Fliegen im Sommer, und in Josephs Gesicht erkennt sie, dass er vergeben hat.

»Good wird eine Weile bei uns bleiben«, sagt er. »Das Taxi ist sowieso hinüber, und du musst dich erst einmal um unseren Sohn kümmern.«

»Wir könnten ihn Jesus nennen, nach meinem Vater«, sagt Good, aber Sepp schüttelt sanft den Kopf. »Das geht zu weit, mein Lieber. Joseph heißt er, dann hat er wenigstens etwas von mir.«

»Sie werden sich das Maul zerreißen«, flüstert Maria, doch die Väter lächeln darüber. Das Kind schreit. Die Glocken läuten. Ein Wunder ist geschehen in dieser Nacht.

Die Autoren

Friedrich Ani, 1959 in Kochel geb., lebt in München. Schreibt Kriminalromane (u. a. *Hinter blinden Fenstern*, *Wer lebt, stirbt*), Drehbücher (z. B. für *Tatort*), Jugendbücher (zuletzt *Meine total wahren und überhaupt nicht peinlichen Memoiren mit genau elfeinhalb*), Erzählungen und Lyrik. U. a. Literaturförderpreis der Stadt München, 1994, Staatlicher Förderpreis des Bayerischen Kultusministeriums, 1997, Deutscher Krimipreis, 2002, 2003, Tukan-Preis, 2006.
In den stillen Nächten, Erstveröffentlichung

Dietmar Bittrich, 1958 in Triest geb., lebt in Hamburg. Werkauswahl: Das Gummibärchen Orakel, 1996, Böse Sprüche für jeden Tag, 2003, Das Weihnachtshasser-Buch, 2005, Achtung, Gutmenschen, 2006, Altersglück, 2007, Böse Sterne, 2008. Hamburger Satirikerpreis, 1999.
Im Weihnachtsmärchen, Rechte beim Autor

Barbara Bronnen, 1938 in Berlin geb., lebt seit 1957 als freie Autorin in München. Werkauswahl: *Die Tochter*, 1980, *Das Monokel*, 2000, *Du brauchst viele Jahre, um jung zu werden*, 2005, *Am Ende ein Anfang*, 2006, *Fliegen mit gestutzten Flügeln*, 2007, *Liebe bis in den Tod*, 2008. Tukan-Preis, 1981, Ernst-Hoferichter-Preis, 1990.
Der Planet der Karpfen, Erstveröffentlichung

Volker Derlath, geb. 1960, lebt in München. Fotograf, bekannt als Bildjournalist, Straßen- und Theaterfotograf mit Blick für das Außergewöhnliche, oft Skurrile. Veröffentlicht in zahlreichen Zeitungen, Zeitschriften, Büchern – u. a. *Leiden schafft Passionen*, 2000, *Lustopfer*, 2001. Schwabinger Kunstpreis, 1997, Sonderpreis Pressefoto Bayern, 2002.

Ulrike Draesner, 1962 in München geb., lebt in Berlin. Promotion in Germanistik. Gedichte (u. a. *gedächtnisschleifen*, 1995, *kugelblitz*, 2005, *berührte orte*, 2008), Romane (u. a. *Mitgift*, 2002, *Spiele*, 2005) und Erzählungen (z. B. *Hot Dogs*, 2004), Essays (*Schöne Frauen lesen*, 2007), Übersetzungen und Hörspiele. Poetikvorlesungen, zuletzt in Mainz. U. a. Bayerischer Staatsförderpreis für Literatur, 1997, Hölderlin-Förderpreis, 2001, Preis der Literaturhäuser, 2002.
Christbaum nr. 3, Rechte bei der Autorin

Monika Endres-Stamm, 1950 bei Biberach geb., lebt am Starnberger See. Studium der Anglistik, Amerikanistik, Germanistik und Philosophie in Heidelberg und Brandeis/Boston, USA. Hörfunkarbeiten, (WDR-Zeitzeichen; HR), Koautorin von *Töchter des halben Himmels*, 2000 sowie bei dem *Visuellen Tagebuch* der Foto-Künstlerin Xiao Hui Wang, 2006. Lyrikveröffentlichungen in Anthologien.
Es ist ein Ros entsprungen, Erstveröffentlichung

Bettina Goldner, 1950 in München geb., lebt in Ebersberg bei München. Wissenschaftsjournalistin. Daneben belletristische Arbeiten, Kurzkrimis. *Umweltfreundlich vegetarisch*, 2009, – ein Kochbuch zum Klimaschutz.
Der Anteil des Engels, Erstveröffentlichung

Wolfgang Görl, geb. 1954 in München. Studium der Germanistik und Philosophie. Als Reporter, Kolumnist und Streiflicht-Autor tätig in der Münchner Zentrale der *Süddeutschen Zeitung*. Bücher: *Der Prinzregent, die Schöne und das Bier. Münchner Umtriebe*, 2005, *München, die Geschichte einer Stadt* (Koautor), 2008.
Die Erfindung des Weihnachtsbaums, Erstveröffentlichung

Norbert Göttler, geb. 1959 in Dachau, freischaffender Publizist, Schriftsteller, Fernsehregisseur sowie Lehrbeauftragter für Publizistik und Kreatives Schreiben an der Hochschule für Philosophie, München. Publiziert Sachbücher (zuletzt *Der Blaue Reiter*; *Nach der Stunde Null. Stadt und Landkreis Dachau 1945–49*) und Belletristik (u. a. *Versuche des Sisyphos. Lyrik und Kurzprosa*; *Roter Frühling. Roman der Räterepublik*). Bundesverdienstkreuz, 2004.
Nachtfahrt, Erstveröffentlichung

Christine Grän, 1952 in Graz geb., lebt seit 1999 als freie Autorin in München. Bekannt geworden durch ihre Anna-Marx-Krimis, die auch verfilmt wurden. Bücher u. a. *Dame sticht Bube*, 1996, *Die Hochstaplerin*, 1998, *Die drei Leben der Anna Marx*, 2000, *Villa Freud*, 2002, *Feuer bitte*, 2006, *Heldensterben*, 2008.
Oh Maria, Erstveröffentlichung

Alfred Gulden, 1944 in Saarlouis geb., Schriftsteller, Filmer, Drehbuch- und Hörspielautor. Gedichte, Mundartlieder, Essays, Erzählungen, Theaterstücke, u. a. *Dieses. Kleine. Land.*, Romane, u. a. *Greyhound*, 1982, *Ohnehaus*, 1991, *Zwischen Welt und Winkel*, 2004, *Frau am Fenster und andere Geschichten*, 2005. Staatlicher Förderpreis für Literatur 1982, Deutsch-französischer Journalistenpreis, 1983, Chevalier de l'Ordre des Arts et des Lettres, 1999.
Hinterm Mond, Erstveröffentlichung

Sarah Hakenberg, geb. 1978, wohnte in Köln, München, Dijon, Berlin und lebt seit 2008 in Strasbourg. Sie studierte Theaterwissenschaften und Philosophie, las ihre Kurzgeschichten regelmäßig auf Poetry Slams und auf den Berliner Lesebühnen. Seit 2005 tourt sie mit ihrem Literarischen Kabarett durch ganz Deutschland. Im Frühjahr 2010 erscheint der erste Kurzgeschichtenband: *Knut, Heinz, Schorsch und die anderen*.
Der Koffer, Erstveröffentlichung

Gert Heidenreich, geb. 1944 in Eberswalde, lebt als Schriftsteller und Sprecher bei München. 1991–1995 Präsident des deutschen P.E.N., Mitglied der Bayerischen Akademie der Schönen Künste. Sein literarisches Werk umfasst Romane, Theaterstücke, Essays und Lyrikbände, zuletzt erschienen seine Romane *Die Steinesammlerin von Etretat*, *Im Dunkel der Zeit*, *Die Nacht der Händler* und zuletzt *Das Fest der Fliegen*, 2009, sowie die Komödie *Brauchen wir Kafka?* U. a. Adolf-Grimme-Preis und Marieluise-Fleißer-Preis.
Das Wunder der Sprinklaschmeeßer, Rechte beim Autor

Gisela Heidenreich, 1943 in Oslo geb., in Bad Tölz und München aufgewachsen, lebt bei München. Studium der Pädagogik, Sonderpädagogik, Psychologie, und Montessori-Pädagogik, Paar- u. Familientherapie, Mediation und Supervisorin in freier Praxis, Autorin. Fachartikel und Übersetzungen aus dem Englischen seit 1976. *Das endlose Jahr*, 2002, *Das Schweigen der Mütter*, in: *Vatersuche*, 2004, *Lebensbornkindheit als Beispiel geraubter Kindheiten*, in: *Kindheiten im Zweiten Weltkrieg*, 2006, *Sieben Jahre Ewigkeit – Eine deutsche Liebe*, 2007.
Kein Lametta, Erstveröffentlichung

Marianne Hofmann, 1938 in Niederbayern geb., lebt in München. Studium der Religions-und Sozialpädagogik, Erzählungen in Zeitungen und beim Bayerischen Rundfunk. *Es glühen die Menschen, die Pferde, das Heu*, Roman, 1997.
Fuchsspuren im Schnee, aus: *Der Klang des Wassers*, Gedichte, edition lichtung, 2007.

Robert Hültner, geb. 1950, lebt als Autor von Kriminal- und historischen Romanen, Theaterstücken und Drehbüchern in München und Südfrankreich. Theaterstücke u.a.: *Schikaneder*, *Marseillaise*, *Der Leutnant von A.*, Romane: *Der Hüter der köstlichen Dinge*, 2001, *Der Sommer der Gaukler*, 2005, *Inspektor Kajetan und die Betrüger*, 2006.
Sammeln Sie die Herzen?, Erstveröffentlichung

Tanja Kinkel, 1969 in Bamberg geb., lebt in München. Erzählungen, Romane mit Schwerpunkt auf historischen Romanporträts. U. a. *Die Löwin von Aquitanien*, 1991, *Die Puppenspieler*, 1993, *Mondlaub*, 1995, *Unter dem Zwillingsstern*, 1998, *Die Söhne der Wölfin*, 2001, *Götterdämmerung*, 2003, *Venus-Wurf*, 2006, *Säulen der Ewigkeit*, 2008. Bayer. Staatsförder-Preis, 1992, Stip. in Rom und L.A.
Gestern und heute, Erstveröffentlichung

Jaromir Konecny, 1959 in Prag geb., deutscher Schriftsteller und Naturwissenschaftler, lebt in München. Festes Mitglied der Lesebühne Schwabinger Schaumschläger Show. Buchveröffentlichungen u. a. *Zurück nach Europa*, 1996, *Slam Stories*, 1998, *Hip und Hop und Trauermarsch*, 2006, *Doktorspiele*, 2009.
Die Buchbalz, Erstveröffentlichung

Walter Richard Korn, geb. 1963, lebt als Bildredakteur (SZ) in München.
Weihnachten im Paradies – eine wahre Geschichte, Erstveröffentlichung

Franz Kotteder, geb. 1963, lebt in München. Seit 1991 Redakteur bei der SZ. Autor vorwiegend politischer Sachbücher, u. a.: *Mobilfunk. Ein Freilandversuch am Menschen*, 2003, *Die Billig-Lüge*, 2005, *München und Umgebung für Münchner*, 2007.
Ich war der Kaufhaus-Nikolaus, Erstveröffentlichung

Armin Kratzert, 1957 in Augsburg geb., lebt als Schriftsteller, Kritiker, Journalist, Fernsehredakteur, Ausstellungskurator (u. a. Kafkas Welt, Literaturhaus München, 2008) in München. Buchveröffentlichungen: u. a. *Playboy*, 2004, *Hawaii*, 2005, *Magnolia*, 2008. Preis LiteraVision 2003.
Serviervorschlag, Erstveröffentlichung

Verena Krebs, geb. 1978 in München, studierte Kommunikationswissenschaft und Kulturjournalismus, arbeitet als freie Journalistin, u. a. für die Süddeutsche Zeitung, sowie als Drehbuchautorin. Aufenthalt in New York als Stipendiatin des American Council on Germany. Veröffentlichung von Erzählungen in Anthologien und Zeitschriften.
Der Weihnachtsbesuch, Erstveröffentlichung

Else Lasker-Schüler, (1869 – 1945) vor allem als Lyrikerin eine der bedeutendsten deutschsprachigen Stimmen ihrer Zeit – 1932 mit dem Kleist-Preis ausgezeichnet, emigrierte sie 1933 vor den Nachstellungen durch das Nazi-Regime.
Nur die Liebe, zitiert aus: *Der Weihnachtsbaum*, dem Programmheft des Schauspielhauses Zürich (zu *Arthur Aronymus*) entnommen, in: *Pariser Tageszeitung* vom 22. 12. 1936 (Nr.201, S.4)

Johannes Mayrhofer, 1942 in Immenstadt geb., lebt bei München. Studium an der Akademie der Bildenden Künste München, Kunstpädagoge, Maler und Illustrator.

Ursula Meisinger-Reiter, 1947 geb. in Erlangen, lebt seit 1968 in München. Arbeitet in der Abteilung Presse- und Öffentlichkeitsarbeit der Bayerischen Krebsgesellschaft sowie für Refugio. Gelernte Fotografin. Schreibt Geschichten und Gedichte. Ihr Buch *Die Löwin und der Fisch* wurde ins Spanische übersetzt sowie als Hörbuchversion aufgelegt.
Is' doch Weihnachten, Erstveröffentlichung

Fabienne Pakleppa, 1950 in Lausanne geb., seit 1972 in Deutschland, wohnt in München. Übersetzerin, Lektorin, Publizistin. Veröffentlichte Erzählungen und Romane, u. a. *Die Birke*, 1999, *Mein unverschämter Liebhaber*, 2000, *LustOpfer*, 2002. Literaturstipendium der Stadt München, 1991, Gratwanderpreis, 1997, Ernst-Hoferichter-Preis, 2001.
Mein Weihnachtsmann, Erstveröffentlichung

Janosch D. Pannenbäcker, Selbstporträt: Bin 71 Jahre alt, Chirurg im Ruhestand, habe in München studiert und an einer der städtischen Kliniken gearbeitet. Seit Ende meiner aktiven Zeit beschäftige ich mich mit meinem Hündchen, mit Segeln auf dem Chiemsee, Musik (passiv) und Literatur sowie Kochen.
Gans »blau«, Erstveröffentlichung

Maria Peschek, 1953 bei Landshut geb., lebt in Bayern. Seit 1986 Kabarettistin mit eigenen Texten: *Ja wo samma denn*, 1988, *Öha! Online in die bayrische Seele*, 1999, *Von wegen, nur in Bayern*, 2003. Paula-Pirschl-Glossen beim BR. Theaterstücke: *Entschuldigung*, 2004, *Flieh mit mir*, 2005, *Marsch, vorwärts, ins Theater*, 2007. Ernst-Hoferichter-Preis, 1999. Münchner Kabarettpreis, 2009.
Ein braves Kind, Erstveröffentlichung

Brigitta Rambeck, 1942 geb., lebt in München. Literaturwissenschaftlerin, Malerin, Publizistin. Werkauswahl: *Henri Bosco*, 1973, *Schwabing, ein abenteuerlicher Weltteil*, 1980, Hrsg. u. a.: *Manche mögen's weihnachtlich*, 2007. Deutsche Adaptation von: *Mein visuelles Tagebuch* (Xiao Hui Wang), 2006. Meisterschule Hinterglasmalerei, 1993. Schwabinger Kunstpreis, 2005.
Shanghai Christmas, Erstveröffentlichung

Anatol Regnier, 1945 in St. Heinrich geb., lebt als freier Schriftsteller, Rezitator, Chansonsänger und Gitarrist in München und Ambach. Kurzgeschichten, (Roman-)Biografien. *Damals in Bolechów*, 1997, *Du auf deinem höchsten Dach* (Biografie seiner Großmutter Tilly Wedekind), 2003. *Frank Wedekind – Eine Männertragödie*, 2008. Ernst-Hoferichter-Preis, 2005.
Barbaras Geschenk, Erstveröffentlichung

Michael Sailer, 1963 in München geb., lebt in Schwabing, wo er im »Vereinsheim« regelmäßig als einer der »Schaumschläger« auftritt. Veröffentlichte zwei Bände Schwabinger Krawall, hervorgegangen aus Glossen bei der TAZ. Schwabinger Kunstpreis, 2006, Literaturstipendium der LHS München. Roman (derzeit erst online veröffentlicht): *Die Verrückten stehen in der Sonne*.
Schwabinger Krawall: Stille Nacht, Rechte beim Autor

Hardy Scharf, 1939 in Petersweiler geb., lebt als Autor satirischer Texte und Kabarettist in München. Schreibt für Zeitungen, Rundfunk und Fernsehen. Gedichte und Erzählungen in Anthologien. Bücher: *Spötterspeise und Konfekt*, 1979, *Sei lachsam*, 1994, *Nie wieder Stau*, 2000, *Ich kitzelte ein Krokodil*, 2009.
Weihnachten heute, Erstveröffentlichung

Asta Scheib, 1939 in Bergneustadt geb., lebt in München. Veröffentlichte Essays, Romane, Biografien, Kurzgeschichten, u. a.: *Angst vor der Angst*, 1974, *Beschütz mein Herz vor Liebe*, 1992, *Eine Zierde in ihrem Haus*, 1998, *Sei froh, dass du lebst*, 2001, *Jeder Mensch ist ein Kunstwerk*, 2006, *Frost und Sonne*, 2007, *Das Schönste, was ich sah*, 2009. Ernst-Hoferichter-Preis, 1993, Bundesverdienstkreuz, 1998, Bayerischer Verdienstorden, 2000, Pro meritis scientiae et litterarum, 2003.
Heiligabend am Comer See, Erstveröffentlichung

Fridolin Schley, 1976 in München geb., M.A. (Neuere Deutsche Literaturwissenschaft), Diplom (Fach Dokumentarfilm und Fernsehpublizistik, FHS, München). Buchveröffentlichungen: *Verloren, mein Vater*, 2001 (Roman), *Schwimmbadsommer*, 2003, *Wildes Schönes Tier*, 2007, Erzählungen. Kurzprosa in Anthologien und Zeitungen. U. a. Bayerischer Staatsförderpreis für Literatur, 2001, Tukan-Preis, 2007, Wortspiele-Preis des BR, 2008.
Gipfelfieber, Erstveröffentlichung

Eleni Torossi, 1947 in Athen geb., lebt seit 1968 in München. Arbeitet seit 1971 u. a. für den BR mit den Schwerpunkten Sozial- und Kulturbeiträge, Kindergeschichten und Hörspiele. Werkauswahl: *Die Papierschiffe*, 1990, *Tanz der Tintenfische*, 1998, *Kleine und große Worte*, 2001. CIVIS-Hörfunkpreis, 2006, Bundesverdienstkreuz am Bande, 2009.
Trucker-Weihnacht mit Günter Grass, Erstveröffentlichung

Anja Tuckermann, geb. 1961, lebt in Berlin. Schreibt Romane (u. a. *Mooskopf*, *Muscha*, *Die Haut retten*), Erzählungen, Theaterstücke, Libretti, arbeitet mit Bildenden Künstlern zusammen. Zahlreiche Preise und Stipendien, u. a. 2006 für *Denk nicht, wir bleiben hier* (Deutscher Jugendliteraturpreis). Zuletzt erschienen: *Mano. Der Junge, der nicht wusste, wo er war* und *Heimat ist da, wo man verstanden wird – Junge VietnamesInnen in Deutschland*, beide 2008.
Weihnachtseinkauf, Erstveröffentlichung

Maria von Wedemeyer, zitiert aus: *Brautbriefe Zelle 92*, Dietrich Bonhoeffer – Maria von Wedemeyer, 1943-1945, C.H. Beck-Verlag, 1999.

Frommer Wunsch

Neujahresbitte des Pfarrers von St. Lamberti
in Münster an seine Gemeinde (1883)

Herr, setze dem Überfluss Grenzen
und lasse die Grenzen überflüssig werden.
Lasse die Leute kein falsches Geld machen,
aber auch das Geld keine falschen Leute.
Nimm den Ehefrauen das letzte Wort
und erinnere die Ehemänner an ihr erstes.
Schenke unseren Freunden mehr Wahrheit
und der Wahrheit mehr Freunde.
Bessere solche Beamte, Geschäfts- und
Arbeitsleute die wohl tätig sind
aber nicht wohltätig sind.
Gib den Regierenden ein besseres Deutsch
und den Deutschen eine bessere Regierung.
Herr, sorge dafür, dass wir alle in den
Himmel kommen – aber nicht sofort.